어
쩌
다

편
의
점

어쩌다 편의점
전지적 홍보맨 시점 편의점 이야기

유철현 지음

2024년 3월 4일 초판 1쇄 발행
2024년 4월 8일 초판 2쇄 발행

펴낸이 한철희 | 펴낸곳 돌베개 | 등록 1979년 8월 25일 제406-2003-000018호 | 주소 (10881) 경기도 파주시 회동길 77-20 (문발동) | 전화 (031) 955-5020 | 팩스 (031) 955-5050 | 홈페이지 www.dolbegae.co.kr | 전자우편 book@dolbegae.co.kr | 블로그 blog.naver.com/imdol79 | 인스타그램 @Dolbegae79 | 페이스북 /dolbegae | 편집 한광재 | 표지 디자인 김민해 | 본문 디자인 이은정·이연경 | 마케팅 심찬식·고운성·김영수 | 제작·관리 윤국중·이수민·한누리 | 인쇄·제본 영신사

ISBN 979-11-92836-59-1 (03810)

책값은 뒤표지에 있습니다.
KOMCA 승인 필.

어 쩌 다 편 의 점

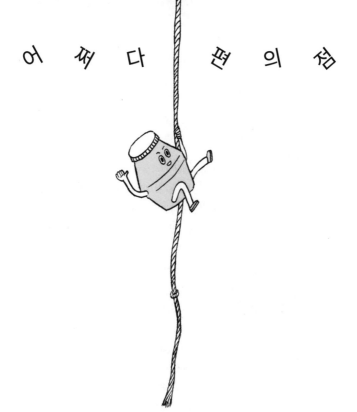

유철현 지음

전지적 홍보맨 시점
편의점 이야기

내게 편의점은 '든든함'이자 '휘둥그레짐'이다. 낯선 곳에서 뭔가 갑자기 필요해지는 상황에서 "내가 여기 있잖아" 지그시 웃으며 나타나고, 참 별의별 물건과 서비스를 들고 와서 "야, 봐봐! 이런 게 있어!" 신나서 말을 건네는 곳. 이 책은 그런 편의점을 꼭 닮았다. 지그시 웃으면서 신나게 말을 건다. 편의점 본사 직원이 추억과 일상과 이면과 통찰을, 그러니까 편의점이라는 세계의 여러 맥락(꽤 휘둥그레질 만함)을 이렇게 솜씨 좋게(아주 든든함) 담아낸 글은 처음이라 마치 새로 오픈한 편의점의 문을 열고 들어갈 때만큼이나 두근대며 기분 좋게 읽었다. 자신의 일을 진심으로 대하며 도전하고 시름하고 돌파해온 직장인의 분투기이면서도, 그 일터가 일평균 1,600만 명이 이용하는 공간이라는 점에서 우리 모두의 비루하고도 따뜻한 일상이 묻어나는 다채로운 빛깔의 책이다. 세상에 편의점이 존재한다는 사실과 그것들을 돌아가게 하기 위해 수많은 사람들이 애쓰고 있다는 사실에 나는 또 새삼 든든하고 휘둥그레진다. 그리고 문득 생각했다. 편의점도 책도 삶도, 이거면 다 되는 게 아닐까 하는. 든든한 가운데 휘둥그레지는 순간이 있다면. 그리고 종종 재기 넘친다면. 아마 이 저자는 누구보다도 그렇게 살고 있을 것 같다. 아주 깜깜한 밤에 편의점의 환한 불빛을 보고 안도해본 모든 사람들에게, 오늘도 편의점에 한 번쯤은 들를 사람들에게 이 책을 추천하고 싶다. 서로 애틋하게 스쳐갈 수 있기를.

— 김혼비(『아무튼, 술』『최선을 다하면 죽는다』 저자)

웹툰《편의점 샛별이》(2016)보다 드라마《질투》(1992)가 더 가깝게 느껴지는 시골 출신 40대에게 '편의점'에 대한 기억은 선 채로 컵라면을 먹는 최진실과 최수종의 모습에서 출발한다. 탁자 위에 놓인 '핫도그 셀프서비스'란 안내판조차 어찌 그리 '모던'하던지…. 이제 원마일웨어를 입고도 들락거릴 수 있는 친숙한 공간이 된 편의점에서 대한민국 경제·사회·문화의 시대적 단면을 읽곤 한다. 이 책은 지난 30년간 우리 삶에 깊게 파고든 편의점 속 상품·브랜드·마케팅 등의 뒷얘기를 조곤조곤 들려준다. '빅 요구르트'와 '거꾸로 수박바' 탄생의 비밀, '+1 마케팅'의 한국적 성공 배경, 한여름 핫팩 출시 비화, 호모 딜리버리쿠스의 정수인 편의점 배달…. "인간인 것 이상으로 편의점 회사 직원"인 작가라서 가능한 얘기다. 그래서 새롭고 산뜻하다.

이 책은 또한 사람 냄새가 짙게 밴 추억과 경험담을 소곤소곤 들려준다. 고단한 자영업자인 편의점주, 시급 9,860원짜리 알바생, 남의 점포를 내 점포 돌보듯 분투하는 SC, 소머리가 대머리 되도록 히트 상품을 고민하는 MD, 그리고 수많은 장삼이사 고객들…. 그들이 서로 부대끼며 만들어 내는 시끌벅적한 소음이 결국은 우리네 삶이다. 그래서 따뜻하고 뭉클하다.

전문 작가 뺨치게 재치 있고 능란한 유머 감각은 덤이다. 생활 속에서 잘 벼려진 말맛은 읽는 이들을 『어쩌다 편의점』에 시나브로 빠져들게 한다.

— 유선희(『한겨레』 경제산업부 기자)

어서 오세요!

특별한 일상으로의 초대

무엇을 도와드릴까요?

기대와 만족 사이

할인이나 적립해드릴까요?

보통을 위한 최선

안녕히 가세요!

더 나은 내일을 위한 응원

어서 오세요!

특별한 일상으로의 초대

혹시 당신은 처음 편의점에 갔던 날을 기억하는가?

오래전 그때는 분명 미지의 그곳에 마음이 설렜지만,

지금은 숨을 쉬는 것만큼 자연스럽다.

반복되는 시간 속에서 우리는 차츰차츰 무뎌졌기에….

최초의 그 두근거림을 그리워하던 어느 날,

나의 첫 편의점이 내게 속삭였다.

그것이 바로 너와 내가 오늘을 좀더 특별하게 살아가야 하는 이유라고.

세계 챔피언이
바뀐 날

　나의 기억 속에서 편의점을 처음 접한 건 1993년이다. 당시 초등학교 5학년이었던 나는 구립도서관 열람실에서 친구들과 시험공부를 하고 있었다. 그때는 중고등학생 형, 누나들 사이에 끼어 책을 펴놓고 도서관에 앉아 있는 것 자체가 꽤 근사한 유희였다. 하지만 우리가 도서관을 찾은 가장 큰 이유는 실은 공부가 아니라 도서관 매점에서 파는 라면 때문이었다. 당시 엄마들은 어린이가 라면을 먹으면 머릿속에 벌레가 생긴다는 음모론을 우리에게 주입하며 라면을 먹지 못하게 했다. 아마 1980년대 말 식품업계를 발칵 뒤집어 놓은 라면 우지 파동 때 생긴 루머 탓이었던 것 같다.

　하지만 도서관에선 치외법권이 생겼다. 라면 중에서

도 남이 끓여주는 라면이 제일 맛있고 그 중 분식집 라면
이 단연 최고 아니던가! 매일 먹는 집밥 대신 MSG로 코
팅된 꼬들꼬들 라면은 초딩들의 원기 회복에 더할 나위
없이 좋은 음식이었다. 저녁 먹으라는 배꼽시계가 울리
자 우리는 부리나케 매점으로 내려갔다. 그런데 그곳은
이미 사람들로 발 디딜 틈이 없었고 문 앞까지 대기 줄이
길게 늘어서 있었다. "이 사람들은 대체 공부는 안 하고
도서관에 라면 먹으러 왔나?" 내로남불 불평을 늘어놓던
차에 한 친구가 말했다. "편의점에 가자!" 우리는 도서관
에서 200미터 정도 떨어진 사거리 편의점으로 향했다.

　친구들에게 내색하지 않았지만 사실 나는 편의점이
란 곳을 난생처음 가보는 것이었다. 지금이야 집 앞에 나
가면 널린 게 편의점이라지만 그땐 동네 슈퍼가 훨씬 더
많았기에 편의점에 가볼 생각도, 그럴 기회도 없었다. 실
제로 지방에서는 대부분의 사람들이 《질투》(1992)를 통
해 편의점을 알게 되었다. 그땐 편의점이란 이름조차 생
소했을 때라 막연히 드라마에 나온 서울의 친절하고 세
련된 슈퍼 정도로만 알았다. 특히 동네 구멍가게에 익숙
한 우리 엄마는 편의점이란 소비 채널을 전혀 몰랐을뿐
더러 나중에 시간이 지나 그 존재를 알게 됐을 때도 "저

게는 물건값이 억수로 비싸다카이 함부레 가지 마레이!"
라고 아예 출입금지를 못 박은 곳이었다. 그런 미지의 편
의점을 향해 나는 가고 있었다. 주머니에 거금 3,000원을
들고 무려 라면을 먹으러! 조금 전 최소공배수 문제 앞에
선 그렇게 졸리더니 편의점으로 가는 길엔 아드레날린이
콸콸콸 쏟아졌다. 열두 살 꼬마 인생에 쇼핑이라곤 집 근
처 풍년슈퍼마켓, 학교 앞 비둘기 문방구, 엄마 따라가는
남항시장이 전부였기에 처음 가보는 편의점 원정은 그야
말로 짜릿한 일탈이자 신나는 엔터테인먼트였다.

드디어 편의점에 도착했다. 함께 간 세 친구는 평소
편의점에 자주 와봤었는지 문을 열고 들어가는 자세부터
가 매우 능수능란해 보였다. "어서 오세요!" 단발머리 아
르바이트 누나가 인사를 했다. 나의 단골인 풍년슈퍼에
서는 결코 들어볼 수 없는 환영 인사였다. 고객만족보다
는 장유유서가 통용되던 풍년슈퍼에서, 들어갈 때 "안녕
하세요" 그리고 나올 때 "안녕히 계세요" 인사는 언제나,
당연히 내 몫이었다. 하지만 편의점은 달랐다. 나보다 한
참 큰 누나가 존댓말로, 그것도 너무 예쁜 목소리로, 마치
내가 오기만을 기다렸다는 듯이 상냥한 인사를 건넸다.
평소 어리다는 이유로 어른들에게 얕잡아 보이기만 했었

는데 이런 환대를 받으니 기분이 좋았다. 아마 그때 처음으로 '서비스란 이런 거구나'라고 느꼈던 것 같다.

　친구들은 컵라면보다 네모난 용기에 담긴 봉지라면을 추천했다. 오늘날 한강에서 먹는 라면과 형태는 비슷한데 한 가지 다른 점은 라면조리기가 아닌 전자레인지를 사용했다는 점이다. 어렴풋한 기억으로 가격은 1,000원이었는데 여기에 100원을 더 내면 계란도 넣어줬다. 일단 라면을 결제한 후 시식대에서 용기에 라면과 스프를 넣고 뜨거운 물을 직접 받아 카운터에 가져다주면 아르바이트 누나가 전자레인지에 돌려주는 방식이었다. 이토록 번거로운 과정이 그때는 얼마나 선진적으로 느껴졌는지 어린 나이에 내가 지금 꽤나 멋진 소비생활을 하는 것 같아 어깨가 으쓱해졌다.

　카운터에서 조심조심 시식대로 들고 온 전자레인지 라면은 비주얼만으로도 나를 압도했다. 침을 꼴깍 삼킨 후 김이 모락모락 나는 라면을 호로록 한 젓가락 했다. 우와! 눈이 번쩍 뜨일 만큼 정말 환상적인 맛이었다. 면의 탄성, 물의 농도, 계란의 흐트러짐까지 완벽한 콤비네이션을 자랑했다. 초등학생의 미천한 어휘력으로는 그 맛을 제대로 표현할 수 없어 한 입씩 할 때마다 친구의 어깨를 툭툭 치며 "진짜 맛있네. 진짜 맛있네."만 되풀이할 뿐이었다. 그날 나에게 있어 '라면 맛있게 끓이기 세계 챔피언'은 매점 아줌마에서 편의점 전자레인지로 단번에 바뀌었다. 라면을 거의 다 먹어가자 남은 건 시식대 아래 국물 통에 버리면 된다고 친구들이 알려줬다. 건더기는 체에 걸러지고 국물은 아래로 흘렀다. "오! 편의점은 정말 최신식이네!" 또 한 번 감탄했다. 남는 음식을 처리하는 시스템이 있다는 게 놀라웠고 그것도 셀프서비스라는 게 뭔가 더 세련돼 보였다. 이렇게 한낱 국물 통마저 첨단으로 보일 만큼 열두 살 내가 처음 만난 편의점은 진소위 일류였다.

20세기의 그 풋풋한 기억은 21세기를 살고 있는 나에게 아직도 또렷이 남아 있다. 지금도 편의점에 가면 가끔 그때의 공기, 온도, 냄새, 촉감, 감정들이 살물결처럼 잔잔히 일어난다. 추억을 머금은 어느 노래가 그러하듯 편의점도 이렇게 하나의 공간으로서 소중한 나의 유년을 담고 있다. 세상살이에 지쳐 어린 날이 그리울 때면 그때처럼 전자레인지에 라면을 돌려먹곤 한다. 그런데 도무지 그때 그 맛이 나질 않는다. 무엇 때문인지 알지만 그건 참으로 안타까운 일이다.

어쩌면 우연,
아무튼 인연

       2010년 봄, 스물아홉 살이 되던 해 취업준비생이었던 나는 마지막 학기 동안 열심히 입사 지원에 매달렸다. 딱히 소개할 것 없는 자기소개서는 쓸 때마다 곤욕이었고, 한껏 나를 뽐내야 하는 주관적인 자기 객관화는 몹시도 낯간지러운 일이었다. 기업마다 문항도 다르고 정해진 글자 수도 천차만별이었던 자소서란 숙제는 취준생에겐 하염없이 걸어도 아득하게 남겨진 오르막길 같았다. 밤에 쓴 편지와 자소서는 부치는 게 아니라기에 한동안 새벽형 인간으로 지냈다. 가뜩이나 잠도 많은데 직장인이 되기 위해 억지 미라클 모닝의 힘을 빌려 매번 같지만 다른, 겸손하지만 적당히 우쭐대는 'I am 그라운드' 자기소개를 끊임없이 반복해야만 했다. 진짜 너무 너무 쓰기 싫을 때는 그냥 '아싸, 킹콩 팬티'로만 자소서를 채우고 싶었다. 그때의 고단함과 간절함은 흡사 각혈하며 글을 썼던 근대 작가 못지않았다.

나는 대학에서 광고학을 전공했다. 그래서 당연히 광고 회사에 취업할 줄 알았고 또 그러길 바랐다. 하지만 광고업계에 먼저 발을 디딘 선배와 동기들은 한사코 내 꿈을 만류했다. "도시락 싸서 들고 말리고 싶다", "진짜 광고를 하고 싶으면 대행사 말고 광고주가 돼라", "네가 들어오고 내가 탈출할게" 등등 직장인, 광고쟁이, 을의 설움을 하나같이 쏟아냈다. 하지만 그들의 걱정은 기우에 불과했다. 의기양양했던 내가 광고회사 서류전형에서 모두 광탈했기 때문이다. 전혀 의도치 않은 방식으로 그들을 안심시키는 바람에 나도, 그들도 적잖이 민망해했다. 데이비드 오길비(영국 출신의 세계적인 광고인)처럼 한국 광고계의 총아가 되고 싶었지만 당장 백수계의 총아가 될 판이었다.

벼랑 끝 취준생에겐 좌절마저 사치였다. 조급해진 나는 취업사이트에 올라오는 채용 공고마다 닥치는 대로 지원서를 쓰기 시작했다. 나의 적성과 흥미 따위는 중요치 않았고 지원하는 회사와 업종에 나를 바득바득 꿰맞

쳤다. 정유회사 자소서에는 경유에 밥을 말아 먹고 휘발유에서 수영이라도 할 것처럼 허세를 부렸다. 그러나 내가 수영 못 한다는 걸 어떻게 알았는지 아무런 연락이 오지 않았다. 그렇게 나는 약 3개월 동안 총 42개의 지원서를 냈고 정말 운이 좋게도 이동통신, 맥주, 편의점 회사에서 면접의 기회를 얻었다.

첫 번째 이동통신 회사 면접은 관광버스를 타고 연수원에 들어가 1박 2일 합숙을 했다. 으리으리한 연수원에서 융숭한 대접을 받으며 하루 종일 온갖 형식의 면접을 치렀다. 마지막 자유 면접 때, 면접관들이 궁금한 게 있으면 아무 질문이나 해보라고 했다. 순진했던 나는 "업무 강도는 어떤가요?", "정시 퇴근은 할 수 있나요?" 이딴 걸 물었다. '워라밸'이란 단어조차 없던 시절이었다. 회사에서 밤낮 숙직하겠다고 해도 모자랄 판에, 새파란 지원자가 정시 퇴근이나 챙기려 하다니 간이 배 밖으로 나오지 않고서야 할 수 없는 질문이었다. 면접관들도 '뭐야 이 녀석, 회장님 아들인가?' 하는 표정으로 날 쳐다봤다. 다행히 그중 신부님처럼 인상 좋은 한 분이 미소를 지으며 "부서마다 업무 강도는 좀 다르긴 한데 직장인에게 퇴근만큼 출근도 중요한 거 아닐까요? 허허허."라고 친절한 답변을 해줬다. 이 말은 친절한 '너 탈락'이란 의미였다.

이동통신사에서 고배를 마신 후 두 번째 맥주 회사 면접을 위해서 만반의 준비를 했다. 그 회사의 맥주를 종류별로 마시면서 혹여 무슨 말이라도 시킨다면 반드시 '퇴근은 죄악, 야근은 행복'이라 하겠노라 이미지 트레이닝까지 단단히 했다. 결전의 날, 아침부터 점심까지 다양한 면접을 거쳤다. 맥주의 시원한 목 넘김처럼 꼴깍꼴깍 매 단계를 순탄히 넘기고 드디어 마지막 순서. 다수의 임원이 일렬로 쭉 앉아 있었고, '또' 지원자들에게 하고 싶은 말이 있으면 해보라고 했다. 이때다! 나는 제일 먼저 손을 들었다. 그런데 그사이 재빨리 작전을 변경했다. 준비한 멘트 대신 면접을 보러 오는 길에 지하철역에서 우연히 마주친 한 장면에 대한 얘기를 하기로.

"오늘 강남역에 내렸는데 출입구에 붙어 있는 경쟁사의 랩핑 광고를 보았습니다. 우리 집 앞에 남의 집 간판이 걸려 있는 것 같아 매우 기분이 좋지 않았습니다. (…) 제가 이 회사에 입사하게 되면 경쟁사의 저런 도발에 흔들리지 않도록 ○○맥주를 최고의 회사로 만들겠습니다!"

말이 끝나자 거기에서 직급이 가장 높아 보이며 얼굴에 '내가 킹왕짱'이라고 쓰여 있는 분이 갑자기 호탕한 웃음과 함께 나를 향해 엄지를 치켜세워 약 3.5회 흔들어 보였다. 생각지도 못한 면접관의 격한 리액션에 나도 가만있을 수 없어 엉거주춤 쌍따봉으로 화답했다. 오는 따봉이 좋아서 가는 따봉에 살짝 애교를 얹었던 것인데 뭐가재밌었는지 거기 있는 사람들이 다 같이 웃었다.

마지막으로 편의점 회사 면접. 다른 일은 많이 해봤지만, 편의점 알바는 해본 적이 없어서 아는 것이 많지 않았다. 치명적인 약점이었다. 다른 지원자들은 자신의 알바 경험을 토대로 또박또박 질문에 답했다. 어떤 지원자는 본인이 사는 행정구역 내 모든 편의점을 방문하고 이를 증빙하는 사진과 보고서를 책자처럼 만들어 왔다. 대단한 열정이었다. 양심이 있다면 "저는 이만 가보겠습니다. 저 대신 이 사람을 뽑아주십시오."라고 해야 할 것 같았다. 어리바리한 나는 기껏 "우리나라 편의점도 해외 진출을 할 수 있어야 합니다. 그러기 위해서는…"이라고 당시에는 누가 들어도 허무맹랑한 말들을 마치 엄청난 아이디어인 양 떠들었다(지금은 그 말이 현실이 되어 감회가새롭지만). 쟁쟁한 지원자들 사이에서 기가 눌려 빨랫줄에 말려놓은 오징어처럼 힘을 쭉 빼고 의식의 흐름에 맡기는 게 그때 내가 할 수 있는 최선의 전략이었다. 그나마 마음이 편했던 것은 난데없는 미션을 던져주고 다짜고짜 풀어보라던 이전 면접들과는 달리 편의점 회사는 나란 사람이 어떤 사람인지에 대해 조금 더 궁금해했다. 반건조 오징어의 느슨한 화법으로 대학생활 에피소드부터 얼마 전 동생과 북한산에 올라갔던 일까지 미주알고주알 풀어놓았다. 집으로 돌아오는 길, 면접을 잘 봤단 느낌은 없었지만 왠지 모르게 마음이 가벼웠다.

얼마 후 맥주 회사로부터 합격 통지를 받았다. 그리고 편의점 회사에서도 축하 메시지가 도착했다. 꿈만 같았다. 바늘구멍을 뚫은 취업 성공보다 누군가에게 필요한 사람으로 인정받았다는 사실이 뛸 듯이 기뻤다. 나에게도 이런 날이 오다니! 선택의 기로에 섰다. 맥주 회사 vs 편의점 회사. 어디로 가야 할까? 고심 끝에 나는 매우 이성적이고 합리적인, 그동안 대체로 높은 승률을 가져왔던 나만의 공식을 쓰기로 했다. 그것은 최댓값 승리법. 최근 일주일 동안 내가 맥주를 마신 횟수와 편의점에 간 횟수를 세어 보았다. 3대7, 편의점 승! 미래 직장을 고르는 중차대함에 비해 말도 안 되게 허접한 알고리즘이지만 숫자만큼 강력한 논리는 없었다. 또 막상 답을 정해 놓고 보니 편의점이 훨씬 더 재밌을 것 같은 확신이 들었다.

이 세상에 재미를 이길 수 있는 건 몇 없잖나? 그렇게 나는 편의점이란 세계에 '어쩌면 우연, 아무튼 인연'으로 입문하게 되었다.

구둣방 누나의
반전

      부산 영도 산복도로 동네에 살 때다. 집으로 올라가는 골목길 모퉁이에는 식육점(발음이 좀 섬뜩하지만 경상도에서는 정육점보단 '시국:쩜'이라고 주로 불렀다)과 구둣방이 나란히 자리잡고 있었다. 왼쪽 가게엔 선홍색 조명 아래 돼지고기가, 오른쪽 가게엔 주광색 조명 아래 수제구두가 전시되어—지금 와서 돌아보건대—흡사 다다이즘 오브제를 연상케 했다. 그마저도 정감 어린 우리 동네는 적잖이 시끄럽고 어지러웠던 1980년대에 청운의 부푼 꿈을 안고 고향을 떠나온 이방인들의 복잡다단한 삶이 굽이쳐 흐르는 곳이었다.

    아버지는 일터에서 돌아오시는 길에 참새 방앗간처럼 고향 형님이 운영하는 식육점에 꼭 들르셨다. 삼삼오오 동네 사람들과 소주 한잔 털어 넣는 행위는 아버지에겐 고된 하루를 마무리하는 일종의 의식과도 같았다. 초등학교 저학년이었던 내가 동생을 데리고 퇴근길 마중을 나갔을 때도 예외는 아니었다. 그 의식이 평소보다 길어지기라도 할 때면 따분함을 못 이긴 나와 동생은 아버지를 기다리며 식육점과 구둣방 사이 골목길을 오르락내리락하며 뛰어 놀았다. 집으로 돌아가면 왜 이리 늦게 왔냐는 어머니의 타박이 아버지에게 쏟아질 것을 걱정하면서.

그런데 바로 그때, 골목길 오른편에 그림처럼 덩그러니 붙어 있던 구둣방 집 다락 창문이 드르르 열렸다. 갈색 나무 창틀, 반투명 꽃잎 무늬 유리, 어른 키보다 서너 뼘 높은 위치에 달린 나지막한 두 쪽짜리 창문. 평소에 지나칠 땐 늘 굳게 닫혀 있었기에 방금 포착한 그 움직임은 매우 신비로운 광경이었다. 나와 동생은 동작을 멈추고 반쯤 열린 창문을 껌뻑껌뻑 올려다봤다. 잠깐의 뜸이 있었을까 대학생처럼 보이는 단발머리 누나가 하얀 얼굴을 빼꼼히 내밀었다. 우리와 눈이 마주친 누나는 검지로 자기 입술을 '쉿!' 하고 막으며 원격으로 우리 입까지 꾹 다물게 했다. 그리고 들릴 듯 말 듯 소곤소곤 말했다. "야, 꼬마야! 우리 아빠 저기 있는지 좀 봐주라." 누나의 아빠, 그러니까 구둣방 아저씨의 현 위치 파악을 말하는 거였다. 그 은밀하고 불온한 분위기가 자못 무섭기도 했지만 방금까지 동생과 하던 밑도 끝도 없는 술래잡기보단 초면의 누나가 부여한 이 미션이 백배는 더 재밌고 스릴 있게 느껴졌다. 나와 동생은 10미터 남짓한 골목길을 총총 내려가 2차선 도로와 구둣방, 식육점을 차례로 둘러보고 누나에게 "없는데요"라고 보고했다.

그러자 곧바로 놀라운 장면이 펼쳐졌다. 누나는 창문으로 두 다리를 떨어뜨리더니, 손으로 아래 창틀을 잡고 다리로 벽을 지지대 삼아 몸을 삼각형으로 만든 뒤, 손을 놓음과 동시에 벽을 박차며 지면으로 폴짝 뛰어내렸다. 정말 순식간이었다. 구둣방 딸이어서 그런지 구둣주걱처럼 코어 힘이 대단했다. 그 과정이 얼마나 간결하면서도 유려하던지 마치 올림픽 체조선수 같았다. 지면에 안착한 누나는 "고맙데이"라며 내 머리를 날름 쓰다듬고는 어둑해진 골목길을 유유히 빠져나갔다.

집으로 돌아와 저녁을 먹으며 아까 목격한 일을 엄마에게 말했다. 그랬더니 엄마는 자신이 알고 있는 구둣방 누나에 대한 얘기를 우리에게 해줬다. '하라는 공부는 안 하고 맨날천날 싸돌아다녀서 구둣방 아저씨와 아줌마는 속에서 천불이 난다'는 내용이었다. 엄마의 말을 듣고 나는 구둣방 누나가 나쁜 사람이라고 생각했다. 그리고 그 못된 짓에 내가 가담한 것 같아 며칠 동안 죄의식에 시달렸다. 쌉싸름한 마음을 견딜 수 없어 그 얘기를 진술서 쓰듯 일기장에 옮겼더니 ─ 교장 선생님의 선처인지 ─ 학교에서 이달의 글쓰기 상을 받게 됐다. 공범둥절. 아무튼 그 후로 그 골목길을 숱하게 오고 갔지만 구둣방 창문은 더 이상 열리지 않았다.

성인이 되고 나서 가족들과의 대화에서 구둣방 얘기가 나왔다. 어머니께서 전해주시길 '그 집 딸이 어릴 때는 부모 속을 그렇게 썩이더니 지금은 편의점을 하면서 돈을 잘 벌어 구둣방 아저씨, 아줌마 두 분을 극진히 모신다'고 했다. 그 얘기를 들으니 나보다 띠동갑은 훌쩍 넘을 나이의 누나였지만 무척이나 기특하게 느껴졌다. 옛 추억에 뭉클하기도 하고 마치 그때의 나의 죄도 사해지는 것 같아 기뻤다. 마침 누나의 편의점은 내가 다니는 회사의 브랜드였기에 나의 근로로 조금이나마 누나의 인생에, 효도에, 지금도 가끔 행할지도 모르는 월담에 도움이 되는 것 같아 뿌듯했다.

한 번은 부산에 내려갔을 때 친구들을 만나러 가는

길에 구둣방 누나가 하는 편의점에 잠깐 들른 적이 있다. 내 머리를 쓰다듬어 줬던 그 체조선수 누나가 어떻게 변해 있을지 궁금했다. 편의점에 들어서니 마침 흰머리가 성성한 중년의 아줌마가 계산을 하고 있었다. 저 분인가? 사실 누나의 얼굴은 전혀 기억나지 않았다. 그러니 그렇게 보더라도 처음 보는 사람이나 마찬가지였고 카운터에 있는 저 아줌마가 그 누나인지는 알 길이 없었다. 나는 초코우유를 하나 골라 카운터로 갔다. 어! 맞다. 느낌이 왔다. 바코드를 찍는 민첩한 손놀림이 30년 전, 좁은 창문을 통해 쇼생크 탈출을 감행한 그 누나라는 확신을 들게 했다. 내적 친밀감에 들떠 마음이 몽글몽글해졌다. 하지만 굳이 아는 체는 하지 않았다. 왠지 그러지 않는 게 좋을 것 같았다.

편의점을 나와 다시 약속 장소로 발걸음을 옮기고 있는데, 문득 20여 년 전 그날 밤 엄마가 구둣방 누나의 뒷담화를 마치며 덧붙인 말이 생각났다. "너거는 커서 절대로 데모 같은 거 하지 마레이." 불현듯 떠오른 그 말은 구둣방 누나에 대한 나의 기억에 엄청난 반전으로 작용했다. 혹시 구둣방 누나의 필사적인 탈출은 젊은 날의 치기 어린 가출이 아니라 민주주의를 향한 뜨거운 열망과 간

절한 투쟁을 위한 것이었나? 그래, 돌이켜 보면 《1987》에
서처럼 당시 부산에서도 독재 타도와 호헌 철폐를 외치
며 민주항쟁이 뜨겁게 달아올랐다. 어쩌면 구둣방 누나
도 이 땅에 민주주의를 꽃피우자며 절절히 맹세한 친구
들과의 약속을 지키기 위해 다락방을 뛰쳐나와 최루탄이
자욱한 거리로 향했을지 모른다. 이를 모를 리 없는 구둣
방 아저씨와 아줌마는 금이야 옥이야 키운 고운 딸이 시
위에 나가 군홧발에 치이기라도 할까봐 부득불 외출 금
지를 시켰던 것이고. 나와 동생은 그 시대적 아픔을 그저
천진난만한 눈으로 지켜본 풀뿌리 목격자였다. 문득 떠
오른, 당시에는 그게 무슨 의미인지도 몰랐던, 어머니의
한참이나 지나간 말에, 100퍼센트 미확인 사실을 이렇게
과도한 심증으로 100퍼센트 확신하는 것이 얼토당토않
지만, 그게 사실이든 아니든 난 그냥 그렇게 믿기로 했다.
그때 창문을 몰래 빠져나온 그 민주투사는—체조선수가
아니었어!—비록 부모님의 마음을 잠시 아프게 했지만,
대한민국의 간절했던 민주주의를 이뤄냈고, 지금은 그 열
정으로 편의점을 운영하며 극진한 효도를 하고 있다. 그
시절 내가 만난 구둣방 누나에게 이보다 더 멋진 이야기
가 어디 있겠나. 누나가 더 행복했으면 좋겠다.

삼각김밥
랩소디

중학교 때부터 수학을 싫어했다. 싫다고 포기하는 건 더 싫었다. 재능은 없어도 노력은 해야겠기에 친구들과 멀리 버스를 타고 유명 학원의 수학 단과반을 다녔다. 학원으로 들어가는 모퉁이에는 편의점이 하나 있었는데 그곳은 늘 배고픈 학생들로 북적였다. 청춘들의 허기가 몰리는 시간, 창가의 스탠딩 시식대 위엔 예외 없이 삼각김밥과 컵라면이 올려져 있었다. 마치 쇼윈도에 고정된 디스플레이, 청소년 식문화의 《모던 타임즈》를 보는 것 같았다. 어떻게 입맛이 저렇게 다 똑같을 수 있지? 볼 때마다 너무 많은 사람이 작당 모의라도 한 듯 한결같은 통일성과 일관성을 보여주니 무슨 신앙적 단체 행동처럼 느껴지기도 했다.

아무튼 삼각김밥과 컵라면 조합은 그때나 지금이나 십대들의 '국룰'이다. 세대를 넘어선 그 공통된 기호가 그저 신기할 따름. 밥과 라면의 안정적인 밸런스, 적당한 양과 저렴한 가격, 빠른 취식과 간편한 뒤처리 등의 장점은 십대들의 외식 취향을 정확히 저격했다. 무엇보다 맛있는 걸 어떡하느냐 말이다. 특히 이들의 최대 매력은 메뉴 구성의 유연성이 매우 크다는 점이다.

- **삼각김밥**: 참치마요, 전주비빔, 불고기, 닭갈비, 돈가스, 소시지, 볶음김치 등등 그 외 다수
- **컵라면**: 육개장, 신라면, 진라면, 너구리, 새우탕, 튀김우동, 참깨라면, 짜파게티 등등 그 외 더 다수

모듈화 할 수 있는 메뉴들이 경우의 수, 곱의 법칙으로 족히 100가지는 넘었다. 물론 이 조합을 다 먹을 때까지 학원에 다닌다는 건 끔찍한 일이었지만 매일매일 최선을 다했다. 수학보다는 메뉴 선정에. 나와 친구들은 그날의 입맛을 충족시켜 줄 최고의 콜라보를 찾기 위해 진열대 앞에서 항상 깊은 고민에 빠졌다. 제품을 몇 번이고 만졌다 났다 하다가 '안 살 거면 나가라'는 주인아저씨의

거친 타박을 듣기도 했다. 맞다. 공부를 그리 해야 했다. 삼각김밥과 컵라면을 자주 먹다 보니 선택의 가이드라인도 자체 생성됐다. 나에게 우선순위는 라면보다는 삼각김밥이었다. 이는 '한국인은 밥심, 라면은 거들 뿐'이라는 확고한 지론에서 비롯된 것이다. '맞다. 공부를 그리 해야 했다.' 식단에 대한 과도한 열중으로 나중에는 학원에 다니는 건지 편의점을 다니는 건지 헷갈릴 지경이었다.

삼각김밥을 처음 먹었을 때가 생각난다. 포장을 뜯는 방법을 몰라 이리저리 돌려보다가 손이 가는 대로 아무렇게나 뜯다 보면 밥 따로, 김 따로 대참사가 일어났다. 허탈한 마음도 잠시, 사춘기였던 그때는 누가 볼까 부끄러워 서둘러 입속으로 욱여넣기 바빴다. 삼각김밥 하나 못 뜯는 촌뜨기로 보이기 싫었다. 친구 한 놈은 분리된 밥과 김을 아무렇게 쌈을 싸 마치 제대로 벗겨낸 듯 능청스레 실수를 만회하려 했다. 너무 정성 들여 싸 먹길래 그게 더 없어 보인다는 말은 차마 하지 못했다. 다음에 먹을 때는 삼각김밥에 정통한 친구의 과외를 받았다. 가운데 비닐 손잡이를 아래로 쭉 당겨 뒤쪽까지 뜯어내고, 양쪽 비닐을 하나씩 싹싹 벗겨내면 되는데… 결과는 또 밥 따로 김 따로. 젠장. 고백컨대 잘못 뜯은 삼각김밥을 분노 반 쪽팔림

반으로 그냥 버린 적도 있다. '중2병'의 못난 짓이었다. 제품 뒷면에 그림으로 친절하게 1번, 2번, 3번 순서대로 뜯는 방법이 설명되어 있는데도 그땐 그게 왜 그리 어려웠는지. 이것도 분명 내가 수학에 소질이 없는 것과 같은 맥락일 것이다. 이등변삼각형 밑변의 길이를 구하는 데 비지땀을 흘리는 것처럼 삼각김밥의 포장 원리를 이해하고 이를 푸는 것도 내겐 엄청난 고난이었다. 그 이후 성공적으로 포장을 벗기기까지는 수많은 실패를 더 경험해야 했다. 나 같은 사람이 많았던지 30년 장기 운영 점주님의 얘기에 따르면, 삼각김밥이 이렇게 보편화되기 전까지 손님들에게 삼각김밥 포장 해체 방법을 알려주는 게 일상이었다고 한다. 그땐 삼각김밥을 똑바로 뜯을 수 있느냐 없느냐가 신세대와 구세대를 구분하는 척도였다며.

1989년 우리나라에 최초의 편의점이 문을 열었고, 그로부터 약 3년이 지난 1992년 삼각김밥이 처음 등장했다. 제품을 알리기 위해 당시 TV 광고도 왕왕 했지만 그마저도 아는 사람만 아는 비주류 상품이었다. 이처럼 시작이 미약했던 삼각김밥은 시간이 갈수록 주머니 사정이 가벼운 학생들과 바쁜 직장인들의 주린 배를 채워 주는 간식으로 인기를 끌었고, 1998년 IMF를 겪으며 싸고 간

편하게 한 끼를 해결할 수 있는 서민 음식으로 확고히 자리 잡았다. 갑작스러운 실직에 갈 곳 없는 가장들이 공원 벤치에 쓸쓸히 앉아 삼각김밥을 먹는 장면은 시대적 애환을 보여주는 상징이기도 했다. 이후 삼각김밥은 2002년 한일 월드컵 때 길거리 응원에 나선 사람들의 폭발적인 수요가 모멘텀이 되어 2000년대 최고의 호황을 누린다. 비록 지금은 도시락에 밀려 과거의 영광이 조금은 희미해졌지만 그래도 지난 수십 년 동안 배고픈 청춘들을 토닥토닥 위로해 준 작지만 특별한 상품이다.

개인적으로 삼각김밥에 대해 추앙하는 점은 가격이다. 나의 학창 시절, 그러니까 1990년대 삼각김밥의 가격은 700~800원이었다. 그런데 강산이 몇 번이나 바뀌었을 세월인데 지금 가격도 그때와 큰 차이가 없다. 1,000원 남짓한 돈으로 오히려 예전보다 훨씬 더 품질이 좋아진 삼각김밥을 먹을 수 있다. 아무리 최소한의 물가상승률을 반영하더라도 결코 쉽지 않은 일이다. 심지어 2000년대 초반엔 자동화 설비의 도입으로 대량 생산이 가능해지면서 900원 하던 가격을 다시 700원으로 내린 적도 있다. 온갖 사유로 제품 가격을 올리는 경우는 많지만 이렇게 자발적으로 가격을 내리는 일은 흔치 않다. 요즘은

'빅', '토핑 2배', '더블'이란 타이틀을 달고 크기를 키우거나 원재료를 더해 1,000원을 훌쩍 넘어가는 제품들도 나오긴 하지만, 편의점에서 삼각김밥을 마주할 때면 '예전 모습 그대로 거기 있어 줘서 참 고맙다'는 생각이 든다. 삼각김밥은 오랜 시간 소중한 추억들을 이어오며 많은 사람들에게 이제 한 끼 식사 그 이상의 의미가 되었다. 그동안 힘든 날들을 함께 버텨온 동지애와 앞으로도 허한 빈속을 채워 줄 것 같은 무아애無我愛가 삼각김밥 속을 삼삼하게 채우고 있다.

아닌 게 아니라 편의점 회사에서 일하면서 이 작은 삼각김밥도 그냥 아무렇게나 만들어지지 않는다는 걸 알게 됐다. MD(상품기획자)가 손품·발품 팔며 아이디어를 찾고 상품을 기획하면, 상품연구소에서 그에 맞는 레시피를 개발하고, 이후 내외부 평가단의 냉정한 품평을 거친 뒤 출시 여부가 결정된다. 본격적인 생산에 들어가면 제조 공장의 밥 소믈리에들이 쌀과 식재료들을 엄선해, 생산 직원들이 깨끗하고 정성스럽게 제품을 만든다. 여기서 끝이 아니다. 그렇게 완성된 삼각김밥은 포장과 출하 준비를 마치고 곧장 저온 물류센터로 옮겨져, 발주 리스트에 맞춰 하나씩 분류된다. 그다음에 배송 기사들이

트럭에 실어 전국의 각 점포로 배송하면, 근무자들이 하나씩 검수해 진열을 마친다. 이렇게 1,000원짜리 삼각김밥 하나가 만들어지고 소비되는 데까지는 어림잡아 최소 100여 명의 손길을 거치게 되니 감히 고귀하다는 표현을 쓸 수밖에. 지금 나는 달랑 삼각김밥 하나 먹고 있지만 그 한입에 누군가의 열정, 또 한입에 누군가의 정성, 또 한입엔 바로 우리의 인생을 맛보고 있는 것이다.

비밀본부에
꽂아 둔 깃발

편의점 회사로 첫 출근 하는 날이었다. 2
주간의 합숙 입문 교육을 마치고 나는 서울 강북영업부
로 발령받았다. 티셔츠와 운동화 대신 정장에 구두를 신
고 자취방을 나섰다. 와이셔츠 특유의 묵직하고 빳빳한
착용감이 좋았다. 돈 벌러 가는 진짜 어른이 된 것 같은
기분. 아침 7시, 지하철역 플랫폼에 섰다. 사람들이 바삐
어디론가 향하며 세상은 분주하게 움직이고 있었다. 역
시 세상의 모든 아침은 나보다 부지런하구나. 이른 시간
출근길의 비장한 공기를 통해 지금까지 느슨한 학생으로
살아온 오랜 생애주기가 샐러리맨이라는 새로운 챕터로
넘어가고 있음을 느낄 수 있었다. 문이 열린 지하철은 이
미 콩나물 시루처럼 사람들로 꽉 차 있었다. 어미젖을 찾

는 강아지처럼 몸을 비집고 들어가면서 두 가지 생각이 스쳤다. '이 지옥철 출근 행렬에 끼어 있을 수 있어서 참 다행이다'와 '앞으로 내 인생은 이렇게 빡빡한 군중 속에서 시들어 가고 마는 것인가'였다. 이 극단의 명제들은 회사 생활 10년이 지난 지금도 매일 아침 교통카드를 '삑!' 하고 찍을 때마다 팝업처럼 '띵!' 하고 떠오른다. 특히 월요일 아침엔 더욱더 강하고 선명하게. 하지만 먹고 사는 일은 그렇게 심오할 겨를이 없는 그 외의 더 무수한 심오함으로 점철된 불가피한 관성과 반복이었다.

강북영업부에 들어섰다. 설렘과 긴장이 뒤섞여 가슴이 콩닥콩닥 뛰었다. 편의점 회사니까 사무실도 어쩜《찰리의 초콜릿 공장》같지 않을까 상상했는데 찰리는 없고 그냥 찰지게 평범했다. 눈앞에 펼쳐진 광활한 사무실. 처음 들어선 낯선 공간은 마치 표지판 없는 사거리와 다름없었고 나는 출입문 앞에서 순간 길을 잃은 아이처럼 명해졌다. 순발력, 판단력, 패기와 열정 뭐 이런 게 신입사원의 덕목 아니던가. '여기 싱싱한 계란, 아니 신입이 왔어요'라고 알림을 해야겠기에 냅다 소리부터 질렀다. "안녕하십니까! 22기 신입사원 유철현입니다아!"

정적이 흘렀다. 1초간 세상이 멈춘 것 같았다. 몇 개의 시선이 나를 쓱 훑고 지나갔고 그들은 몹시 당황한 기색의 침묵으로 나를 반겼다(고 믿고 싶었다). 순간 저쪽 사무실 끝에서부터 어마어마한 창피함이 쓰나미처럼 밀려왔다. 밀란 쿤데라가 말하는 '참을 수 없는 존재의 가벼움'은 우리의 삶 아주 가까이에서, 아주 사소한 장면으로, 아주 낯 뜨겁게 마주할 수 있는 것이었다. 나와 그들의 기억을 모두 지우고 싶었다. 《맨인블랙》의 뉴럴라이저(기억제거장치)는 왜 아직도 개발되고 있지 않는가, 이공계여! 그때 예수 같은 한 분이 조용히 일어나더니 나를 회의실로 안내해줬다. 거기엔 먼저 도착한 동기들이 앉아 있었다. 그들도 이미 나의 전철을 밟았다는 듯 공감과 동정의 눈빛으로 날 바라봤다. 출근한 지 약 3분 만에 하루치 체력을 다 소비했다. 이때부터였나? 출근하자마자 퇴근하고 싶어지는 거.

아침 9시, 사람들이 모두 출근하자 바로 신입사원들의 소개가 이어졌다. 사랑하는 나의 동기 손정식은 "열심히 하는 사람보다 잘하는 사람이 되겠습니다!" 계열의 전위적인 멘트를 메들리로 쭉쭉 뽑아내며 강북영업부의 항마력을 테스트했다. '정식아 그만. 알았어. 알았으니까 제발 그만해!' 사무실 여기저기서 감탄인지, 야유인지 모를

'오'와 '우' 사이의 육성이 터져 나왔다. '참을 수 없는 존재의 가벼움' 2연타.

　우리가 퇴장하자 강북영업부는 본격적인 가동을 시작했다. 저마다 노트북에는 복잡한 지표와 숫자들이 가득했고 여기저기서 전화가 걸렸다 끊어지길 반복했다. 바삐 움직이는 키보드와 마우스, 복합기 앞을 쉴 새 없이 오고 가는 발걸음들, 이어지는 회의와 회의 속에 웅웅웅 공명이 일었다. 조금 과장을 보태면 진지함으로는 실험실, 박진감으로는 경찰서, 정신없기로는 증권거래소 같았다. 왜 선배 직장인들이 모든 회사에 대해—제조업도 아닌데—공장 돌아간다고 얘기했는지 어렴풋이 알 것 같았다. 무엇보다 평소에 무심히 드나들던 편의점의 이면에 이런 곳이 있었다는 사실이 무척 신선하게 다가왔다. 마치 《007 시리즈》의 첩보기관 M16처럼 편의점이라는 세계의 감춰진 비밀본부 같은 느낌이랄까. 시간이 지나 막상 그 속에 녹아들어 갔을 때는 이렇게까지 근사하게 표현할 일은 아니었지만, 모든 게 처음인 신입사원의 눈에는 편의점의 숨은 엔진이라도 발견한 듯 경이롭게 보였다.

　오후가 되니 영업부원들은 하나둘 자리를 떠났다. 자신이 맡은 지역으로 현장 근무를 나간 것이다. 선배들이

썰물처럼 빠져나간 사무실은 언제 그랬냐는 듯 차분해졌
다. 우리는 사무실에 남아 앞으로의 미션을 부여받았다.
2주간의 직무교육훈련 후 직영점의 점장으로 투입되고 6
개월에서 1년 정도 점포에서 전투력을 쌓은 뒤 지역별 가
맹점을 담당하는 정예의 SC(Store Consultant, 영업관
리직)로 거듭나게 된다는—대충 애벌레와 나비 같은—
시나리오였다.

지금까지 편의점에서 돈을 쓰는 축이었는데 이제 편
의점에서 돈을 벌어야 하는 입장이 되니 기분이 오묘했
다. 졸업 학기 때 수강한 교양 과목인 〈취업과 진로〉 강사
의 말이 떠올랐다. "자신이 받는 연봉의 최소 3배 이상의
수익을 회사에 벌어다 줘야 직장인으로서 존재 가치가
있는 겁니다." 수강생들의 정서를 전혀 고려하지 않는 양
반이었다. 대학을 졸업하고 아등바등 취업하고 나면 모
든 게 순탄하게 흘러갈 줄 알았다. 하지만 직장은 유종의
미를 거둔 학업의 결승점이 아니라 더 크고 무거운 과업
이 시작되는 인생의 출발선이었다. 《미생》에는 이런 대
사가 나온다. "취직을 해보니까 말이야. 성공이 아니라 그
냥 문을 하나 연 것 같은 느낌이더라고. 어쩌면 우리는 성
공과 실패가 아니라 죽을 때까지 다가오는 문만 열어가

며 살아가는 게 아닐까 싶어."

그럼에도 불구하고 새로운 문을 연다는 것은 늘 우리를 들뜨게 만든다. 꽃길을 걸어 들어가는 새하얀 신부의 마음처럼. 그때 나는 직장인으로서 처음 신발 끈을 동여맨 강북영업부 어딘가에 마음의 깃발 하나를 꽂아 두었다. 훗날 힘들고 지칠 때 나의 시작이 어떠했을지 한 번쯤 뒤돌아보고 싶어서, 처음 가슴에 품었던 그 순수한 떨림만큼은 꼭 기억하고 싶어서. 궁금하다. 나는 그로부터 이만큼이나 멀리 떠나왔는데 그 깃발은 여전히 그때 그 모습 그대로 나부끼고 있을지.

폭포수 콜라가
그렇게 좋더냐?*

라면이 전자레인지에서 차례대로 돌아가고 있는 동안 나는 편의점 이곳저곳을 둘러봤다. 수많은 상품이 10평 남짓한 좁은 공간에 100평 같은 공간 효율을 뽐내며 빼곡하면서도 정갈하게 진열되어 있었다. 물건을 골라잡는 게 혹여 이곳의 질서를 깨뜨리는 일이 되지 않을까 걱정이 될 정도로. 생활 반경이 한 줌밖에 되지 않았던 초등학생에게 편의점은 호기심을 자극하는 볼거리들로 가득했다. 일렬로 가지런하게 놓여 있는 삼각김밥, 햄버거, 샌드위치 들은 그 자태가 워낙 도도해 쉬이 눈을 마주칠 수 없었고, 처음 보는 수입 과자들은 알아들

* 이 글은 「세계 챔피언이 바뀐 날」의 외전이다.

을 수 없는 외국어로 나에게 블라블라 말을 걸어왔다. 서점도 아닌데 책과 잡지를 팔았고 문방구도 아닌데 볼펜과 노트를 팔았다. 정체를 알 수 없는 사각 케이스는—나중에 좀 더 커서 그게 콘돔인 줄 알았지만—편의점이란 신비한 세계로 나를 더욱 끌어들였다.

특히 '걸프'라고 불리는 음료 디스펜서 앞에서 나는 눈이 휘둥그레졌다. '딸깍, 쏴아아. 딸깍, 쏴아아.' 시원한 소리에 보고만 있어도 쾌감이 느껴졌다. TV로만 보던 나이아가라 폭포가 여기에 있었다. 엄마가 한 컵 줄까 말까 하는 탄산음료를 마음껏 따라 마셔도 된다니 이곳이야말로 천국! '원래 콜라는 눈으로 마시는 거던가'라며 넋을 놓고 보고 있는데 한 친구가 잘 보라며 컵 가득 표면장력의 최대치까지 따르는 법을 시연해 보였다. 그 모습이 어찌나 재밌던지 이런 셀프서비스는 백 번도 더 할 수 있을 것 같았다.

편의점에 오기 전 나의 단골은 동네에 있는 풍년슈퍼마켓이었다. 지금이야 슈퍼마켓은 매장 면적 165제곱미터 이상 3,000제곱미터 미만으로 분류되지만, 풍년슈퍼는 이름만 슈퍼일 뿐 그 최소 기준에도 턱없이 못 미치는 슈퍼 땅콩 가게였다. 그럼에도 내가 살던 고향은 전형적인 1990년대 소시민들의 동네여서 '풍년'이란 이름은 꽤나 큰 구매 호소력을 지녔고, 풍년슈퍼는 삼각김밥도 없고 수입 과자도 없고 폭포수 콜라도 없었지만 동네 사람들에겐 언제나 크고 풍요로운 곳으로 인식됐다. 나와 동생은 엄마의 밥상 노동 서포터즈로서 풍년슈퍼로 분주히 심부름을 다녔다. "뚜부(부산에선 대부분 1음절에 강세를 준다) 한 모 주이소" 하면 주인아줌마가 큼지막한 대야에 둥둥 떠 있는 두부를 봉지로 쓱 감싸 집어 줬다. 물이 뚝뚝 떨어지는 봉다리에 담긴 두부는 다시 엄마 손에 건네져 보글보글 된장찌개 위로 두둥실 떠올랐고 그 순간 요리의 성취감은 엄마가 아닌 나와 동생의 것이 되었다(대체 뭘 했다고?).

또 우리 형제는 일주일에 한 번 풍년슈퍼에서 과자를 샀다. 앞서 수행한 심부름들은 과자를 위한 마일리지 같은 개념이었다. 당시엔 2,000원만 있어도 과자를 한아름 담아 올 수 있었다. 거기다 풍년슈퍼는 인심도 풍년이라 상시 10퍼센트 할인까지 해줬기에 과자 한 봉지는 공짜나 다름없었다. 치토스, 바나나킥, 맛동산, 틴틴, 고래밥, 칸쵸, 초코다이제스트, 칸츄리콘, 야채타임, 콘초코, 오징어집 등이 내가 즐겨 먹던 과자들이었다. 단짠단짠, 고소

짭잘, 달달담백한 맛의 꿀조합을 본능적으로 터득해 그날의 입맛에 따라 과자 스쿼드를 짜는 것이 인생 최대의 설계이자 행복이던 그때. 풍년슈퍼는 어른들이 정해준 음식만 받아만 먹던 나에게 자의적 선택으로 식도락을 처음 느끼게 해준 곳이었다. 그렇게 풍년슈퍼는 가정적으로나 정서적으로나 식성적(?)으로 나를 여물게 키웠다.

아무튼 다시 돌아와 나는 팥죽 단지에 빠진 생쥐 마냥 여전히 편의점을 탐닉하고 있었다. 낯익은 친구들도 만났다. 평소 즐겨 먹던 과자들이 각자의 이름표가 적힌 자리에 앉아 형광등 스포트라이트를 받으며 부잣집 아들 같은 표정을 하고 앉아 있었다. 나는 평소 아는 얼굴들을 만나 무척 반가운 마음이 들었는데 왠지 이 녀석들이 날 모르는 척하는 느낌이 들었다. 때깔 좋은 그 녀석들의 포장지에 어리숙한 내 모습이 비쳤고 낯익음이 금세 낯선 모습으로 변했다. '내다 내. 너거들 내 모르나?' 말 없는 과자들을 앞에 두고 혼자 민망해하고 혼자 야속해 했다. 이런 걸 위화감이라고 하는 걸까.

바로 그때 눈앞에 풍년슈퍼가 오버랩 되며《이수일과 심순애》이야기가 떠올랐다. 어린 마음에 밀려든 서러움이 울컥 귀소 본능을 일으킨 것이다. "김중배의 다이아 반지가 그렇게 좋더냐?"라는 대사를 누군가 "편의점의 폭포수 콜라가 그렇게 좋더냐?"로 변환해 내 귀를 다그쳤다. '네… 니요(근데 누구세요? 풍년슈퍼 아줌마예요?)' 일순간 배반의 초딩, 만무방에 파렴치한이 된 것 같은 기분이 들었다. 풍년슈퍼에 미안했다. 잠시 편의점의 화려함에 흔들린 내 마음이 부끄럽고 이것저것 우열을 가리며 단골 가게를 두고 외도를 한 죄책감에 마음이 무거웠다. 맞아, 풍년슈퍼는 10퍼센트 할인도 해줬는데….

사실 '내돈내산'의 자유를 누가 뭐라 할 일도 아니고 더욱이 《이수일과 심순애》는 요즘 《연애의 참견》 사연에 비하면 옆집 아저씨 기침 소리보다 더 시시한 이야기지만 '바르게 살자'라는 파쇼적 기치를 한창 내세우던 그때, 초등학생의 순수한 양심과 의리에 있어 단골 슈퍼와의 호혜적 관계를 저버리는 일은 도의적으로 크나큰 잘못으로 느껴졌다. 그 이후로 나는 몇 개의 계절이 지나도록 편의점에 가지 않았다. 편의점과의 첫 만남에서 감탄한 유별난 반응에 비하면 그 또한 너무 유난스러운 무관심이자 속죄였다.

TV에서도 더 이상 《이수일과 심순애》의 패러디가 나오지 않을 때쯤 우리 집은 풍년슈퍼가 있는 신선동에서 편의점이 있는 영선동으로 이사를 했다. 그때 나는 언제 그랬냐는 듯 이미 편의점에 익숙해져 있었고 '바르게 살자' 보다는 '바르게 살쪄'를 더 예민하게 받아들이고 있었다. 그러다 언젠가 부산에 내려갔을 때 어머니로부터 풍년슈퍼 아줌마가 지병으로 돌아가신 뒤 가게 주인도, 간판도 모두 바뀌었다는 소식을 듣게 됐다. 아아, 나의 어린 날들을 살뜰히 채워줬던 풍년슈퍼가 작별 인사도 없이 사라졌다. 이럴 줄 알았으면 눈에 더 담아둘 걸…. 서글픈 먹먹함이 가슴에 닿았다 멀어져 갔다. 그나마 위안이 되는 건 그때 편의점에서 오버랩 된 풍년슈퍼가 있었기에 요즘도 편의점에 가면 지난날 풍년슈퍼의 모습이 슬며시 어린다는 점이다. 그때 느낀 저릿한 감정이 이렇게 잊힌 기억을 소환하는 타임워프의 복선이었을 줄은.

　그래, 시간이란 타노스를 어찌 막으리. 그렇다고 풍년슈퍼 같은 동네 슈퍼가 완전히 사라지는 것은 아니다. 그는 그대로 누군가의 마음속에 간직되고 시대의 흐름에 따라 편의점이 그 바통을 넘겨받아 또 다른 모습으로 진화하고 있다. 요즘 아이들에겐 편의점이 나의 어린 시절의 풍년슈퍼일 테지. 그렇게 우리들의 이야기는 새롭게 쓰이고 또 다른 시간을 향해 계속해서 나아간다. 그래서 기억되는 것은 아름답고 변화하는 것은 찬란하다. 그때는 몰랐지만 지나고 보면 참 소중했던 공간, 그 속의 추억들이 세대와 세대를 이어갈 수 있길 바라본다. 나에게 풍년슈퍼가 그랬듯 우리 아이들에게도 훗날 편의점이 포근한 둥지 같은 곳이 되면 좋겠다. 아무쪼록 편의점에 오는 모든 이들의 삶에 풍년이 깃들길.

지키고 싶은
마음

바나나맛우유에 관하여 두 가지 이야기를 하려고 한다. 하나는 이름에 관한 것이고 또 하나는 친구에 관한 것이다.

우리가 흔히 부르는 바나나우유의 정확한 제품명은 바나나'맛'우유다. 법령에 따르면 특정 원재료가 실제 제품에 들어가지 않았다면 그 재료의 이름을 제품명에 그대로 사용해서는 안 된다. 그래서 과거 바나나맛우유는 색깔만 노랄 뿐 바나나는 0.1그램도 들어가지 않았기 때문에 '바나나우유'라고 표기할 수 없었다. 우리가 맛본 부드럽고 달콤한 바나나 맛의 실체는 사실 합성향료였던 것이다(시중에 거의 모든 가공유가 그러하니 노여워 말자). 아무튼 이 때문에 어쩔 수 없이 바나나'맛'우유로 제품명

을 살짝 비틀어 썼던 것인데, 이마저도 2009년 관련 기준
이 개정되면서 '맛' 대신 '향'으로 바꿔야 할 곤경에 처하
게 된다. 제조사에겐 날벼락이었다. 비록 단 한 글자지만
스테디셀러의 개명은 소비자들의 인식과 그로 인한 제품
의 존망에 큰 영향을 미칠 수 있는 부담이었다. 고심 끝에
결국 '바나나맛'이란 타이틀을 사수하기 위해 진짜 바나
나 과즙을 아주 살짝 첨가하기로 했다.

그런데 과즙을 넣자 이젠 우유 맛이 변하는 또 다른
문제가 생겼다. '맛'이라는 이름을 지키기 위해선 본체의
'맛'부터 지켜야 했다. 다행히 부단한 연구 끝에 과즙을
넣어도 이전의 맛을 유지하는데 성공했고 가까스로 바나
나맛우유의 명맥을 지금까지 이어올 수 있게 됐다. 하지
만 이러한 파란만장한 노력이 무색하게 요즘은 단지형
용기에 빗대어 '뚱바'(뚱뚱한 바나나맛우유)라는 애칭으
로 더 유명하다는 게 '바무룩'. 힘들게 지킨 이름인데 우
리 또바기 정확하게 불러줍시다!

바나나맛우유와 편의점은 요즘 같은 인스턴트 시대
에 보기 드문 절친이다. 바나나맛우유 없는 편의점은 찾
아볼 수 없을 정도로 둘은 떼려야 뗄 수 없는 사이. 굳이
위아래를 나누자면 1974년 출시된 바나나맛우유가 1989

년 처음 문을 연 편의점보다 한참 연배가 높다. 동네 슈퍼나 목욕탕, 휴게소 등에서 이름을 떨치던 바나나맛우유는 편의점이 주요 소비 채널로 급부상하기 시작하자 그의 성장과 더불어 명실공히 국민 음료로 자리매김하게 된다. 실제 바나나맛우유는 편의점 전체 판매량 순위 Top 5에 수십 년째 빠지지 않고 드는 올타임 레전드 제품이다. 편의점과 바나나맛우유는 이렇게 서로를 밀어주고 끌어주며 함께 해온 시간만큼이나 비슷한 소비문화적 지문을 갖게 됐다. 편의점 회사에 다니는 나에게도 바나나맛우유 같은 그런 친구가 있다.

나의 중학교 친구 남재선은 바나나맛우유를 유독 좋아했다. 평소에 바나나맛우유를 얼마나 자주 먹었으면 '재선이 피는 노란색일 수도 있겠다'라고 생각할 정도였다. 친구들끼리 편의점에서 음료수를 하나씩 골라잡을 때도 재선이는 늘 바나나맛우유만 집었다. 워낙 일편단심 선호도였기에 친구들은 자기 걸 고르기도 전에 바나나맛우유를 골라 재선이 손에 먼저 쥐어주곤 했다. 그런 재선이가 바나나맛우유를 좋아하게 된 이유를 고등학교 입학 후 우리의 아지트였던 K네 옥탑방에서 들을 수 있었다. 비가 주룩주룩 내리던 한적한 주말 오후, 친구 대여섯 명이 모여 센티한 대화를 나누게 된 어느 날이었다. 재선이의 엄마는 재선이가 초등학교에 들어갈 때 즈음 집을 나갔다. 잠깐 시장에 다녀오겠다고 재선이에게 바나나맛우유를 사주며 이거 먹고 있으면 금방 돌아오겠다고 했다. 하지만 그게 마지막 모습이었다. 아무리 기다려도 엄마는 돌아오지 않았다. 땅거미가 지고 밤이 새도록. 그다음 날도, 그다음 날도…. 그날 이후 재선이는 몸이 아픈 아버지와 형이랑 셋이서 살았다.

그때 처음 알았다. 재선이의 감춰진 슬픔을. 그랬구나. 편의점에 갈 때마다 엄마를 떠올렸겠구나. 엄마가 보고 싶어서 항상 바나나맛우유를 마시는 거였구나. 바나나맛우유를 먹고 있으면 엄마가 다시 돌아올 거라고 믿고 있었던 거구나…. 하지만 재선이는 그 일 때문에 바나나맛우유를 즐겨 먹는 건 아니라며 섣불리 뱉어낸 가정사가 쑥스러운 듯 이내 주워 담으려 했다. 하지만 평소 재선이의 성격을 알기에 그런 게 아니라고 할수록 실은 더 그런 것처럼 들렸다. 그동안 재선이가 마신 바나나맛우유 한 모금 한 모금이 혼자서 꾹꾹 숨겨 놓은 엄마에 대한 애달픈 그리움과 간절한 기다림이었다고 생각하니 가슴이 아려왔다. 그동안 몰랐던 재선이의 아픔을 마주한 우리들은 말없이 한참을 울었다. 그런데 정작 재선이는 눈물을 보이지 않았다. 비가 내리는 창밖만 물끄러미 쳐다볼 뿐이었다. 나는 그런 재선이의 모습이 더 슬프게 느껴졌다.

고등학교를 졸업하고 우리들은 각자의 길을 갔다. 인문계 친구들은 대학으로 진학했고 실업계 친구들은 곧바로 취업 전선에 뛰어들었다. 재선이만 빼고. 재선이는 집에만 틀어박혀 게임만 했다. 삶의 목표와 동력을 잃어버린 사람처럼 점점 은둔형 외톨이가 되어 갔다. 학기 중 잠깐 부산에 내려갔을 때 재선이는 결핵으로 병원에 입원해 있었다. 잘 먹어야 빨리 낫는다고 바나나맛우유와 고기만두를 사 들고 병문안을 갔다. 재선이는 몰라보게 수척해진 얼굴로 입맛이 없다며 그마저도 입에 대질 못했다. 우리는 요즘도 결핵에 걸리는 사람이 있냐며 재선이를 놀렸다. 그리고 나는 다시 서울로 돌아왔다.

재선이의 부고를 듣게 된 건 그로부터 얼마 지나지 않아서였다. 부산행 기차는 마치 시간이 멈춘 깜깜한 동굴을 지나가는 것 같았다. 빈소에 놓인 영정 사진을 보고도 나는 재선이의 죽음을 받아들이지 못했다. 나는 상실감에 빠져 재선이를 버린 재선이 어머니를 원망했고, 젊은 놈이 고작 결핵 하나 이기지 못했냐며 재선이를 원망했고, 이렇게 될 때까지 아무런 힘이 되어주지 못한 나를 가장 많이 원망했다. 스무 해의 짧은 생에 시련과 아픔만 홀로 안은 채 재선이는 그렇게 황망히 우리 곁을 떠났다. 소중한 것을 지키고 싶은 마음은 왜 이렇게 항상 초라하고 힘겨울까? 그건 재선이나 나나 마찬가지였겠지? 재선이를 화장하고 돌아오는 5월의 봄날은 눈부시게 화창했다. 그래서 뭔가 더 모질고 서럽게 느껴졌다. 재선이의 유분은 영도 앞바다가 내려다보이는 봉래산 기슭 큰 바위 아래에 뿌려졌다. 해가 지던 그날의 노을은 바나나맛우유를 흩뿌려 놓은 듯 옅은 노란빛을 띠었던 것으로 기억한다. 나는 꽤 오랜 시간 동안 친구를 지켜주지 못했다는 자책감에서 헤어 나오지 못했다. 마음 한편에 큰 웅덩이가 파인 것처럼.

우리는 재선이 기일이 되면 늘 바나나맛우유를 들고 봉래산 바위를 찾아 재선이의 몫까지 열심히 살겠노라 다짐했다. 사실 나는 그 이후로 바나나맛우유를 마시지 않는다. 재선이에게 바나나맛우유는 긴 기다림을 견디게 해주는 진통제 같은 것이었고, 나에게는 친구의 부재를 선명하게 인화하는 현상액 같은 것이었다. 그 노란 빛깔은 기다림에 지쳐 엄마와의 약속을 끝내 저버린, 속절없이 스스로 삶의 끈을 놓아버린 쓸쓸한 재선이의 뒷모습을 떠올리게 한다. 이제 그만 익숙해질 때도 됐는데 이렇게 비가 오는 날이면 재선이가 사무치게 그립다. 오늘은 바나나맛우유를 사러 편의점에 가봐야겠다.

대환장
도시락 페스티벌

편의점 회사 신입사원들은 입사와 동시에 '사장'부터 시작한다. 된장, 고추장, 쌈장 같은 거 말고 진짜로 사장! 이 무슨 돌배기 물구나무서는 직급 체계인가 싶겠지만 사실 여기서 사장은 가게 사장, 즉 직영점 점장을 말한다. 편의점 세계에 입문하면 마치 게임 '배틀그라운드'의 플레이어들이 낙하산에 매달려 전장으로 떨어지듯 하나둘 전국 각지의 직영점으로 배치된다. 직영점은 신입사원들이 편의점 전사로 새롭게 태어나는 일종의 인큐베이터다. 단군 신화 속 곰과 호랑이가 인간이 되기 위해 동굴에서 백일 동안 쑥과 마늘을 먹으며 견딘 것처럼 신입사원들도 직영점에서 일 년 남짓 피, 땀, 눈물이 젖은 도시락을 까먹다 보면 자연스레 시간이 이식해주는 편의점 DNA를 갖게 된다. 고객 응대부터 점포 관리, 상품 발주, 알바 채용에 이르기까지 편의점 운영의 A to Z를 경험하면서 여러모로 배울 수 있는 게 많다.

나는 서울 노원구 공릉동에 있는 서울과학기술대1관점을 맡았다. 학생회관 안에 있는 이 점포는 캠퍼스 안에서 인구 밀도가 가장 높기로 유명한 곳이었다. '겁나 빡셀 것 같은데….' 역시 슬픈 예감은 틀리지 않았다. 12시 땡, 점심시간이 시작되면 점포는 전쟁터를 방불케 했다. 하루 평균 1,500명의 손님이 밀려들었다. '살려 주세요!' 하지만 그들에게 자비란 없었다. 계산을 기다리는 줄이 20평 남짓한 점포의 4면을 빙글빙글 돌아 점포 밖까지 이어지기도 했다. '6·25 때 난리는 난리도 아니다'라는 어르신들의 말을 내가 입버릇처럼 되뇌게 될 줄이야. 쉴 새 없이 몰려드는 손님들로 카운터는 항상 바빴고 덕분에 내 손은 《타짜》의 고니도 울고 갈 만큼 번개처럼 빨라져 있었다.

손이 아무리 빠르다 한들 이런 대환장 직영점 생활에서 신임 점장들이 흔히 하는 실수가 있는데 그건 바로 공포의 '오誤발주'다. 이는 평소 발주량 대비 과소 또는 과대 발주를 하는 것인데 보통 과소보다는 과대 발주를 하는 경우가 훨씬 많았고 또 그만큼 치명적이었다. 점장들은 매일 오전 10시 전까지 최근 판매량을 기반으로 가까운 미래의 판매량을 예측해 발주를 넣는다. 요일별로 발주할 수 있는 상품들이 상이하고 하루 수백 개의 품목들을 다뤄야 하니 고도의 집중력이 필요하다. 하지만 그러면 뭐하나, 필경 인간은 실수의 동물인 것을. 어제의 나는 3개를 발주하고자 했으나 오늘의 전표에는 33개가 떡하니 찍혀 있다. 상상만으로도 끔찍한 일이다. 다행히 시스템상 99개가 최대치지만 언제 어떻게 찾아올지 모를 1과 99 사이의—내가 그랬을 리 없는, 내가 아니었으면 좋을, 그렇지만 내가 한 것이 분명한—실수의 가능성은 늘 점장들의 오금을 저리게 했다.

　오발주로 곤욕을 치른 동기들의 안타까운 소식이 여기저기서 들려오던 어느 겨울날, 국밥 도시락 3종이 신제품으로 출시됐다. 그때 도시락은 사람들이 편의점에서 파는지조차 모를 만큼 열렬한 무관심을 받던 비인기 제품이었다. 나 역시 삼각김밥은 하루에 100개씩 들여놨지만 도시락은 고작 20개, 그마저도 판매율이 저조했다. 그래도 국밥 도시락은 동절기 시즌 상품으로 꽤 그럴듯해 보였다. 그날은 무슨 바람이 불었던지 '명색이 편의점 전문가가 되려면 이럴 때 응당 공격적인 면모를 보여야지'

라는 생각을 가졌다. 호방하게 평소 발주량에 더해 국밥 도시락 3종을 각각 5개씩, 총 15개를 추가로 발주했다. 절대적인 양이 많은 것도 아니었고 그중 50퍼센트 이상 팔린다면 나름 꽤 괜찮은 성과라고 판단했다. 마음만 먹으면 다 못 팔 것도 없지 뭐! 축구로 치면 일단 그럴싸한 궤적으로 크로스는 올려놨고 내일 멋지게 슈팅을 때릴 참이었다. 두근거리는 마음으로 퇴근했는데 밤늦게 알바생에게서 전화가 왔다.

"점장님, 물건이 들어왔는데 이거 좀 이상한데요?"

"왜? 무슨 일이야?"

"도시락이 너무 많아서요."

"후후, 그거 내가 매출 좀 올려보려고 조금 파이팅 있게 발주한 거야. 내일 열심히 한 번 팔아보자!"

"아, 네…."

다음날 출근한 나는 그 자리에 털썩 주저앉고 말았다. 점포에는 국밥 페스티벌이라도 열린 것마냥 국밥 도시락이 한가득 쌓여 있었다. 도시락 쇼케이스에 진열하고도 남아 음료 냉장고까지 넘쳐났다. 어젯밤 통화에서 근무자가 왜 말끝을 흐렸는지 그제야 알 수 있었다. 발주 내역을 확인해 봤다. 세 가지 제품을 각각 5개씩 발주할 요량이었는데 두 번째 국밥 수량에 55개가 찍혀 있었다. 아뿔싸! 15개가 단숨에 65개로 둔갑한 것이다. 원래 들어 오던 양까지 합치면 85개. 평소 발주량보다 4배가 훌쩍 넘는 양이었다. 오전 근무자가 남의 속도 모르고 얄미운 농을 던졌다. "점장님, 이 정도면 편의점이 아니라 국밥집 해도 되겠는데요?" (입 닥쳐, 말포이!)

　이미 하늘이 무너졌지만 솟아날 구멍을 찾아야 했다. 머릿속의 뉴런과 시냅스의 활동을 최대치로 가동했다. '책임을 통감하고 사표를 쓴다고 할까? 아니면 혹시 신사 업으로 국밥집 어떠냐고 물어볼까? 그럼 그냥 사표 쓰라 고 하겠지?' 아무리 생각해도 답은 하나밖에 없었다. 죽 이 되든 국밥이 되든 어떻게든 팔아보는 것. 일단 내가 먹 을 오늘 점심과 저녁을 구매하면 벌써 2개 소진. '시작이 좋군!' 그룹웨어에 올라온 제품 이미지를 다운받아 자체 홍보물부터 만들었다. 홍보물이라 해봐야 먹음직한 조리 예 사진에 당시 유행어였던 '한 뚝배기 하실래예?' 카피 를 큼지막이 박은 게 전부였다. 근처 피시방에 가서 수십 장을 출력해 와 출입구, 시식대, 카운터를 싹 다 도배했 다. 그리고 뜨겁게 데운 국밥 하나를 카운터 뒤편에 올려 두었다. 사우스 플로리다 대학 연구팀의 실험 결과고 나

발이고 음식 장사는 무조건 후각을 공략하는 게 치트키라고 생각했다. 국밥을 주제로 한 BGM이 없다는 게 좀 아쉬웠지만 그래도 나름 모든 준비는 끝났다.

드디어 점심시간이 찾아왔다. 점포에 들어온 학생들도 평소와 다른 범상치 않은 분위기를 눈치챈 듯했다. 손님이 가장 많은 점심때 절반 이상을 팔아야 승산이 있었다. 나는 그들을 향해 음소거의 피리 부는 사나이로 빙의했다. '삘릴리, 국밥. 삘릴리, 국밥.' 지성이면 감천이라 했던가. 나의 구매 독려 뇌파와 식욕을 자극하는 냄새에 이끌린 손님들이 너도나도 도시락 쇼케이스로 향하기 시작했다. 하나, 둘, 셋, 열, 스물, 서른, 마흔…. 한 시간 만에 무려 3분의 2를 팔았다. '좋았어!' 오후를 지나 저녁에도 국밥을 구매하는 손님들이 이어졌다. 최종 판매량은 79개, 폐기량은 고작 6개에 불과했다. 평소였으면 상상도 못 할 판매량인데다 폐기율도 10퍼센트 미만이라 예상을 뛰어넘는 훌륭한 성적이었다(한편 그날 삼각김밥의 폐기율은 20퍼센트가 넘은 건 비밀). '하얗게 불태웠어!' 지옥에서 돌아온 나는 눈물 젖은 국밥을 먹으며 가슴을 쓸어내렸다. 다음 날 아침, 우뚝 솟은 도시락 실적 그래프를 확인한 담당 선배가 칭찬의 메시지를 보내왔다. 역시 신입사원의 도전정신이 남다르다며…. 속도 모르는 선배님도 한 뚝배기 하실래예?

아무튼 나는 이때 처음으로 장사의 맛을 알게 됐다. 그동안 물건을 사는 쇼핑의 재미만 알았지 누군가에게 물건을 파는 것이 이렇게 달콤하고 짜릿한 일인 줄 미처 몰랐다. 그리고 깨달은 것이 있다. 장사는 돈을 얼마나 벌었는지 '결과의 손익'이 아니라 누군가의 마음을 얻고 만족시키는 '과정의 재미'를 추구해야 한다는 걸. 그 재미를 느낄 수 있다면 장사는 궁극엔 잘 될 수밖에 없다는 걸. 장사는 그렇게 과정의 완성도가 결과의 완성도를 이끄는 메커니즘이라는 걸. 이후 나는 뭐든지 열심히 팔았다. 실패도 하고 성공도 하면서 눈이 트이고 가슴이 뛰었다. 장사가 그리 사람을 미치게 만드는 것이었다.

카운터가
잘못했네

       직영 점장을 떼고 영업 현장 직무교육훈련이 시작됐다. 충무로 명보사거리에 있는 명보사거리점 앞에 섰다. 명보극장, 명보치과, 명보기획, 명보식당, 명보인쇄…. 명보란 명보는 홍명보 빼고 다 있는 명보사거리. 그만큼 유동 인구도 많고 번화했다. 명보사거리점은 이름 그대로 통행량 많은 사거리에 배후가 탄탄한 오피스 상권을 등에 업고 가시성도 뛰어난 모퉁이 자리를 꿰차고 있었다. 양택풍수에 문외한인 내 눈에도 마치 봉황이 둥지를 틀고 날개 춤을 출 것 같은 명당처럼 보였다. 이런 점포가 돈이 넝쿨째 굴러 들어오는 곳이겠거니 생각하고 있는데 아니나 다를까 명보사거리점을 담당하는 직무교육훈련 멘토 C선배가 질문을 던져왔다.

"철현 씨, 여기 하루 매출 얼마 나올 것 같아요?"

"위치가 엄청 좋네요. 최소 150만 원? 소형점인 걸 감안하면 음… 그래도 한 120만 원은 나오지 않나요?"

"(피식)때앵! 잘 나와야 70~80만 원."

"네? 그거밖에 안된다고요?"

C선배는 멋모르는 신입사원의 순진한 오답을 기다렸다는 듯 실로폰 소리까지 묘사하며 당황해하는 나의 반응을 즐거워했다. 하지만 그의 표정은 금세 어두워졌다. 사실 명보사거리점은 C선배에겐 두통 유발 골칫거리였다. A급 입지에서 무난히 고매출을 기록할 것이라 예상했던 신규점인데 막상 뚜껑을 열어보니 매출이 형편없었기 때문이다. 유력한 금메달 유망주의 예선 탈락 위기.

"아오, 점포개발팀은 이런 똥을 싸놓고 나더러 어쩌라는 거야. 하여간 지들은 점포만 열어놓고 맨날 뒷일은 우리 몫이지 씨×!"

조금 전까지 SC로서 근성과 투지, 긍정과 보람, 그 비스름한 것들을 잔잔하게 설명해주며 『채근담』 속 현자처럼 완숙했던 모습이 무색하게 C선배는 갑자기 짜증을 버럭 냈다. 믿는 도끼에 찍힌 발등이 매우 아팠던 모양이다. 나는 그가 왜 그러는지 잘 알고 있었다. 영업 담당에게 매출 부진 점포로 향하는 발걸음은 가시밭길이다. 대박의 꿈을 안고 오픈한 점포가 저매출에 허덕이며 실의에 빠진 점주의 감정받이가 될 게 뻔하니까. 그래서 예고된 푸념과 원망을 듣기 전, 길거리 소음을 장단 삼아 혼자 살풀이 같은 넋두리를 하는 것이었다. 그 모습은 마치 콘크리트 소릿재에 울려 퍼지는 서편제 같았다. 월급쟁이로서, 편의점 회사 직원으로서, 점주와 본부 사이의 위성인으로서 내면의 굳은살이 박이는 과정은 이토록 구슬프고 처량했다. 만약 이렇게 수시로 푸닥거리를 할거면 차라리 무속인으로 전직을 하는 게 낫지 않겠느냔 생각도 잠시 스쳤다.

C선배의 뒤를 따라 점포에 들어섰다. '안녕하세요?'와 '오셨어요?'로 시작된 그들의 대화는 '이대로라면 폐점해야 하지 않느냐'는 물음과 '그게 그리 간단한 문제는 아니'라는 답변이 반복되며 꽤 오랜 시간 이어졌다. C선배도 그동안 갖은 노력을 다했다. 상품 리뉴얼, 할인 행사, 홍보물 배포 등 다양한 매출 활성화 시도를 해봤다. 하지만 불행히도 별 효험은 없었다. 애초부터 상권분석이 잘못되었던 건지, 운영력의 문제인 건지, 그것도 아니면 개점 초기의 일시적 침체기인 건지. 난제였다. 부진의 원인

을 찾지 못하는 버뮤다 명보사거리.

우리는 점주와 미팅을 끝내고 늦은 점심을 먹으러 갔다. 음식을 기다리고 있는데 C선배가 뭔가 굉장한 비밀을 말해주려는 표정으로 입을 뗐다. 실은 자기가 명보사거리점이 잘 안되는 근본적인—하지만 현시점에서 자기가 어찌할 수 없는—이유를 알고 있다며.

"네? 그게 뭔데요?"

"그게 말이죠. 점포 출입문이랑 카운터가 서로 딱 정면으로 마주보고 있잖아요. 바로 그거 때문이에요."

엥, 내가 지금 무슨 소릴 들은 거지? 사람이 힘든 일을 겪으면 정신 착란에 현실 감각을 잃는다고 하던데 선배도 결국 여기까지 온 건가. 매출 부진의 이유가 고작 출입문과 카운터의 위치 때문이라니? 아무리 내가 신입사원 따위지만 이건 뭐 나름의 논리라도 있어야 듣는 척이라도 해줄 거 아닌가. 어이가 없어 말문이 턱 막혀 있는데 그러든지 말든지 C선배는 확신에 찬 말투로 계속 말을 이어갔다. "철현 씨가 아는 편의점 중에 출입문이랑 카운터가 수평으로 나란히 마주보고 있는 곳이 있어요? 아마 없을걸? 설령 있었다 해도 거긴 얼마 못 가서 망했을 거예요. 이건 백퍼야 백퍼!" C선배는 지금까지 자신이 맡아

왔던 수많은 점포 중 명보사거리점 빼고는 그런 곳이 단 한 곳도 없었으며, 간혹 다른 데 그런 점포가 있단 얘길 들어보면 예외 없이 장사가 잘 안돼 모두 폐점했다고 덧붙였다. 그러고 보니 내가 평소 알고 있는 편의점들을 좌르르 떠올려 봐도 출입문을 기준으로 카운터가 모두 왼쪽이나 오른쪽으로 비켜나 있었지 서로 정면으로 딱 마주보고 있는 곳은 없었다.

그제야 그의 설명에 묘한 설득력이 생기기 시작했다. 점포 레이아웃을 설계하는 디자인팀도 피치 못하는 물리적 제약을 제외하고는 절대 그렇게 배치하지 않는다고 했다. 명보사거리점의 경우는 워낙 소형 평수인 데다가 점포 입구에서부터 왼쪽으로 살짝 꺾어진 ㄱ자 평면이라 부득불 출입문 바로 앞 말고는 카운터를 설치할 자리가 없었던 것이다. 듣고 보니 신기했다. C선배에게 출입문과 카운터와의 관계, 매출과 그 미스터리한 연관성에 대해 더 물었지만 아무튼 이 바닥의 통설이라고만 할 뿐 이성적으로 수긍할 만한 설명을 더 이상 내놓진 못했다. 다만 대책보고서에 왜 그런 얘기를 쓰지 않았냐고 묻자 글로 옮기기에 민망할뿐더러 그럼 윗사람들이 순순히 '아, 네. 그렇군요. 아주 좋은 포인트를 찾아내셨군요.'라고 할

리 만무하지 않겠냐고, 미친놈 소리나 안 들으면 다행이라고 했다(그 말은 그날 C선배에게 들은 얘기 중에 가장 납득이 되는 말이었다). 하지만 어느새 나는 C선배가 설파한 '출입문과 카운터가 마주보고 있으면 장사가 안된다'는 명제를 상당 부분 긍정하고 있었다. 가정집에서도 현관과 거울을 마주보게 두면 들어오는 복도 다시 나간다는 말이 있듯이. 물론 전혀 과학적이지 않지만 그것과 비슷한 원리가 아닐까라고 생각했다.

꽤 시간이 지난 후 나는 행동심리학에서 그와 관련된 꽤 그럴듯한 단서를 찾을 수 있었다. 그것은 '익명성 효과'anonymous effect였다. 익명성은 사람을 자유롭게 한다. 일반적으로 온라인상에서는 그 익명성이 비방, 거짓, 무책임 등으로 나타나지만 소비 환경에 있어서는 쇼핑의 편안함을 말하기도 한다. 출입문과 카운터도 이와 관련이 있을 것이다. 타고난 '관종'이 아니고서야 점포에 들어서기도 전에 카운터에서 누군가 지켜보고 있다는 느낌이 든다면 어느 누가 그 시선을 온전히 받으며 들어가고 싶겠나. 그것은 무의식의 세계이지만 그렇기 때문에 오히려 대부분의 사람에게 공통으로 작용하는 보편적인 법칙일 수 있겠다. 구조적 한계가 낳은 원치 않고 의도치 않은 관심의 충돌, 그 엇갈린 심리 방정식. 그것이 명보사거리점의 수수께끼에 내린 나의 결론이었다. 괜히 관상도 과학이라고 하는 것이 아니듯 편의점 풍수도 숨겨진 과학, 어쩌면 그것보다 더 강력한 소비경제학의 신비한 원리로 작동하고 있었던 것으로! 때론 마주치지 않는 어긋남이 오히려 우리 인생의 느슨한 빈틈으로 스며들어 더 풍성한 채움과 긍정의 결과를 가져오지 않을까?

안타깝게도 명보사거리점은 결국 이듬해 폐점하고야 말았다. 그 후 그 자리는 몇 번의 업종 전환이 더 있었지만 다 망해 나가고 지금은 작은 와플 가게가 들어서 있다. 와플 가게는 모퉁이 자리를 똘똘하게 잘 활용해 3면으로 간판을 달았고 제일 중요한 카운터의 위치는 이전 가게들을 반면교사 삼았는지 출입문과 30도가량 최대한 비스듬하게 두었다. 아주 나이스! 와플 가게여, 흥해라! 네가 명보사거리점의 한을 좀 풀어다오!

아버지의 막걸리,
어머니의 커피

황금연휴를 맞아 오랜만에 동생이랑 부산 고향 집에 내려갔다. 짐을 부리고 옷을 갈아입었을 때 즈음 부산역에 다다른 기차 안에서 미리 시켜놓은 치킨이 딱 맞게 도착했다. 배달원이 초인종을 누르자 어머니는 본인이 계산하겠다며 지갑에서 주섬주섬 돈을 꺼내려 하셨다. 배달 앱에서 주문할 때 이미 결제를 했지만 나는 장난기가 발동해 시치미를 뚝 떼고 내가 계산하겠다며 덩달아 지갑을 찾는 시늉을 했다.

"제가 할게요. 제가!"

"어허이, 와이라노? 내가 할끼라. 고마 앉아 있어."

어머니와 서로 돈을 내겠다며 몸싸움을 벌이다 나는 헛계산을 위한 계산대로 못 이기는 척 물러섰다. 잠시 뒤 배달원에게 이미 계산이 끝났다는 사실을 알게 된 어머니는 안타까운 표정으로 치킨을 들고 들어오셨다.

"에이, 벌써 했구마! 니가 와 했노? 엄마가 사줄낀데!" 깜짝 카메라에 걸린 사람처럼 놀람과 허탈에 빠진 어머니의 반응은 예상대로 꿀잼이었다. '엄마가 사주겠다'는 그 말은 언제 들어도 포근했다. 부산집에 올 때마다 써먹는 장난인데 어머니는 매번 처음처럼 속으신다. 그것은 내가 한결같이 철없는 아들이기 때문일 것이며 그런 아들에게 하나라도 당신 손으로 먹이고 싶은 어머니의 사랑이 변치 않기 때문일 것이다.

아무튼 우리는 치킨을 뜯으며 다 같이 TV를 봤다. 아버지는 오랜만에 내려온 아들들에게 리모컨을 이양했다. 마침 지난주 본방을 놓쳤던 《쇼미더머니》가 재방하고 있었다. 동생과 나는 누구의 비트와 플로우가 더 좋았고 누구의 딕션과 훅이 귀에 더 때려 박혔는지를 논평하며 닭뼈와 함께 우승 후보들을 발라내고 있었다. 세미 파이널이 시작돼서 그런지 경연의 분위기는 점점 고조됐다.

그런데 옆에서 가만히 TV를 지켜보던 아버지가 툭하고 던지신 한마디. "이기 머꼬? 말 빨리하기 대회가?" 이 순수한 질문은 나의 웃음 버튼을 사정없이 눌렀다. 꺼이꺼이꺼이. 자신만의 멋과 스웩으로 가득찬 힙합씬 전체를 한방에 순살 치킨으로 만들어 버리는 촌철살인이었다. 그 말을 들으니 갑자기 《쇼미더머니》가 명절날 특이한 재주를 가진 사람들이 나와 장기를 겨루는 진기명기 프로그램처럼 보였다. 아버지 말씀대로 말 빨리하기 대회라면 아웃사이더 1등, 장문복 2등, 아버지한테 빡쳤을 때 우리 어머니 3등! 아버지는 영어 리스닝 시험이라도 치르는 학생의 표정으로 뭐라고 하는지 하나도 못 알아듣겠다고 혀를 내두르셨다.

감탄인지 조롱인지 모를 아버지의 힙합 감상에 잠시 넋을 잃고 있는 사이 어머니도 마이 턴을 기다렸다는 듯 살을 붙이셨다. "야들 술 취한 거 아이가? 다들 혀가 꼬인네." 악 그만, 그만요! 꺼이꺼이꺼이. 만약 100분 토론에서 '힙합이란 무엇인가?'라는 주제로 래퍼들과 우리 아버지, 어머니가 맞붙었다면 래퍼들은 찍소리도 못하고 불기둥 속으로 사라졌을 거다. 힙합씬이 제 아무리 말을 빨리한다 해도 트로트 세대의 이 순백한 무지몽매를 이길 재량은 없을 테니.

이렇게 전형적인 올드스쿨인 나의 아버지, 어머니가 평소 거들떠보지도 않던 편의점을 가신다. 아들이 편의점 회사에 다닌다는 이유에서다. 당신들이 많이 팔아줘야 아들이 잘될 거라는 아득한 믿음 때문에. 자동차 회사라도 다녔으면 큰 불효를 할 뻔했다. 나의 작고 소중한 월급에 부모님의 애틋한 사랑이 담겨 있다고 생각하니 평소 밥벌이가 새삼 더 뭉클하게 느껴졌다. 원래 부모님은 편의점과 멀찍이 떨어져 계신 분들이었다. 우리 집의 거의 모든 소비는 어머니가 전담하셨는데 주요 소비처는 재래시장 아니면 대형마트, 동네 슈퍼였다. 편의점은 어머니가 필요로 하는 미나리나 고등어를 팔지 않았고, 두부와 콩나물은 시장보다 비쌌으며, 집밥처럼 나온 도시락은 진짜 집밥을 드시는 두 분에겐 관심 밖의 음식이었다. 이것저것 따질 것도 없이 부모님은 편의점에 딱히 갈 일이 없었다.

그런데 이제 아버지가 막걸리를 사러 집 앞 마트 대신 편의점에 가신다. 이 얘기를 들은 동생은 "예? 아부지가 편의점을?"이라며 깜짝 놀랐다. 어머니는 해안산책로에 운동하러 가는 길에 편의점에 들러 종종 커피를 사 드신단다. 우리에겐 평생 트로트만 듣던 부모님이 어느 날 갑자기 힙합도 한번 들어볼까 하시는 것과 같았다. 한 번은 아버지에게 편의점에서 사 드시는 막걸리가 동네 슈퍼 막걸리와 맛이 다르더냐고 물어봤다. 아버지는 똑같은 막걸리니 맛이야 다를 바 없지만 단지 편의점 것이 100원 더 비싸다고 했다. 평소 100원을 100만 원처럼 아끼시는 아버지이기에 그 말속엔 아들을 향한 무뚝뚝하지만 진한 사랑이 배어 있음을 나는 잘 안다. 똑같은 막걸리겠지만 기왕이면 편의점 막걸리가 아버지에게 100배 더 맛있게 느껴졌으면 좋겠다고 생각했다. 아버지보다 편의점을 자주 가시는 어머니에게는 포인트 적립을 하시라고 멤버십 앱을 깔아드렸다. 마트의 적립률이 0.1퍼센트인데 편의점은 그보다 스무 배나 높은 2퍼센트를 적립해준다고 했더니 반색하시다가도 "그러다 너희 회사 망하는 거 아니냐?"고 걱정하셨다. 나는 회사가 망하면 이제 치킨은 어머니가 진짜 사시라고 했다.

아무리 그래도 아버지는 동네 슈퍼가, 어머니는 시장이 여전히 더 편하실 거다. 수십 년간 퇴적되어 온 그 익숙함을—아무리 아들이 편의점 회사에 다닌다고 하더라도—모래 위 글씨처럼 한순간에 쓱 지울 순 없다. 어릴 때 어머니 손을 잡고 시장을 따라다니던 기억이 난다. 내가 지금 어머니에게 편의점에 대해 알려드리는 것처럼 그때 어머니는 어린 나에게 시장에 대해 많은 것을 알려 주셨다. 그래서 시장은 갈 때마다 재밌었고 볼 때마다 새로웠다. 지금 부모님에게 편의점은 과연 어떻게 비치고 있을까? 세월이 많이 흘렀다. 부모님은 여전히 그때의 시장에서 계시고 나는 건너편 편의점에 서 있다. 시장과 편의점의 그 거리는 부산과 서울, 트로트와 힙합, 나이 드신 부모님과 훌쩍 커버린 나와의 거리를 모두 함축하고 있었다.

무엇을 도와드릴까요?

기대와 만족 사이

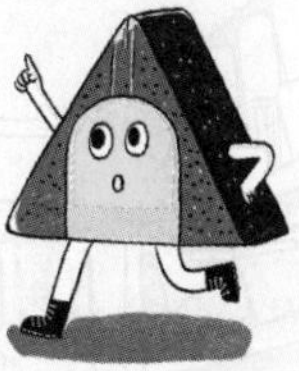

편의점에서 만나는 티 없이 맑은 사람은 둘 중 하나다.

천사처럼 웃음을 주거나 빌런처럼 빡침을 주거나.

만일 빌런을 만나면 둘 중 하나다.

격하게 침묵하거나 조용히 신고하거나.

천사를 만나도 둘 중 하나다.

기분이 아주 좋거나 그다음 꼭 빌런이 오거나.

몰래 온 손님과
두꺼비 점주

　편의점엔 가끔 가짜 손님이 찾아온다. 그 이름도 알쏭달쏭한 '미스터리 쇼퍼'. 그들은 손님으로 가장해 점포의 상품, 청결, 서비스 운영력을 진단하러 오는 사람들이다. 접객용어는 친절하게 하는지, 유니폼은 착용하고 있는지, 유통기한이 지난 제품은 없는지, 시식대와 전자레인지는 깨끗한지 등등을 몰래 또는 공개적으로 모니터링 한다. 운영력은 편의점의 수익과 직결되기 때문에 본사 차원의 관리와 피드백을 제공하기 위함이다. 누구나 친절, 깨끗, 쾌적한 편의점을 이용하고 싶어 하니까. 운영력이 높다고 무조건 장사가 잘되는 건 아니지만 운영력이 낮으면—조금 살벌한 표현으로—점포의 생존은 시한부나 진배없다. '진단하지 않으면 개선할 수 없고

개선하지 않으면 성장할 수 없다'는 전향적인 모토를 내세우는 것도 이런 이유에서다. 운영력 진단은 그 중요성만큼이나 편의점 영업사원들의 성과 측정에 매년 빠짐없이 들어가는 실적 지표이기도 하다. 입술이 바짝바짝. 모두 프로스포츠팀 감독의 심정이 된다.

J점주는 이런 업계의 헤게모니를 '노룩'으로 걷어차고 '개쌍마이웨이'를 외치는 인물이었다. 6월 초여름, 인근 지역에서 운영력 진단이 시작됐다는 첩보를 듣고 긴장감이 한껏 고조되고 있을 때였다. 점포마다 돌아다니면서 각별히 신경을 써달라고 당부하던 차에 J점주에게서 아주 쇼킹한 얘기를 듣게 됐다. "야야!" 지천명을 넘긴 그는 첫 만남부터 나에게 반말했었다(강조하지만 동네 아저씨로는 참 좋은 분이셨다. 동네 아저씨로는….). "내가 미스터리 쇼퍼를 잡았어! 내가 이 동네 사람들을 웬만하면 다 아는데 아무래도 영 수상하더라고. 그래서 당장 쫓아보냈어. 다시는 오지 말라고 엄포를 놨지. 나 잘했지 응? 흐흐흐." "녜에? 뭐라고요?"

사실 똑똑히 들었는데 못 들은 걸로 하고 싶었다. 손님을 친절하게 맞아 달라고 했더니 오히려 뺨을 때리고 쫓아낸 격이었다. 이런 어처구니없는 행동을 하고도 '나

잘했지?'라고 물어보는 J점주의 해맑음은 이 무슨 빅엿 쌍쌍바인가? 여태껏 점주가 미스터리 쇼퍼를 찾아내 문전박대했다는 얘기는 단 한 번도 들어보지 못했다. J점주는 그렇다 치더라도 미스터리 쇼퍼는 또 얼마나 허술했기에 그렇게 쉽게 정체를 들키고 순순히 이실직고를 했는지. 보통 의심을 받으면 '그게 뭐예요?'라며 모른 척 스리슬쩍 넘어가게끔 교육을 받는데 도무지 이해할 수 없었다.

아무튼 깊은 빡침은 일단 접어두고 어떻게 된 일인지 자초지종을 물었다. J점주의 말에 따르면, 평소 못 보던 손님이 점포를 이리저리 훑으며 돌아보기에 얼마 전 나의 알람이 떠올라 갑자기 촉이 왔단다. 그래서 다짜고짜 앞을 가로막고 취조를 시작했다는 거다(아니, 점주님. 그 정도 열의라면 그냥 반갑게 맞아 줄 순 없었나요?). 솔직히 말할 때까지 점포에서 한 발짝도 못 나간다고 협박하고 그것도 안 통하자 음료수로 회유도 하고 그렇게 10분 넘게 실랑이를 벌이자 미스터리 쇼퍼가 마지못해 실토하고 도망치듯 점포를 뛰쳐나갔다고 한다. 듣다 보니 그 놀랍고 희귀한 장면을 직관하지 못했다는 게 아쉬울 정도였다. 미스터리 쇼퍼였길래 망정이지 진짜 손님이었으면 더 큰일 날 뻔했겠단 생각에 처음의 울화통은 천만다행의 안도로 바뀌고 있었다. 난데없는 봉변을 당한 미스터리 쇼퍼가 어느 지하철역 한쪽에서 울고 있지는 않을까 걱정도 됐다(죄송해요. 제가 대신 사과할게요.).

사실 담당으로서 할 말은 아니지만 미스터리 쇼퍼가 쫓겨났든 아니든 J점주의 운영력은 별로 기대하지 않았다. 평소 J점주는 유니폼은커녕 여름엔 입고 있던 옷까지 훌렁 벗어 던지고 《쿵푸허슬》의 두꺼비 아저씨처럼 난닝구 차림으로 카운터를 지켰고 자신보다 어려 보이는 손님에게는 거침없는 반말로 과한 '불'친절을 베풀었다. 한번은 생리대를 구매하는 여성 손님에게 "오늘은 맛있는 거 먹고 푹 쉬어"라고 말하는 걸 보고 경악을 금치 못했다. 도대체 그런 말은 왜 하는거냐고요오옷!

점포는 늘 어둡고 지저분했다. 물건들은 바닥에 너저분하게 널려 있었고, 냉장 상품이 냉동고에 들어가 있거나 뿌셔뿌셔가 신라면 옆에 진열되어 있었으며, 유통기한 경과 상품은 손님이 우연히 찾을 때까지 그대로 방치되기 일쑤였다. 생전 유통기한 골라낼 생각은 안 하면서 미스터리 쇼퍼는 귀신같이 찾아내다니 다시금 놀라운 일이었다. 또, 멀쩡한 스피커를 어디서 주워 온 라디오랑 연

결해 점포에서는 최신 인기가요 대신 매일 《싱글벙글쇼》
가 흘러나왔고, 《57분 교통정보》를 통해 덕평 나들목과
호법 분기점의 정체 소식을 서울 한복판에서 들을 수 있
었다. 공감각적으로 총체적 난국이었다.

역시나 J점포의 운영력 점수는 영업부 최하위를 기록
했다. 내 마음속 우듬지에서 새 한 마리가 푸드덕 날아갔
다. 나도 뒷짐만 지고 있었던 건 아니다. J점포를 처음 맡
았을 때 '내가 이 던전과도 같은 곳을 반드시 바꿔보리라'
비장한 의지를 불태웠다. J점주에게 운영력이 좋으면 얻
게 되는 매출향상 효과나 본사의 지원과 혜택에 대해 지
겹도록 웅변하고 기존의 여러 성공 사례를 간증했으며,
인근 점주에게 전해들은 '건물 상주 손님들이 우리 점포
에 오기 싫다고 다들 길 건너 점포로 간다더라'는 충격 요
법도 변화구처럼 적절히 섞어 썼다. 또 고무장갑을 끼고
직접 점포를 청소하는 모습을 보여주기도 했고, 상품 구
색도 표준 진열에 맞춰서 싹 갈아엎었으며, 1~2시간씩
공동 접객을 하며 서비스 교육도 수시로 했다.

하지만 안타깝게도 사람은 쉽게 바뀌지 않았다. 진짜
1도 바뀌지 않았다. 나는 이때 정말 진지하게 최면 요법
을 배워볼까도 고민했다. 애써 정비한 점포도 한 달쯤 지

나면 다시 원래의 모습으로 되돌아왔다. 잘해보고 싶었는데… 노력하면 달라질 줄 알았는데…. 반복되는 좌절 앞에 난 점점 힘이 빠졌고 회의감이 밀려왔다. 슬퍼하는 나에게 쇼펜하우어 같은 어느 선배가 말했다. 안 되는 건 안 되는 거라고.

몇 개월 후 내가 부서를 옮기고 또다시 몇 개월의 시간이 흐른 뒤 J점주는 바닥을 찍은 매출을 뒤로 하고 계약 종료와 함께 다른 길을 찾아 떠났다고 한다. 뒤이어 점포는 새로운 점주를 만나 대대적인 리뉴얼을 단행했다. 그토록 바라 마지않던 J점포의 디톡스 소식에 나는 멀리서나마 열렬히 응원했다. 어떻게 바뀌었을까? 하지만 패배의 전장은 꼭 한 번 다시 가보고 싶지만 쉽게 발걸음이 닿지 않는 그런 곳이었다. 그 후로 근 10년이 지났다. 그런데 얼마 전, 근처에 볼 일이 있어 갔다가 짐짓 충동적으로 J점포로 향했다. 이상하게 그날은 오늘 아니면 평생 거기 못 갈 것 같다는 생각이 들었다.

J점포를 향해 걸어가는데 마치 안드레아 보첼리의 〈Mai piu cosi lontano〉가 BGM으로 깔리고 오랫동안 헤어졌던 연인과의 만남을 앞둔 듯 심장이 떨렸다. 먼발치부터 점포의 모습이 시야에 들어오자 반가운 마음에

순간 울컥하기까지 했다. 꼬질꼬질한 모습으로만 기억하던 옛 친구가 말쑥한 옷을 차려입고 환하게 웃으며 나를 반기고 있었다. 나는 J에게 쭈뼛쭈뼛 내면의 악수를 건넸고 J는 두 팔 벌려 나를 꼭 안아줬다. 왜 이제서야 왔냐고. 미안하고 고마웠다. "잘 지냈어? 너 많이 변했구나. 좋게 말이야." 나는 점포 문을 열고 들어가 반듯이 놓인 진열대 사이를 꽤 오랫동안 느릿느릿 돌고 또 돌았다. 옛 기억을 더듬으며 그날의 미스터리 쇼퍼처럼. 다행히 나는 쫓겨나지 않았다. 케케묵은 마음의 빚이 조금은 덜어지는 느낌이었다.

몇 살처럼
보여요?

　다소 황당한 고객 클레임을 받은 적이 있다. 담당 점포를 방문한 손님인데 알바생이 자신을 자기 나이보다 더 늙은 사람으로 봐서 매우 불쾌하다는 내용이었다. 고객센터로 접수된 내용을 읽고 처음엔 이해가 잘되지 않았다. 손님이 알바생에게 '나 몇 살처럼 보여요?'라고 뜬금없이 퀴즈를 냈을 리 만무하고 그렇다고 알바생이 물건을 사러 온 손님한테 대놓고 '좀 늙어 보이시네요'라고 했을 리도 없을 텐데…. 아무리 현실이 비현실보다 더 비현실적인 일들이 일어나는 곳이라지만 상식적으로 어떻게 이런 클레임이 발생했는지 갸우뚱했다. 무슨 일이 있었던 걸까?

　사건의 발단은 '객층키'였다. 편의점 계산대에는 성별

과 연령별로 구분된 객층키가 있다. 보통 편의점의 객층키는 남자, 여자로 나뉘어 각각 '어린이, 중고생, 젊은, 중년, 그리고 성별 구분 없이 노인, 외국인'으로 되어 있다. 편의점 알바를 해본 사람이라면 누구나 알겠지만 근무자가 자체 안면 인식으로 고객의 신상을—지극히 주관적으로—파악해 이 버튼 중 하나를 눌러야 시스템적으로 계산이 완료된다. 바로 이 과정에서 고객이 카운터 너머로 알바생이 객층키 누르는 걸 본 것이다. 알바생이 '중년 여성' 버튼을 누른 게 화근이었다. 이 장면을 목격한 고객은 단단히 삐쳤고, 자존심 때문인지 부끄러움 때문인지 그 자리에서 알바생에게는 따지지 못하고 고객센터로 전화해 불같이 화를 냈다. 자신은 30대인데 어떻게, 왜, 감히 나를 중년으로 볼 수 있느냐며 이건 인신공격이나 마찬가지라고 마구 울분을 쏟아냈단다. 그리고 하루 종일 기분이 나빴다는 이유로 정신적 피해 보상과 해당 알바생의 해고를 요구했다고.

담당 점포의 클레임은 영업 담당이 점포와 고객 간의 중재자가 되거나 필요에 따라 직접 고객과 해결하고 완료 보고를 해야 한다. 제품에 하자가 있으면 교환이나 환불 처리를 하면 되고 고객에게 피해를 끼친 상황이라면 그에 합당한 보상으로 연결시키면 되는데 이 건은 어디서부터 어떻게 사과해야 할지 난감했다. 나이로 시시비비를 따질 수도 없는 노릇이고 그렇다고 알바생의 업무상 과실이 있는 것도 아니니…. 한 마디로 누군가의 불만은 있으나 그 누구의 잘못도 없는 사안이었다. 아주 솔직히 '자기가 늙어 보이는 걸 어떡하라고'라는 생각이 요만큼 들었지만─일단 손님이 짜다면 짠 것이라─그렇게 생각하면 안 되는 것이었다. 그래, 충분히 감정이 상할 수 있다. 내가 나이를 먹어보니 나이에 민감해지는 건 어쩔 수 없는 일이었다. 지나가는 말이라도 젊어 보인다고 하면 기분이 좋고 농담이라도 늙어 보인다고 하면─지금 싸우자는 건가─수치심이 들잖나. 엊그제 TV에 나온 1930년생 할머니도 마음만은 언제나 청춘이라 하던데 30대에게 중년이라고 했으니 얼마나 서운했을까?

이게 다 빌어먹을 객층키 때문이었다. 마음을 가다듬고 고객에게 전화를 걸었다. 불쾌하게 해드려 정말 죄송하다. 사실 대부분의 알바생은 객층키를 아무 생각 없이 자기 마음대로 누른다. 고객님을 진짜 그렇게 판단한 게 아니니 오해하지 않으셨으면 좋겠다. 구구절절, 굽신굽신. 그리고 주고받는 대화가 과열 방지턱에 걸려 느슨해질 때쯤 준비했던 회심의 멘트를 날렸다. "그런데 고객님, 제가 직접 뵙진 못했지만 목소리를 들어보니 엄청 젊고 아름다우실 것 같아요. 저희 알바생이 큰 실수를 한 것 같은데 정말 죄송합니다. 이제 그만 화 푸셔요." 고객은 "내가 지금 그런 얘기를 들으려고 하는 게 아니잖아욧!"이라며 목소리를 높였지만 처음보다 화가 현저히 누그러지고 있음을 느낄 수 있었다. 효과 빠른 해열제 같았다. 나이 때문에 쌓인 감정의 온도가 나이에 관한 처방으로 낮아진 것이다. 여차저차 다음부터 아무튼 조심하는―어떻게 조심해야 할지 잘 모르겠지만―걸로 잘 마무리가 됐다. 휴우.

대체 이렇게 소란스러운 객층키를 편의점은 왜 달아 놓은 걸까? 그럴만한 이유가 있다. 근무자가 계산의 마침표를 찍기 위해선 객층키를 꼭 눌러야 하고 그러기 위해서는 좋든 싫든 고객을 바라봐야 한다(그렇다고 당신에게 반한 건 아닙니다). 고객의 눈을 마주치는 것만으로도 경영컨설턴트 칼 알브레이트Karl Albrecht가 말한 '서비스의 7대 죄악'The seven Sins of Services인 무시, 냉담, 무관심 등을 방지할 수 있는 기제가 되는 것이다. 또 가장 중요한 것이 마케팅적 활용이다. 성별과 연령이라는 인구통계학적

인 분류로 고객의 구매 데이터를 축적해 이를 추후 마케팅 기획에 참고한다. 만약 주류에서 20대는 맥주, 30대는 소주, 40대는 와인, 50대는 막걸리를 주로 구매한다는 걸 알았다면 이에 월별, 요일별, 시간대별, 입지별 다른 데이터 매트릭스를 얹혀 다양한 인사이트를 찾아내 맞춤형 마케팅을 펼치는 것이다.

하지만 여기에 딜레마가 하나 숨어 있다. 위에서 고객에게도 설명했듯 다수의 근무자가 제대로 객층키를 누르지 않는다는 것이다. 귀찮으니 매번 기계적으로 제일 하단에 있는 노인, 외국인 버튼만 누른다. 초콜릿을 산 초등학생도, 스타킹을 산 20대 여성도, 캔 커피를 산 30대 남성도 죄다 노인이다. 서울 강남구에서 경남 창녕군의 인구구성비가 나오는 이유가 바로 이 때문이다. 회사에서도 이런 지표를 매주 관리하는데 일반적이지 않은 수치가 나올 경우, 해당 점포에 객층키를 똑바로 눌러달라는 요청을 한다. 수차례 당부해도 시정이 안 되면 계산대에서—아예 누르지 못하게—노인, 외국인 키를 빼버리는 직원도 있다. 그럼 그 다음부턴 그 위에 중년 남성, 중년 여성만 주야장천 찍힌다는 게 함정! 그래서 요즘은 데이터의 신뢰도를 위해 멤버십 데이터를 활용하고 객층키는 신규

계산대부터 아예 없애고 있다. 최근에는 AI 안면 인식 결제 시스템까지 편의점에 등장했다(오, 4차 산업혁명!).

우리는 대부분 겉만 보고 사람을 판단한다. 그래서 그 사람의 진짜 모습을 놓칠 때가 많고 또 그로 인해 언짢은 오해도 많이 생긴다. 편의점이 그랬다. 그런데 이제 편의점도 그것이 무의미하다는 걸 안다. 어림셈의 객층키 대신 정확한 멤버십 데이터가 고객 가치와 점포 매출에 도움이 된다는 걸. 인간관계도 마찬가지다. 원만한 사회성이란 서로의 진면모를 조금씩 알아가며 자연스레 관계의 교집합을 늘려가는 것이니까.

끝으로 한 가지 비밀을 말해주자면, 편의점의 영수증 하단 귀퉁이에는 ○○ 두 자리 숫자가 찍혀 있는데 이는 객층 분류 번호다. 주민등록증 번호처럼 앞자리 1은 남자, 2는 여자를 나타내고 뒷자리는 1부터 5까지 어린이, 중고생, 젊은, 중년, 노인 순으로 표기된다. 이 말인즉, 근무자가 내 나이를 어떻게 판단했는지 알 수 있다는 뜻이다. 구매 영수증이 편의점에서 발급하는 나이 평가표 되시겠다. 자신 없으면 보지 말 것이며 혹여 보게 되더라도 결과에 대한 클레임은 노노.

언프리티
유니폼

"여기 주차!"

"네? 저요? 저 주차요원 아닌데요."

"아, 난 또…. 조끼를 입고 있길래."

나는 편의점 회사 직원이고, 이 조끼는 회사 유니폼 이고, 요 앞에 신규점 점주님이 지난주 재고조사 결과를 좀 설명해달라고 해서 지나가는 길인데, 당신이 갑자기 앞을 가로막아서 잠시 멈춰 서 있었던 거라고. 얘기해봐 야 뭐 하겠나. 나는 조끼 주머니에 두 손을 꽂은 채 다시 한 번 아니라고 말없이 고개를 가로저었다. 성질 같아선 원래 그렇게 운전을 거칠게 하고 말은 짧게 하는지 따져 묻고 싶었다. 나와 비슷한 또래로 보이는 그는 '미안하게 됐수다'와 '페이크 오지네'가 균형 있게 섞인 눈빛으로 날

위아래로 훑어봤다. 나는 이 조끼가 방탄조끼여서 저 불편한 오해를 막아줬으면 좋겠다고 생각하며 그에게 똑같이 차가운 눈빛으로 메시지를 보냈다. '차 빼. 인마! 나 빨리 가야 해.'

지금은 자율복장이 됐지만 몇 해 전까지 우리 회사는 유니폼을 입었다. 춘하엔 조끼를 입었고 추동엔 점퍼를 입었다. 둘 다 안전제일 오버로크만 없을 뿐이지 안전제일 조끼와 안전제일 점퍼 같았다. 생산 현장에서 안전제일이 중요한 지침이란 건 인정하지만 그렇지 않은 분야의 일반 직장인이 평상복으로 입기엔 객관적으로 너무 후져 보였다. 심지어 그때 회사의 드레스코드는 정장이었다. 와이셔츠에 넥타이를 매고 안전제일 스타일 조끼를 착장, 여기에 재킷까지 걸치면 그야말로 패션 테러리스트가 따로 없었다. 정장이 멋지고 고급스러울수록 더욱 눈에 띄는 '언프리티 죰(조+끼)스타'가 되는 마법을 경험할 수 있었다.

회사는 '옷이―매너와 함께―사람을 만든다'라고 생각했다. 우리는 비즈니스맨이기 때문에 품위유지를 위해 정장을 입어야 한다는 것이 첫 번째 원칙이었고, 서비스업 종사자로서 가맹점에 솔선수범을 보이기 위해 유니폼을 착용하는 것이 두 번째 원칙이었다. 다 좋은 말이고 맞는 말이었다. 하지만 정작 조끼가 정장의 품위를 떨어뜨리는 일등 공신이었고 죽어도 유니폼을 안 입는 점주들은 고작 직원들의 솔선수범 따위로 해결될 일이 아니었다. 그럼에도 유니폼에 진심이었던 회사는 전국 대학생 유니폼 디자인 공모전까지 개최할 정도로 열의가 높았고 당선작을 다음 해 SS시즌 신상으로 전 임직원에게 보급했다.

솔직히 이건 시간이 지나고 나서야 투덜대는 과거분사형 디스다. 지금 생각해보면 어떻게 그걸 입고 다녔을까 싶지만 그땐 그게 이상하다고 전혀 느끼지 못했다. 학교에서는 교복, 군대에서는 군복, 회사에서는 조끼로 이어지는 의상의 생애 주기가 수동태로 자연스럽게 받아들여졌다. 입사와 동시에 우리의 영혼과 육체가 조며(조끼에 스며)든 것이다. 토니 스타크에게 아이언맨 슈트가 있다면 우리에겐 편의점맨 조끼가 있었다. 근무복으로서 조끼는—골든 티타늄 합금으로 만들어지지 않았을 뿐—똥배로 충만한 D라인을 가려주고, 양쪽 주머니에 소지품 보관도 용이한 데다, 외부의 온갖 오염물질로부터 옷이 더러워지는 걸 막아주는 앞치마 기능까지 장점이 많았다. 주 5일마다 입는 옷이다 보니 조끼에 대한 직원들의 관여도 역시 높았다. 언젠가 새롭게 리뉴얼된 조끼를 받아 들었을 땐 어반 그레이의 세련된 디자인과 통기성을 강화한 메시 소재, 센스 만점 볼펜꽂이용 옆구리 밴드를 보고 '오오! 이번에 총무팀이 신경 좀 썼는데?'라며 감탄해 마지않았다. 그게 뭐라고….

특히 조끼는 나를 '핵인싸'로 만들어줬다. 버스, 지하철, 은행, 마트, 길거리 어디서나 많은 사람들이 말을 걸어왔다. 길을 물어보거나, 물건을 찾아 달라거나, 짐을 들어 달라거나, 심지어 어느 식당 아주머니는 은행 좀 다녀오겠다고 잠시 가게를 봐 달라고도 했다. 경우가 지나친 부탁이 아니고서야 웬만하면—발렛 주차 빼고—도움을 줬다. 왠지 그래야 할 것 같았고 그러고 나면 왠지 하루 종일 뿌듯했다. 그것이 조끼가 가진 이상한 마력이었다.

유니폼은 신입사원부터 사장님까지 예외 없이 착용했다. 덕분에 회사 근처에서는 우리 직원들의 자동 피아 식별이 가능했다. '법무팀 돈까스집 들어가네, 동기들끼리 커피 마시고 있나 보군, 어이쿠 방금 횡단보도에서 넘어진 사람 우리 직원.' 그래서 서로 안면이 없더라도 밖에서 조끼 입은 사람만 마주치면 항상 목례해야 했다. 아마

다른 사람들이 봤을 땐 저 회사 직원들은 서로 다들 친하고 인사성도 참 밝다고 생각했을 거다. 한번은 회사에 처음 방문한 외부 손님을 1층 접견실에서 만났는데 명함을 주고받은 그가 나에게 조심스럽게 물었다. "혹시 지금 파업 중이신가요? 제가 괜히 뵙자고 한 건 아닌지⋯." 로비에서 마주친 직원들이 죄다 조끼를 입고 있는 걸 보고 회사에 노동쟁의가 일어났다고 생각한 모양이었다. 생각지도 못한 질문에 웃음이 빵 터졌다. 회사 조끼에 대해 이렇게 진보적인 반응은 처음이었다. 그냥 회사 유니폼이라고 소개했더니 그는 미안한 표정으로 "다시 보니 엄청 세련되고 멋있는 것 같아요"라며 애써 수습하려 했다. '됐어요. 이미 늦었어요.'

이후 한두 해가 지나고 회사는 과감히 유니폼을 벗어던졌다. 시대가 변하고 세대가 바뀌자 복장에 대한 회사의 방향성 역시 수정됐다. 반듯하고 정갈한 비즈니스맨 대신 자유롭고 창의적인 트렌드 세터가 되길 원했다. 덕분에 정들었던 조끼와 이별을 하고 정장 대신 후드티와 청바지를 입을 수 있었다. 그러나 우리는 한동안 앞섶이 허전한 금단현상을 느껴야 했다. 아주 오래된 연애를 끝내고 난 뒤 겪는 일시적인 아노미 같은. 그래서 이전보다 더 창의력이 높아졌냐는 건 굳이 여기서 따지지 않기로 하자.

물론 서비스 현장인 점포에서 근무자의 유니폼 착용은 여전히 필수다. 제복 효과라는 것이 있다. 어떤 옷을 입느냐에 따라 그 사람의 심리와 행동이 결정되고 다른 사람 역시 복장을 통해 그 대상을 평가한다는 이론이다. 표준화와 통일성을 중시하는 프랜차이즈 서비스업에서 유니폼은 근무자에겐 책임감이고 고객에겐 믿음과 신뢰를 의미한다.

나에게 이를 가장 잘 보여준 사람이 L점주였다. 한 여대 앞에서 편의점을 운영하는 그녀는 영양사 출신이었는데 전직의 습관대로 항상 승무원처럼 올림머리를 하고 블라우스 정장 위에 유니폼을 입은 차림으로 근무했다. 손님들에게 최대한 정갈하고 친절한 모습을 보여주기 위해서. 처음 방문한 손님은 그녀의 옷차림을 보고 여기가 편의점인지 비행기인지 어리둥절 놀라기도 한단다. 유니폼을 입는 것은 서비스의 시작이며 손님에 대한 최소한의 예의라고 그녀는 말했다. L점주는 초등학생에게도 존댓말로 대했고 소나기가 오는 날엔 손님에게 자신의 우산까지 빌려주며 감동 서비스를 제공했다. 손님들 역시 그런 L점주를 단순히 동네 편의점 아줌마로 보지 않았다. 모두 그녀를 깍듯이 대했고 또 존중했다. 옷이 매너도 사람도 만든다는 게 맞았다. L점주는 유니폼 하나로 자신과 자기 편의점의 품격을 높일 줄 알았다. 편의점 유니폼이 때론 백화점 명품보다 훨씬 더 빛나고 특별해 보일 때가 있다. 그것은 바로 한 사람의 진심이 묻어있을 때다.

우리는 매일 아침 '오늘 뭐 입지?'를 고민한다. 옷은 그 사람의 개성과 정체성을 나타내는 요소다. 하지만 많은 사람들이 옷을 단지 외모를 꾸미는 수단으로만 생각할 뿐 그 옷차림이 정작 우리 내면을 단장시켜준다는 사실은 잘 알지 못한다. 옷을 입는 행위는 '남들에게 내가 어떻게 보이고 싶다'를 설정하기 이전에 '내가 나를 어떤 사람으로 정의하느냐'의 문제다. 스타일은 남을 위한 것이 아닌 나를 위한 것이 되어야 한다. 어떤 옷을 입느냐에 따라 나의 마음가짐이 달라지고 나의 하루, 나의 인생이 바뀔 수 있기 때문이다. 남의 시선을 통한 나보다 나에게 비친 내 모습이 멋있을 때 그게 진짜 옷을 잘 입는 거 아닐까?

특이하다
놀리지 말아요

　　오랜만에 처제들과 외식하고 집으로 돌아
가는 길이었다. 처제 집 건너편 차선에서 유턴 신호를 기
다리고 있는데 뒷자리에 있던 막둥이 처제가 오른쪽 편
의점을 가리키며 작은 불만을 털어놨다. "형부, 저기 편의
점 아저씨가 제 이름 보고 막 놀렸어요." 사연은 이랬다.
대학생이었던 막내 처제가 학교에서 돌아오는 길에 편의
점에 잠시 들렀다. 계산하려고 카드를 내밀었는데 할아
버지 점주님이 카드에 적힌 처제의 이름을 흘낏 보고는
키득키득 웃었다는 것이다. "요즘 제일 유명하신 분이네?
친구들이 많이 안 놀리남?" 왜 사람 이름 가지고?
　친구들보다 실제 두 언니가 더 많이 놀리는 막내 처
제의 이름은 '김정은'이다. 그렇다. 북한의 국무위원장의

이름과 같다. 당시 문재인 대통령과 김정은 위원장의 역사적인 도보다리 단독 회담이 있었고, 휴전 이후 최초로 미국의 트럼프 대통령과 북미정상회담이 성사되느냐 마느냐가 세간의 이슈가 되던 때였다. 김정은이란 이름은 매일 뉴스와 신문 기사를 장식했으며 전 세계에서 가장 많이 거론되는 핫한 이름이었다.

하지만 남한의 김정은은 북한의 김정은 때문에 남들에게 주목받는 걸 상당히 불편해하고 있었다. 더욱이 처제는 부끄러움이 많은 볼 빨간 성격이어서 별안간 편의점에서 받은 이름 공격에 "말투는 아저씨가 더 놀리시는 것 같은데요?"라고 대꾸하고 싶었다는데 내색은 못 하고 속으로 엄청 뿔이 났던 것이다. 가뜩이나 짓궂은 두 언니가 툭하면 '이북 리더'라고 불러대서 확 그냥 ICBM을 눌러 버릴까보다 하고 있구먼…(동무 진정하시라요!). 나는 세계 평화를 위해 화가 난 막내 처제를 날래날래 달랬다. "참 나! 그 아저씨 진짜 웃기네! 왜 손님 이름 갖고 뭐라고 하는 거야? 서비스 마인드가 꽝이구먼." 상대가 재밌어하지 않는 농담은 큰 실례가 된다는 걸 왜 모르는 거냐며 점주님을 규탄했다.

더구나 내가 알고 있는 점주님의 이름도 그리 평범하

지 않은데 그 이름으로 누굴 놀렸다는 게 어이가 없었다. "근데 그 아저씨가 남의 이름 갖고 놀릴 입장이 아닐 텐데? 자기 이름이 더 특이하면서." 처제들 집에 올 때마다 자주 들리던 곳이라 나는 점주님 명찰에 있던 이름을 어렴풋이 기억하고 있었다. "왜? 아저씨 이름이 뭔데?" 조수석에서 앉아 조용히 우리의 얘기를 듣고 있던 아내가 물었다. "이완용." 그 이름을 듣자마자 아내가 까르르까르르 웃음을 터트렸다. 오락실 8비트 게임 버튼을 두드리듯 콘솔 박스를 두 손으로 탕탕탕 내리치며 숨이 넘어가도록 웃어 젖혔다. 차가 유턴 신호를 받고 아파트 지하 주차장에 들어간 이후로도 아내의 웃음은 멈추지 않았다. 나와 처제들은 저게 저렇게까지 웃을 일인가 싶어 눈물까지 흘리며 웃는 아내가 웃겨서 따라 웃었다. 나중에 정확히 알게 됐는데 점주님의 이름은 '완용'이긴 했지만 성은 이 씨가 아니었다(오해해서 죄송합니다). 내가 잘못 본 거였다. 다시 웃음 회수!

이름은 그 사람을 소개하는 첫 번째 수단이며 본체의 존재와 인격을 상징한다. 편의점에서도 근무자들은 가슴에 이름표를 달고 있다. 우리 가게를 찾아주는 귀한 손님에게 서비스 제공자로서 이름을 드러내는 것은 그만큼 나의 소임에 최선을 다하겠다는 암묵적 약속이기도 하다. 특히 돈이 오고 가는 상거래 영역에서는 신뢰가 최우선이기에 내가 누군지 밝히는 것은 기본적인 에티켓이다. 비즈니스 미팅에서 인사와 함께 가장 먼저 명함을 주고받는 것처럼. 무엇보다 이름은 그 사람을 가장 명료하게 일컫는 단어로서 이름의 소유자와 그 이름을 부르는 상대방 양쪽 모두에게 중요한 의미를 지닌다. 그게 사람이든 동물이든 편의점이든. 이름을 불러주면 꽃이 된다고 하지 않던가.

그래서인지 편의점을 처음 여는 점주님들은 점포명을 짓는 데 상당한 정성을 기울인다. 참고로 점포명은 점주님 마음이다. 가장 흔한 작명법은 행정구역명이나 지역명, 랜드마크명을 따서 짓는 이름이다. 역삼점, 중문사거리점, 7번국도점, 88체육관점이 그 예다. 여기에 본인이 원하는 단어를 넣기도 한다. 대박, 승리, 사랑, 으뜸, 굿모닝, 스마일 등 무척 다양한데 합정야옹이점 같은 경우는 점주님이 고양이를 좋아해서 지역명에 고양이 울음소리를 넣어 지은 이름이다. 예전에 회사에서는 별난 점포명을 사내 방송을 통해 소개한 적이 있다. 이태원프리덤점, 묵동도깨비점, 괴정초코점, 용문좋아요점, 분당서현

아이유점, 계양맘모스점, 양정하마점, 을왕영심이점, 구포슈퍼맨점, 장기자랑점, 전주부킹점, 부산진포돌이점, 시화샴푸점, 고성둘리점, 간석만수르점, 포천인생역전점, 의정부푸우삼촌점, 대전금나와라뚝딱점, 용인그대고운내사랑점 등등.

전국에 개성 있는 이름을 가진 편의점들이 즐비했고 점포명을 지은 이유도 저마다 다양했다. 역삼황제펭귄점은 점주님이 황제펭귄을 닮아서, 광명콘소메점은 오픈 당시 최고 인기 상품이었던 콘소메맛팝콘처럼 매출도 팡팡 터지라고, 거제아주잘생긴점은 점포 위치가 워낙 좋아 점주님 눈에 너무 잘생겨 보였다나. 연남PMK점의 PMK는 점주님 이름의 영어 이니셜이다. PMK 점주님은 복수의 점포를 운영하시는데 모든 점포명에 PMK를 넣었다. 편의점계의 JYP 같은 분이다.

자신의 이름을 걸었다는 건 그만큼 편의점 운영에 진심을 담겠다는 의지 아니겠나. 점주에겐 다짐이고 손님에겐 믿음이다. 그만큼 이름이 갖는 의미는 우리가 생각하는 것보다 훨씬 크고 무겁다. 예전에 TV 광고에서 인용된 적이 있는 한 편의 시에서도 이를 유추해 볼 수 있다. 자식 이름 걸고 장사하는 사람 중에 허투루 하는 사람

없으니. 아래는 윤제림 시인의 「재춘이 엄마」다.

　　재춘이 엄마가 이 바닷가에 조개구이집을 낼 때
　　생각이 모자라서, 그보다 더 멋진 이름이 없어서
　　그냥 '재춘이네'라는 간판을 단 것은 아니다.
　　재춘이 엄마뿐이 아니다.
　　보아라, 저
　　갑수네, 병섭이네, 상규네, 병호네.

　　재춘이 엄마가 저 간월암 같은 절에 가서
　　기왓장에 이름을 쓸 때,
　　생각나는 이름이 재춘이밖에 없어서
　　'김재춘'이라고만 써놓고 오는 것은 아니다.
　　재춘이 엄마만 그러는 게 아니다.
　　가서 보아라, 갑수 엄마가 쓴 최갑수, 병섭이 엄마가
쓴 서병섭,
　　상규 엄마가 쓴 김상규, 병호 엄마가 쓴 엄병호.

　　재춘아, 공부 잘해라!

서비스 왕자의
퇴사 결심

　　오랜만에 회사 동료들과 소주 한 잔을 기울이는데 후배 A가 갑자기 회사를 그만두겠단다. "뭐? 왜? 뭐 때문에?" 그의 폭탄선언에 삼겹살집은 돌연 기자회견장으로 변했다.

　　A는 얼마 전 불꽃축제가 열린 여의도 지역을 맡고 있었다. 불꽃축제는 매년 엄청난 인파가 몰려와 여의도 편의점들엔 일 년 중 가장 장사가 잘되는 날이다. 주요 점포들의 하루 매출이 수억 원에 달할 만큼 억소리 나게 바빠 눈앞에서 물건을 훔쳐 가는 절도범을 뻔히 보고도 잡지 못한다고 말할 정도다. A는 팀원들과 함께 낮부터 상품을 옮기고 집기를 세팅하면서 쌀쌀한 날씨에도 땀을 뻘뻘 흘리며 영업 준비를 했다. '오늘 최고 매출을 찍어보

리라'는 당찬 의지도 품었다. 날이 저물기 시작하자 사람들이 구름떼처럼 몰려들었고 매출은 불꽃보다 먼저 횡횡 하늘 위로 솟아올랐다. 알바생들의 손이 모자라 A도 번 갈아 가며 카운터에서 열심히 계산하고 있는데 바로 그때, 어디선가 귀에 익은 목소리가 들려왔다.

"오빠…." 고개를 들어보니 입사 전 헤어진 전 여자친구가 눈앞에 서 있었다. A는 순간 얼어붙었다. 그리고 뒤이어 전 여자친구의 한마디가 귀에 꽂혔다. "오빠… 여기서 알바해?" 이 대목에서 A의 이야기를 듣고 있던 우리는 일제히 '뜨이시' 하는 탄성과 함께 고개를 떨구고 말았다. 얄궂은 인연에 칼날 같은 안부였다. 다들 심연의 감정이 입에 빠져들었다. A는 갑자기 등장한 전 여자친구의 기습적인 질문에 "나는 수천 대 1의 경쟁률을 뚫고 서류전형을 통과해 1, 2차 면접을 차례로 합격하고 현장실습 평가까지 거쳐 입사한 자랑스러운 이 회사의 정직원이야"라는 말 대신, "아니"라는 짧은 답변과 함께 "3,000원. 할인이나 적립할래?"라는 아주 본분에 충실한 접객용어를 했다. "에잇! 거기서 할인, 적립이 왜 나와? 네가 무슨 서비스의 왕자야?" 우리는 펄쩍 뛰었다.

A와 그녀는 2년 정도 사귀다가 취준생의 힘든 시기

를 버티지 못하고 서로의 안녕을 빌며 아픈 이별을 했다. 그 이후로 한 번도 본 적이 없다가 하필 불꽃놀이를 앞둔 혼돈의 편의점에서 다시 마주치게 된 것이다. A의 사무적인 태도에 계산을 마친 전 여자친구도 더 이상 말을 걸지 않고 사람들 속으로 유유히 사라졌다. A는 흔들리는 멘탈 속에서 그녀가 남기고 간 샴푸 향을 느꼈다. 이대로 스쳐 지나간 건가 뒤돌아보았지만 그냥 아주 많은 사람들만 보였다. 그렇게 A는 정신이 혼미한 상황에서도—로맨스는 맹꽁이 같지만 일은 프로답게—계속해서 긴 줄을 맞으며 미친 듯이 계산을 했다. 그리고 그날 A는 보란듯이 여의도 최고 매출 기록을 당당히 깼다.

하지만 A의 자존심도 와장창 깨졌는지 며칠 동안의 고심 끝에 퇴사를 결심하게 된 것이다. 찬란한 슬픔은 이럴 때 쓰는 말이던가. 헤어진 여자친구를 다시 만나면 누구보다 근사한 모습을 보여주고 싶었는데, '오빠⋯ 여기서 알바 해?'라는 그녀의 동정 어린 물음 앞에 본인의 모습이 한없이 초라해졌단다. 겨우 그깟 일로 퇴사까지라고 할 수 있겠지만 그 일이 발화점이 되어 그동안 회사 생활에서 쌓인 응어리에 불이 붙은 것이다. 하지만 나는 진짜 그깟 일로 그를 보내고 싶지 않았다. 사랑이 밥 먹여

주지 않는다는 뜻에서 '고뇌도 슬픔도 일 앞에는 아무것도 아니다'라는 프랑스의 계몽가 볼테르의 말을 해주고 싶었지만, '넌씨눈'(너는 씨× 눈치가 졸라 없어) 떨다가 후배한테 볼때기나 처맞을까 봐 입을 꾹 다물었다.

이날 술자리는 우리가 하는 일, 편의점 직원으로서의 사명감과 직업으로서의 의미 등에 관한 이야기로 길어졌다. 사실 A의 사례는 편의점 회사 직원들이 흔히 겪는 애환 중 하나였다. 알바라는 지위를 결코 무시하는 것이 아니라(이들은 편의점 사업의 근간이다), 알바가 아닌데 알바로 오해받는 것에 대한 마음의 상처가 컸다. 서비스업이 갖는 태생적인 한계라 할지라도 남들이 바라보는 시선으로 인해 일에 대한 회의감이 드는 건 어쩔 수 없었다.

얼마 전 한 선배가 해준 말이 떠올랐다. 누가 뭐라 해도 자신만의 길을 묵묵히 가면 되는데 인생에서 그것만큼 힘든 일이 없다고. 다른 말로 그 힘든 걸 우리는 지금 해 나가고 있는 거다. 하지만 그 무게를 버티고 버티다 A처럼 어느 순간 날아든 카운터펀치 한 방에 직장이란 링 위로 스스로 수건을 던지는 이들도 많다. 어쩔 수 없다. 절이 싫으면 중이 떠나는 거다. 여기엔 옳고 그름도, 정답도 없다. 일하면서 100점짜리 유토피아를 찾는 건 불가능하겠지만 현재의 만족도가 70점이라면 80점, 85점, 90점, 조금 더 마음에 드는 일, 최대한 이상에 가까운 행복을 찾아 나서는 게 직장인들의 본능이다.

"그럼 좋은 직업이란 과연 뭘까?" 술자리의 누군가 매우 철학적이면서도 세속적인 화두를 던졌다(이봐, 집에 안 갈 건가?). 좀 전까지 기자회견장이었던 삼겹살집은 어느새 온라인 자유게시판으로 바뀌어 있었다. 우리는 소위 돈을 많이 벌고 사회적 대우가 높은 직업들을 나열하고는 댓글과 대댓글을 달 듯 주룩주룩 부러워했다. 그리고는 마지막엔 어디서 주워들은 그들의 어두운 단면들을 유치하게 들춰내며 월급쟁이의 카타르시스를 쥐어짰다. "공무원은 박봉이야. 펀드매니저는 리스크가 너무 커. 요즘 변호사도 비싼 로스쿨 나와서 일자리 구하기 어렵대. 의사도 맨날 진상 환자에 밤낮없이 격무에 시달리고 회계사, 변리사, 세무사도 결국 영업이라 빈익빈 부익부라더라." 역시 직장인들에게 최고의 위로는 정신 승리였다.

그리곤 방금까지 실컷 떠들다가 갑자기 다들 말이 없어졌다. 정신을 차려보니 이런 넋두리도 다 부질없다는 허무함만이 불판 위에서 지글지글 타고 있었다. 지금의 나를 부정하는 건 비겁한 짓이었고 열등감만 더 키울 뿐이었다. 대화의 끝에서 나는 생각했다. 직업에 호불호는 있을 수 있어도 귀천은 없다. 하지만 나의 일을, 나의 하루를, 나의 삶을 대하는 우리의 자세에는 분명 귀천이 있다. 『그리스인 조르바』를 쓴 소설가 니코스 카잔차키스도 현실을 바꿀 수는 없으니 현실을 바라보는 눈을 바꿔야 한다고 말하지 않았나. 모든 일은 분명 그만의 소중한 의미와 가치가 있다. 편의점 회사 직원인 나 역시 그렇다. 고객들에겐 생활의 편의를, 점주들에겐 생계에 보탬을, 사회에는 선량한 공익을 선사하고 있다. 그런 의미에서 모든 직장인들은 이 세상을 움직이는 히어로들이다. 나의 존재 가치를 높이고 지켜나가는 건 나 말고 아무도—전 여자친구도, 동료도, 회사도—대신해줄 수 없다. 지금 우리가 할 수 있는 최선은 내가 선택한, 지금 내가 하고 있는 일에 흠뻑 빠져 누구보다 신나게 하루를 보내는 것이다. 그것이 나를 진정 아끼고 사랑하는 일이다.

"늦었네. 이제 그만 가자. 내일 또 출근해야지." 슬슬 자리를 파해야 했다. 조금 전까지 회사 다니기 싫다고 칭얼대다가 '내일 출근해야 되니 빨리 집에 가자'는 말에 모두 군소리 없이 짐을 챙겼다. 블랙코미디의 한 장면 같았다. 공교롭게도 다음날이 월급날이었다.

사실 그날 나는 볼테르보다 더 꼰대 같은 말을 했다.

"회사 관두면 뭐 하려고?"

"글쎄요⋯. 생각해 봐야죠."

"네 꿈은 뭐야?"

"네? 꿈이요? 꿈이라⋯. 잘 모르겠어요."

"나는 요즘 팔춘기 같은 생각이 들어. 어릴 때 우리는 대통령, 과학자, 연예인 뭐 이런 꿈이라도 꿨는데 어른이 되고 나니까 아예 꿈이란 걸 잊고 사는 것 같아. 내 처지는 마음에 안 들고 불만만 늘어나고. 뭔가 변화를 꿈꾸지만 내가 원하는 게 뭔지 잘 모르는 경우가 많아. 대부분 사람은 막연히 더 좋아지기만을 바랄 뿐, 사는 게 바빠서 그걸 위해 딱히 어떤 노력을 해야 할지에 대한 고민이나 실천은 별로 하지 않더라고. 물론 나도 마찬가지고. 꿈이 없는 꿈만 꾸는 거지. 그럴수록 지금 내가 서 있는 곳에서부터 뭐든 앞으로 나아가는 목표를 가져야 해. 그리고 끝장을 보는 거야. 하나씩 하나씩. 그럼 언젠가 길이 보이겠지."

"⋯."

다행히 A는 아직 회사에 다니고 있다.

최대 다수의
최대 행복

대한민국 과자 역사에 길이 남을 제품이 있다. 그 주인공은 바로 허니버터칩. 2014년 여름, 혜성처럼 등장한 이 감자칩은 SNS 등에서 '존맛탱'이라는 입소문이 퍼지면서 출시된 지 약 한 달 만에 모든 편의점에서 과자 매출 1위를 찍었고 장장 1년여에 걸친 전국적인 품귀 현상으로 이른바 허니버터칩 신드롬을 일으켰다.

친구들을 만나면 "허니버터칩 먹어 봤어?"가 흔한 인사였고('밥 먹었어?'를 이김) 편의점에서는 "허니버터칩 있어요?", "없어요", "언제 들어와요?", "글쎄요"가 돌림노래처럼 들려왔다('링딩동'을 이김). 공급이 수요를 못 따라가니 편의점에서 상품 발주도 됐다 안됐다를 반복했고 이런 사정을 모르는 고객들의 구매 문의는 화장실 급똥

자의 노크만큼이나 쉴 새 없이 쏟아졌다. 사는 입장에서도 파는 입장에서도 너무 힘들었다. 먹을 수 있을 때까지, 팔 수 있을 때까지 무한정 기다려야 하는 우리 모두의 허니'버텨'칩이었다. 전 국민이 한 번씩은 먹어봐야 이 대란이 끝날 것 같았다.

한편에서는 도 넘는 상술이 판을 쳤다. 어느 마트에서 재고떨이용 세탁세제에 허니버터칩 한 봉지를 테이프로 칭칭 감아 사은품으로 내걸었는데, 이건 마치 허니버터칩 인질극 아니냐며 여론의 질타가 쏟아지기도 했다. 중고 마켓에서는 웃돈 거래도 성행해 산삼보다 비싼 허니버터칩이라는 말이 있었고, 심지어 온라인에서는 과자는 다 먹고 봉지에 남은 냄새를 판다는 작자까지 등장했다. '봉지에 코 대고 맡으시면 프랑스 고메버터향과 최고급 아카시아꿀의 향을 느낄 수 있을 거예요. 가루가 조금 남아 있어 손가락으로 찍어 드셔도 됩니다. 향이 오래 가도록 먹자마자 밀봉해놓았어요.' 창조경제가 여러 사람 버려 놨다.

나 역시 편의점 회사에 다닌다는 이유로 지인들로부터 허니버터칩 좀 구할 수 없냐는 청탁을 많이 받았다. 나라고 뭐 뾰족한 수는 없었다. 하늘의 칩따기인 것은 마찬가지. 기대에 부응하지 못한 미안함만 빚이 되었다.

그러던 어느 날, 늦은 밤 퇴근길에 집 앞 단골 편의점에 잠시 들렀는데 점주님이 급히 나를 불러 세웠다. 점주님은 머리가 희끗희끗한 할머니였는데 평소에 자주 봐왔던지라 요즘 건강은 어떤지, 장사는 잘되는지 이런저런 안부도 여쭙고 하던 사이였다. "저기, 허니버터칩 먹어봤어?" 점주님은 새가 들을까 쥐가 들을까 할머니들 특유의 숨소리, 말소리를 반반 섞어서 들릴 듯 말 듯 조용히 물어보셨다.

"아, 저 그냥…." 나는 선뜻 대답하지 못하고 머뭇거렸다. 사실 나는 이미 허니버터칩을 먹어 봤기 때문이다. 허니버터칩이 대박을 터뜨리기 전, 나보다 편의점 헤비 유저인 아내가 무려 2+1 행사를 할 때 사와서 일찌감치 맛을 봤더랬다(편의점에서 대부분의 신상품은 초기 인지도를 높이기 위해 +1 행사를 한다). 그땐 이렇게 대스타가 될지도 모르고 그냥 과자가 과자겠거니 하고 몇 개 먹는 둥 마는 둥 했었다.

내가 뭐라 답을 해야 할지 망설이는 동안 점주님은 점포 안과 밖을 잽싸게 확인하더니 갑자기 카운터 밑으로 몸을 숙였다. '뭐지? 갑자기 마약 거래 같은 이 분위기는?' 점주님의 조심스러운 행동에 나 역시 주변을 두리번거리며 잔뜩 긴장하게 됐다. 잠시 뒤 점주님이 몸을 일으켜 세우더니 카운터 위에 올려놓은 것은 다름 아닌—마리화나가 아니라—허니버터칩이었다. '와아! 허니버터칩!' 나도 편의점에서 실물을 영접한 건 처음이었다.

그런데 새것이 아니었다. 봉지는 뜯어져 있었고 컵라면도 아닌데 웬 나무젓가락이 꽂혀 있었다. 허니버터칩 디퓨저인가? '헉, 설마 점주님이 그 냄새를 판다던…' 이라고 생각하던 찰나, 점주님은 나무젓가락으로 봉지에서 허니버터칩 두 조각을 살포시 꺼내 나에게 내밀었다. "어서 먹어봐. 요즘 이게 그렇게 인기야. 내가 단골들한테만 맛이라도 보라고 이렇게 한 봉지 꿍쳐두고 조금씩 주는 거야. 물건도 잘 안 들어와. 사고 싶어도 살 수가 있어야지 원. 오늘도 이거 있냐고 물어보는 사람이 스무 명은 왔다 갔어."

나는 황송한 마음에 두 손 모아 점주님이 건네주신 허니버터칩 두 조각을 받아들었다. 바삭바삭, 오물오물, 입안에서 펼쳐지는 꿀과 버터의 향연. 엄청 맛있었다. 2+1 행사로 사 먹었던 허니버터칩과 지금 이 두 조각의 허니버터칩이 정녕 같은 제품인가 헷갈릴 정도로. 그건 단지 운 좋게 희소성을 취함으로써 얻은 기쁨 때문만은 아니었다. 아마 점주님의 순수하고 정다우며 눈부시게 고운 심성이 담겨 있었기에 바삭함은 덧셈이 되고 달콤함은 곱셈이 된 것이리라. 그것은 원래 허니버터칩보다 훨씬 더 달콤하고 감미로운, 세상에 둘도 없는 휴머니즘칩이었다.

나는 생각지도 못한 작은 호의에 그보다 100배의 큰 감동을 느껴 점주님께 고개 숙여 고마움을 표했다. 그리고 하나라도 더 팔아서 매출을 올리지 않고 왜 굳이 귀찮을 법도 한 저 쪼개기 무료 배식을 하게 된 건지 여쭈어보았다. "실망하고 돌아서는 사람들 얼굴이 딱해 보이더라고. 우리 가게에 오는 사람들이 웃으면 얼마나 좋아?! 한 명이라도 더. 이심전심이지. 손님들이 좋아하면 나도 참 좋더라고." 마음속 건반을 통통 두드리는 정말 아름다운 답이었다.

점주님은 영국의 철학자 제레미 벤담이 말한 '최대 다수의 최대 행복'을 나무젓가락 한 벌로 실현하고 있었다. 나는 편의점에서 인생의 지혜를 또 하나 배웠다. 소유는 나만 즐거운 것이고 나눔은 모두를 즐겁게 한다는 것. 그리고 그로 인한 행복은 묵직한 기억의 질량으로 오래도

록 보존된다는 것. 점포를 나오면서 귀하디귀한 허니버
터칩 한 봉지를 카운터 밑에 고이 숨겨두고 또 어떤 손님
을 기쁘게 해줄까 설렐 점주님을 생각하니 너무 귀여워
서 자꾸 웃음이 났다. 누가 편의점을 삭막한 도시의 얼굴
이라고 했나! 누가 편의점을 차가운 자본주의의 축소판
이라고 했나!

어느새 허니버터칩의 그 뜨거웠던 인기도 한여름 밤
의 꿈처럼 소르르 지나갔다. 하지만 그때 그 두 조각의 따
스함만은 여전히 내 두 손에 남아 있다.

우아하고
우와하게

북한강 줄기를 따라 경춘로를 달리고 있었다. 조금 이른 상춘야흥을 즐기고자 하루 연차를 내고 청평에 있는 아침고요수목원을 다녀오는 길이었다. 피톤치드 가득한 숲속을 개울가에 떠내려가는 잎사귀마냥 산드릉게 거닐었더니 심신의 묵은 때가 말끔히 씻긴 듯했다. 이래서 어르신들이 주말마다 늘푸른 산악회에 가시는구나 싶었다. 이보다 더 완벽할 수 없는 여유와 평화를 만끽하며 집으로 향하고 있는데 팀장님으로부터 전화가 왔다.

"여보세요?"

"철현아, 인사팀에서 너 홍보팀으로 발령을 내려고 한다는데 넌 어때?"

조금 전 깜빡이도 켜지 않고 훅 들어오는 앞차의 끼어들기보다 더 정신이 번쩍 드는 소식이었다. 갓길에 급히 차를 세웠다. 직장인에게 인사이동은 햄릿의 죽느냐 사느냐만큼이나 향후 커리어를 결정지을 중요한 문제! 생각지도 못한 일신상의 뉴스에 멘탈이 흔들렸고 머릿속에 담아둔 아침고요수목원의 평온한 잔상은 투두둑 금이 갔다. 겨우 입사 2년 차였다. 회사의 수많은 인사 발령 중 'One of them'으로 거론된다는 것에 살짝 설레기도 했지만, 갑작스러운 이동 수에 가슴이 벌렁거렸다. 마음 같아선 최소 한 달은 고민해봤음 싶은데, 팀장님은 지금 당장 답을 줘야 한다고 재촉했다. '어쩌지… 어쩌지….' 의사결정 회로는 극으로 치달았다. '근데 진짜 저에게 선택권이 있기는 한 건가요?'라는 근본적 의심이 들었지만, 라디오 음악이 다음 곡으로 넘어갈 때쯤 후다닥 마음을 정해 전화를 했다.

"팀장님, 저는 그냥 영업에 남겠습니다. 저보다 더 좋은 분이 있을 거라고 감사와 거절의 뜻을 전해 주세요." 나는 영업 현장에서 경험을 좀 더 쌓고 싶었고 팀 동료들과 이별하고 싶지 않았다. 그리고 사실 이보다 더 결정적인 이유는 당시 홍보팀이 암암리에 퇴사 러시가 이어지고 있는 험지 중의 험지라는 풍문을 익히 들었기 때문이었다. '가지 않겠어! 절대 가면 안 돼!' 나는 의리와 실리를 모두 챙기리라 마음먹었다. 팀장님과 전화를 끊고 조금 있다가 바로 부장님으로부터 전화가 왔다. 다시 차를 세웠다. 분명 재청하시리란 예상에 전화벨이 울리는 동안 어떻게 하면 공손하면서도 단호하게 거부의 뜻을 전할 수 있을지 머리를 굴렸다. 심호흡을 하고 통화 버튼을 눌렀다.

"홍보팀 안 간다고 했다며?"

"네, 저는…."

"(대뜸)나 한 번만 살려주라."

잉? 살려달라니? 영업부 수장이 새파란 막내 사원에게 살려달라니 허를 찔린 것 같았다. 흔히 우리가 아는 한국 사회라면 응당 '회사에서 가라고 하면 갈 것이지 뭔 말이 많아?'라고 간단히 짬밥으로 누를 수 있지 않은가? 그럼에도 '싫어요! 싫단 말이예욧!'이라고 완고히 버티려 했는데 어뢰처럼 밑단으로 깔려오는 뜻밖의 공격에 그만 맥이 풀리고 말았다. 저항의 의지를 한순간에 꺾어 버리는 그 말에 나도 모르게, 너무나 순순히 "네, 알겠습니다. 가서 열심히 하겠습니다"라고 말해 버렸다(아, 이런 미치광이 표리부동 같으니…). 말해 놓고 보니 방금까지 나의 의사를 존중해 준 팀장님이 떠올라 민망함에 얼굴이 화끈거렸다. 팀원들과의 의리까지 운운했으면 완전 쥐구멍각이었다. 그렇게 순식간에 나의 홍보팀행이 정해졌다.

통화를 끝내고 얼떨떨함도 잠시, 조금 전 있었던 대화의 패배를 복기해 봤다. 부장님의 그 한마디는 몸 쪽으로 꽉 차게 파고든 예리한 슬라이더 같았다. 나는 제대로 받아치지도 못하고 그대로 루킹 삼진을 당했다. 인정하긴 싫지만 시간을 되돌린다 해도 난 또다시 직수긋이 'YES'라고 말했을 것 같다. 단순히 우월적 지위에 눌렸다 하기엔 엄연히 부장님이 나에게 매달렸다. 살려달라고…. 그게 오히려 속수무책 일격필살로 먹힌 것이다. 사실 이미 결론이 난 인사 발령에 당사자의 의사를 물어보는 것은 단지 요식행위에 불과했을 테지만 어찌 됐든 그 과정은 나의 수락으로 깔끔하게 정리됐다.

불현듯 이것이 '넛지'Nudge의 힘인가 싶었다. 팔꿈치로 슬쩍 찌르듯 강압이 아닌 부드러운 개입으로 사람의 마음을 움직이고 자발적으로 긍정적인 선택과 행동을 하게끔 유도하는 전략! 조준을 잘하라는 소변기의 파리 스티커, 환경과 건강을 생각하게끔 하는 피아노 계단, 쓰레기를 잘 버리라는 농구 골대 휴지통 등 평소에 무릎을 치며 감탄했던 넛지의 세련된 실전 안다리를 직접 체감하게 된 것이다. '이거 참… 보기 좋게 넘어갔구만'. 뭔가 분했지만 한편으론 그 스킬을 선망하게 됐다.

언젠가 지방의 한 국도변 편의점에 들어갔다가 층층이 진열된 와인을 보고 무척 놀랐던 기억이 있다. 당시 회사에서는 매출 상승을 위한 전략 상품으로 와인을 적극 밀고 있었다. 하지만 점주들은 편의점에서 누가 와인을 사 먹겠냐며—지금이야 너무 흔하지만—난색을 표했기에 생각처럼 도입률이 높지 못했다. 그런데 차가 쌩쌩 지나다니는, 전체 손님의 절반은 운전자일 게 뻔한, 배후 세대도 막걸리의 충성고객인 노년층이 대부분인 이 국도변 점포에 와인이 이렇게 산더미처럼 쌓여 있다니! 도심에서도 상품 전개가 쉽지 않은데 이 점포의 영업 담당은 점주의 마음을 어떻게 움직였을까? 대체 어떤 기발한 판매 전략을 갖고 있길래? 숨은 고수들이 정말 많았다(저 대신 홍보팀 갈래요?).

참고로 편의점 업계의 영업 직군은 우리가 흔히 아는 전형적인 영업과는 사뭇 성격이 다르다. 편의점에서 모든 상품의 발주 권한은 점주들이 가지고 있다. 이 때문에 편의점 영업은 보험이나 자동차 영업처럼 고객에게 직접 상품을 판매하는 것이 아니라 고객 접점에 있는 점주들을 움직여 매출을 높여야 한다. 어쩌면 난도가 더 높은 일이다. 이런 연유로 국도변 점포에서 와인을 이만큼이나—충분히 다 팔 수 있다는 자신감의 뜻으로—발주하게끔 한 것은 알래스카에서 에어컨을 팔 수 있는 능력과 비견할 만했다. 아아, 내가 서 있는 이 편의점이란 그라운드는 넛지, 그러니까 고도의 설득 커뮤니케이션이 난무하는 강호의 세계였던 것이다! 20년 가까이 편의점 업계에 몸담은 부장님의 내공도 그렇게 갈고닦아진 것이리라.

그제야 홍보팀으로 옮겨야 하는 막연한 두려움이 스멀스멀 올라왔다. 이런 넛지 판에서 나는 과연 잘해 낼 수 있을는지, 편의점 홍보란 넛지에 넛지를 더하기 혹은 곱하기 아닐는지, 그래서 나는 과연 얼마나 멋있는 홍보를 할 수 있을는지, 단순히 언변 좋은 것들에 대해 괜히 넛지니 뭐니 거창하게 갖다 붙여 나 혼자 감탄하고 쇼하고 있는 건 아닐는지. 이런 《출발! 비디오 여행》 맺음말 같은 갈무리를 하며 편의점 영업을 떠나 편의점 홍보를 엉거주춤 시작하게 됐다.

정신없이 지내다 보니 어느덧 10년이란 시간이 훌쩍

지났다. 그 시간 동안 내가 배운 '홍보'를 짧게 정의하자면, 밤바다를 좋아하는 사람도 아침 숲길로 찾아올 수 있게끔 우아하고 '우와'하게 사람의 마음을 움직이는 일이었다. 그러기 위해선 역시나 스리슬쩍 팔꿈치, 넛지를 잘 써야 했다. 그동안 팔꿈치가 많이 닳긴 했어도 나는 아직 입신의 경지에 이르지 못했다. 아직 더 많은 수련이 필요하다.

나는 그 뒤로 아침고요수목원을 다신 가보질 못했다. 내가 게으른 탓이 제일 크겠지만 이는 편의점 홍보를 하면서 그럴만한 심신의 여유가 없다는 뜻이기도 하다. 허허허. 왜 사냐건 웃지요. 그나저나 나는 내년에도 홍보팀에 있을 것 같은데…. 누가 넛지 파는 곳 좀 알려주오.

개성공단점의
얼굴들

이번 주엔 어떤 보도자료를 기획해 볼까 머리를 싸매다가 H팀장을 떠올렸다. 그는 '대한민국 유일의 북한 편의점 관리자'라는 타이틀을 가지고 있었다. 그 독특한 스펙만으로도 기삿거리가 되기에 충분했다. 회사는 북한 개성공단에 편의점 3곳을 운영했는데 H팀장은 2008년 신입사원 때부터 줄곧 그곳을 맡아 왔다. 사전 취재를 위해 지금은 의정부 지역을 담당하는 H팀장과 얘기를 나눴다.

2016년 2월 설 연휴 직후, 북한 개성공단이 전격 폐쇄됐다. 북한의 핵실험과 장거리 로켓 발사에 대한 대응으로 우리 정부가 개성공단의 운영을 중단했다. 그렇게 돌연 H팀장은 다시 제 일터로 돌아가지 못했다. 남북분단으로 아연 고향을 잃은 실향민의 심정이 이러했을까. 그렇게 하염없이 수년의 시간이 흘렀다. 남과 북은 2004년 남북경제협력사업의 일환으로 북한 개성시 봉동리 일대에 개성공업단지를 조성했다. 첫 해 시범단지에 15개사가 입주계약을 체결하고, 매해 입주기업이 늘어나며 100여 개가 넘는 남측 업체가 입주해 있었다. 편의점은 남한 직원들을 위한 편의시설로 최초 가동 때부터 가장 먼저 북에 들어가 개점 준비를 했고, 그간 수차례 철수 때도 남은 주재원들을 위해 마지막까지 북에 남아 있다가 맨 끝으로 문을 닫고 나왔다. H팀장은 이렇게 개성공단의 흥망을 가장 가까이서 늘 함께해 온 장본인이었다.

편의점은 개성공단에 입주한 남한 직원들의 유일한 쉼터였다. 북한 주민들은 이용할 수 없었지만, 본사에서 파견된 2명의 점장을 제외하고는 모두 북한 인원들이 스태프로 근무했다. 이 때문에 작은 통일의 공간이라고 불렸다. 북한 근무자들의 한 달 봉급은 70달러 정도였다. 물론 그들의 주머니로 들어가진 않았겠지만 그들은 누구보다 성실히 일했다. 북한 직원들도 알바라는 단어를 알고 있었는데 가끔 호기심 어린 손님들이 "아가씨가 여기 알바야?"라고 물으면 정색한 얼굴로 '알바 아니고 직원'이

라고 정정을 요구하는 당참도 있었다. 그들은 북한에서
도 꽤 똑똑한 재원들이었다. 모든 손님들의 얼굴을 기억
했고 상품이 입고되면 제품 정보까지 꼼꼼히 살펴보며
판매에 열을 올렸다. 할 수만 있다면 남한으로 스카우트
를 해오고 싶을 만큼 야무지고 똑 부러졌다.

판매 상품은 남한에 있는 편의점과 별반 다를 바 없
었다. 술과 담배는 물론 도시락 등 간편식품부터 의약외
품, 각종 생활용품까지 팔았다. 상품은 경기도 양주의 물
류센터에서 매일 한 번 배송됐고 통관 절차를 거쳐 수출
용 상품으로 공급됐다. 이념이 갈라놓은 남과 북은 서로
지척에 있지만, 대한민국 영토를 벗어난 곳이라 원칙상
모든 제품은 달러로 계산해야 했고 상품 가격 역시 환율
에 따라 달러로 환산해 표기했다. 물류센터에서 유리 제
품들은 신문으로 싸서 배송을 보낼 때가 있었는데 간혹
북한을 비하하는 기사가 발견되기라도 하면 여지없이 벌
금을 내야 했다. 황당하지만 그것이 그곳의 룰이었다. 이
때문에 남한의 물류센터 직원들은 발주요청서만큼이나
신문도 꼼꼼히 읽었다.

최고 인기 상품은 커피믹스와 초코파이였다. 남한을
대표하는 이 달콤한 휴식템들은 힘들게 노동하는 북한

동포들에게 짬짬이 간식으로 전해졌다. 그들에게 자본주의의 맛은 과연 어떻게 느껴졌을까? 여름에는 컵얼음에 따라 마시는 아이스드링크가 하루에 100잔 이상 판매될 정도로 인기였다. 북한에서는 얼음을 구하기도 힘들뿐더러 플라스틱 컵이 여러모로 활용도가 높아 많이들 찾았다. 이처럼 개성공단 편의점은 입주 직원들에겐 남한에 대한 그리움을 달랠 수 있는 고향의 품이었고, 북측 근무자들에게는 가깝고도 먼 남조선의 문화를 체험할 수 있는 혁명적 장소였다.

처음엔 서로를 경계하며 서먹서먹하던 H팀장과 북한 직원들은 어느새 친한 오빠 동생이 됐다. 이념은 인정人情 앞에 한낱 보이지 않는 벽일 뿐이었다. 그들과의 대화는 늘 새롭고 재밌었다. 남한에서는 나이트클럽이란 곳에서 처음 보는 남녀가 즉석 만남, 부킹이란 걸 한다고 했더니 무슨 그런 말도 안 되는 소릴 하냐며 도저히 믿을 수 없다는 반응을 보였다. '자만추'(자연스러운 만남 추구)가 정석인 그들에게 부킹이란 급진적 만남은 상식을 뛰어넘는 문화적 충격이었다. 백산수가 처음 나왔을 땐 취수원을 확인하고서 어떻게 백두산 천지 물을 남한에서 끌어다 쓸 수 있냐며 '후라이 까지 말라'(거짓말하지 말라)고 발끈하기도 했다. 북한 밖을 나가볼 생각조차 못한 그들은 해외여행도 매우 신기해했다. 휴가차 해외여행을 다녀온 H팀장은 그들에겐 미지의 세계를 경험하고 온 꼬꼬무 이야기꾼이었다.

북한 직원들의 생일날에는 H팀장이 남한에서 직접 사간 '오늘 생일'이라고 적힌 모자를 씌워주며 축하해줬다. 생일을 맞은 직원은 하루 종일 그 모자를 쓰고 있기로 했는데 처음엔 질색팔색을 하다가 손님들도 모두 축하해주고 선물도 건네주니 다들 아이처럼 좋아했다. 그 이후로 생일 모자 이벤트는 개성공단 편의점의 전통 아닌 전통이 됐다. 개성공단에서도 남한처럼 빼빼로데이 행사를 열었다. 11월 11일 막대 과자를 주고받는 남한의 이색적인 기념일을 무척 재밌어했다. 손님들에게 받은 빼빼로를 집으로 가져갈 순 없었지만, 오히려 그런 기념일엔 자신들의 집에서 싸온 음식들을 H팀장에게 대접하는 마음씨 고운 사람들이었다. H팀장도 직원들을 각별히 생각했다. 개성공단에 입주한 남한 업체는 한 달에 한 번 북한 근로자들에게 생필품을 의무 제공하게 되어 있었는데 다른 업체들은 남한에서 공수한 싸구려 샴푸를 사다 줬지만 H팀장은 점포에서 가장 비싼 샴푸를 챙겨줬다. 그는 개성공단에서 편의점은 최고의 복지를 갖춘 직장이었다고 자랑했다.

남한에 돌아와서도 웃지 못할 해프닝이 많았다. 일례로 H팀장은 개성공단 내에서 운전할 수 있는 북한 4급 운전면허증을 가지고 있었는데(남한 면허증만 있으면 발급 가능하다고 한다), 언젠가 한 번은 남한에서 신호위반에 걸려 경찰에게 아무 생각 없이 북한 운전면허증을 꺼내 줬다가 간첩으로 의심받아 곤욕을 치렀다. 차 트렁크까지 열어 불심검문을 받았고 회사에도 전화해 남한 신분을 증명하고 나서야 겨우 오해를 풀 수 있었다. 그는 아직도 '○○○−8○8○−2○○9'라는 개성공단 편의점 전화번호를 기억하고 있다. 몇 해 전까지만 해도 가끔 생각이 나서 전화를 걸어보면 뚜뚜 통화중 신호를 들을 수 있었지만 지금은 아예 신호조차 가질 않는다며 아쉬워했다.

H팀장과 얘기를 나누면서 자연스럽게 통일에 대해 생각하게 됐다. '우리의 소원은 통일, 꿈에도 소원은 통일.' 우리가 노랫말로 배운 통일은 언제쯤 올까? H팀장과 개성공단 편의점의 이별은 이렇게 가깝고 생생한 슬픔인데 통일은 여전히 거대담론으로 미뤄져 있다. 전문가들과 누리꾼들은 지금도 분단비용과 통일비용 등을 따지

며 갑론을박한다. 결코 쉬운 문제가 아니다. 정치, 경제, 사회문화, 국제 정세 등을 면밀히 검토하고 신중하게 접근해야 한다. 하지만 조금 시간이 걸리더라도 '우리는 한민족'이니까, 우리는 반드시 꼭 다시 만나야 한다. 일각에선 이를 두고 낭만적인 소리니 뭐니 비판하지만 이 순수한 명제만큼 통일에 대한 명확하고 강력한 당위성이 어디 있는가. '대한민국은 통일을 지향하며 자유민주적 기본질서에 입각한 평화적 통일 정책을 수립하고 이를 추진한다'는 대한민국 헌법 제4조를 반드시 주지해야 한다. 이것은 한반도 평화에 대한 기본적인 원칙이자 불변의 방향성이다.

H팀장은 이야기를 마칠 때쯤 끝내 눈시울을 붉혔다. 그립고 그리운 북한 직원들의 얼굴이 떠올라서. 결혼식에 직접 못 가본다고 무척이나 미안해하던 그 고마운 얼굴들이 보고 싶다고 했다. 지금쯤 결혼은 했을지, 어떤 일을 하며 살고 있을지, 여전히 자신을 기억하고 있을지 작은 안부조차 전할 수도 들을 수도 없다고 안타까워했다. 이렇게 오래 못 볼 줄 알았다면 그때 더 잘 해 줄 걸 하는 회한이 마음속 깊이 씻기지 않은 슬픔으로 남아 있다며….

그렇게 나온 H팀장의 기사는 정말 많은 사람에게 읽
혔다. 방송 등 다른 매체에서도 취재 요청이 쏟아졌고 미
국에 있는 북한 관련 화상 세미나에 초빙되기도 했다. H
팀장은 이렇게라도 북한에 있는 직원들에게 자신의 소식
이 전해질 수 있길 간절히 바라고 있다.

　　전경 씨, 은옥 씨, 소영 씨, 현옥 씨, 희영 씨, 진아 씨.
잘 지내나요? 한지훈 팀장님이 많이 보고 싶어 합니다.

기념일을 대하는
우리의 자세

오늘은 빼빼로데이다. 빼빼로를 받아본 적이 별로 없어서인지 소비자일 때는 잘 몰랐지만 편의점 회사 직원이 되고 보니 빼빼로데이에 정말 많은 사람이 빼빼로를 사간다는 걸 알게 됐다. 빼빼로데이는 편의점에서 일 년 중 가장 매출이 높은 날이다. 한해 빼빼로 전체 판매량 중 절반이 빼빼로데이 시즌에 팔린다. 업계 최고의 대목이자 대한민국의 당 지수가 최대치로 치솟는 날이다. 편의점은 빼빼로데이 일주일 전부터 분주해진다. 점포 앞에 가판을 깔고 조명등을 설치하고 번화가 점포에서는 풍선 아치도 설치한다. 편의점 직원 시점에서 보면 아침부터 밤까지 하루 종일 빼빼로의 늪에 빠져 있었음에도 퇴근할 때쯤 정작 본인은 빼빼로 하나 제대로

먹지 못했다는 사실을 깨닫고 씁쓸한 충격을 대신 먹곤
한다.

홍보팀으로 옮겨온 후 명동으로 빼빼로데이 행사 지
원을 나간 적이 있다. 대학생으로 보이는 커플이 가판 앞
에 섰다. 그런데 분위기가 심상치 않았다. 남자가 말했다.
"골라." "뭘?" 여자가 대꾸했다. "빼빼로." "아까 왜 그랬
어?" (뭐지? 이 급진적인 전개는?) "뭐가?" "왜 그랬냐고."
"아, 뭐가? 내가 뭘 어쨌는데?" "왜 나한테 참으라고 했
어?" 여자는 꽤 긴 시간 동안 쉬지도 않고 남자에게 화를
쏟아냈다. 리드미컬한 호흡과 정확한 딕션으로 중간중간
펀치 라인까지 절묘하게 넣으며 자신이 화난 이유, 남자
친구의 잘못을 콕콕 집어 얘기했다. 들어보니 조금 전 둘
이 길을 걷다가 여자 친구가 다른 여자랑 부딪혀 경미한
다툼이 있었는데, 남자가 여자 친구를 자중시키고 상대
방에게 사과하면서 어물쩍 상황을 정리하는 바람에 피해
자인 자신을 오히려 피의자로 만들었다는 게 요지였다.

'에헤, 왜 그랬어? 이 친구야, 그건 쉽게 넘어갈 수 없
는 문제라고!' 좋은 게 좋은 거지라고 생각한 남자의 입장
을 십분 이해하면서도 여친을 배려하지 못한 결정적 판
단 미스였다고 내적 비평을 하던 차에 여자가 남자를 두

고 휙 자리를 떠버렸다(어? 아직 빼빼로 안 샀잖아요?). 나는 남자가 얼른 빼빼로를 하나 사서 여친을 쫓아가길 바랐는데 잠시 생각에 잠겨 있던 그는 그녀의 반대 방향으로 그냥 돌아서 가버렸다. 사랑을 나누는 빼빼로데이에 난데없이 한 연인의 이별을 목격하게 된 것이다. 벙쪘다. 남자도 죄가 없다. 여자도 죄가 없다. 죄가 있다면 지독한 사랑이 죄지. 근데 나 다 알아. 너희 이렇게 헤어지고 내일 되면 '자기야 미안해', '아니야 내가 더 미안해' 서로 아양 떨면서 다시 만날 거잖아! 오늘 안 사간 빼빼로 내일 여기서 꼭 사가기!

그들이 떠나고 검은색 고급 세단이 비상등을 켜고 점포 앞으로 다가왔다. 뒷자리에서 중후한 인상의 할아버지가 내리더니 곧이어 화려한 차림의 여성이 따라 내렸다. "오늘이 빼빼로데이라네. 여기서 하나 골라보아." "아냐, 오빵. 나 이런 거 안 먹엉." (아빠 아니고, 오빠라고? 콧소리가 빼빼로도 녹일 것 같았다.) "그래도 기분이지. 여기서 제일 비싼 게 뭐요?" 나는 어떤 미친놈이 저걸 사갈까 싶었던 허접한 곰 인형이 담긴 8만 원짜리 빼빼로 바구니를 가리켰다. 남자는 만류하는 여자를 뿌리치고 기세등등하게 그 비싼 바구니를 척하고 계산했다. '와, 미친…

아니, 부자다!' 80만 원이라 했어도 8,000원짜리 사듯 샀을 것 같은 플렉스였다. 8만 원짜리를 팔아서 그런지 나도 모르게 80도로 허리 굽혀 인사했다. 바구니를 한 아름 받아 든 여자는 서둘러 차에 올라탔고 그 마지못해하는 뒷모습이 왠지 빼빼로를 안 먹고 버릴 것 같은 느낌이 들었다. 제일 비싼 걸 팔아 뿌듯하면서도 주는 이의 허세와 받는 이의 만족을 제대로 못 맞춰준 것 같아 괜스레 찜찜했다.

슬슬 근무 시간이 끝나갈 때쯤 한 손에 서류가방을 든, 이보다 더 부장님다울 수 없는 전형적인 꼰대 포스의 중년 남성이 왔다. 퇴근 후에 술 한 잔 걸치고 집에 들어가는 길인 듯 보였다. 그는 시니컬한 표정으로 빼빼로가 진열된 가판대를 좌우로 쓱 훑어보며 물었다. "집에 꽃돼지 같은 딸이 하나 있는데 뭐가 좋겠수?" 지친 하루를 마무리하고 들어가는 길에 딸 생각이 났나 보다. 겉은 딱딱한데 속은 촉촉한 멘보샤 같은 분이었다. 집에 있는 딸이 아빠가 밖에서—비록 '꽃'은 붙였지만—돼지 같은 딸이라고 부른다는 걸 알려나 모르겠지만. 나는 빼빼로가 왕창 들어가 있는 일반 빼빼로 10배 크기의 대왕 빼빼로를 추천했다. "아마 이것도 앉은 자리에서 다 먹을 걸?" 그는 매우 흡족한 표정으로 껄껄껄 웃었다. 나도 따라 하하하 웃었다. 날씨는 추웠지만 덕분에 가슴이 따뜻해졌다. 그렇게 빼빼로를 선물하는 사람들의 다양한 표정들을 보면서 나의 마음속에도 호롱호롱 촛불이 하나씩 켜지고 있었다.

편의점에서 이렇게 빼빼로데이가 매년 호황인 이유는 팍팍하고 고된 삶 속에서 누구에게나 마음을 전하고픈 소중한 사람들이 있기 때문이다. 누군가를 떠올린다는 것은 그 사람에게로 향하는 여행 같은 두근거림을 준다. 연인에 대한 사랑, 가족에 대한 애틋함, 동료에 대한 고마움 등 기념일을 맞이하는 우리의 자세와 표정은 각기 다르지만, 그 속에서 느끼는 달콤함은 모두 같다. 빼빼로데이는 밸런타인데이나 화이트데이와 달리 남녀노소, 지위와 계층에 상관없이 선물을 주고받을 수 있는 일 년 중 몇 안 되는 날이다. 설령 나처럼 하나도 못 받더라도 내가 먼저 마음이 가는 사람들에게 주면 된다. 선물이란 원래 받을 때보다 줄 때가 훨씬 더 설레고 기분 좋은 법이니까. 오다 주웠다고 쑥스러워할지언정 이럴 때가 아니면 또 언제 평소 꼬깃꼬깃 접어두었던 애정을 꺼내 보겠나?

편의점 회사 직원들은 빼빼로데이를 맞으며 또 한해

가 끝을 향해 달려가고 있음을 느낀다. 고생했어. 옆자리 동료들에게 더 다정해지는 시기다. 오늘도 사무실 책상마다 알록달록 빼빼로들이 수줍게 놓여 있다. 아, 맛있다! 근데 누가 빼빼로 먹으면 빼빼해진다고 말했어? 우이씨.

부적도
팔아요

     결혼 3년 만에 소중한 아기가 찾아왔다. 아내는 힘들게 성공한 임신인지라 심신의 안정을 위해 곧장 휴직을 신청했다. 그 심신의 안정은—집에만 있으니—많은 생각들을 잉태했고 그중 뜬금없이 집에 대한 걱정이 과도하게 커지는 부작용을 낳았다. '남편이여, 곧 아기가 태어날 테니 이제 그만 전세 난민의 굴레를 벗어던지고 내 집 마련을 향해 힘차게 진군하자!' '그래, 좋았어! 근데 우리 항상 그런 마음 아니었나?' 나는 고개를 끄덕였고—그러지 않았으면 내 목을 와직 꺾었을 스티븐 시걸 같은—아내는 원대한 청약의 꿈을 안고 중장기 로드맵을 짜기 시작했다.

     우리는 부양가족도 늘어나니 이왕이면 청약 당첨 확

률이 높은 지역으로 전략적 이사를 감행하기로 했다. 쇠뿔도 단김에 빼라 했다고 우연히 들린 어느 부동산에서 맘에 드는 전셋집을 덜컥 계약해버리고 집주인에게 급히 계약 해지를 통보했다. 새로운 전셋집의 잔금 지급일까지 남은 기간은 약 두어 달. 촉박하긴 했지만 살고 있던 집은 우리가 들어올 때까지만 해도 저렴한 전세가로 매물을 구하기도 어려웠을 만큼 인기가 높았던지라 금방 다음 세입자를 구할 수 있을 거로 생각했다.

하지만 세상일은 뜻대로 되지 않았다. 알고 보니 그 사이 전세가가 이전보다 60퍼센트나 올라 있었고 집을 내놓은 지 보름이 지나도록 집을 보러 오는 사람이 단 한 명도 없었다. 망했다. 살고 있는 집이 빠져야 보증금을 받아 잔금을 치르는데 날이 갈수록 속이 타들어 갔다. 나는 거의 1시간마다 노심초사하는 아내를 걱정 마라 달래면서 나 역시 속으로는 10분마다 좌불안석이었다. 사마의의 15만 대군 앞에서 태연히 거문고를 뜯던 제갈량의 마음이 이러했을까? 그전까진 몰랐다. 0이라는 숫자가 15만보다 더 무서운 숫자라는 것을. 그 이후 다행히 세 팀이 다녀갔지만 불행히 아무런 소식이 없었다.

그러던 어느 날, 퇴근하고 돌아온 나에게 아내가 한

가지 방안을 제시했다. "오빠, 내가 인터넷에서 봤는데 가위 날을 벌려서 신발장 깊숙이 넣어 두면 집이 잘 나간대. 집귀신이 잘 붙게 꼭 새 걸로 둬야 한대. 그러니까 밥 먹고 가위 하나 사와 봐." 예상치 못한 아내의 귀신 씻나락 까먹는 소리에 나는 껄껄 웃었다. 그리고 웃으면서 생각했다. 015B의 〈그녀에게 전화 오게 하는 방법〉의 가사 중 '역시 인터넷은 열 살 이상만 쓰게 해야 돼'의 제한 연령을 한참 더 올려야겠네…. "그게 말이 돼? 지금 시대가 어느 시댄데! 그거 모닝글로리가 가위 팔아먹으려고 만들어 낸 소리 아냐? 배울 만큼 배운 사람이 그런 미신을 믿냐? 그래서?" 내 말에 아내의 눈빛이 서서히 스티븐 시걸로 변하는 게 감지됐다. "그래서… 뭐… 사이즈는? 대·중·소 중에 뭐로 사와? 색깔은 상관없대?"

나는 서둘러 가위를 사러 나갔다. 생명 '과학' 전공자인 아내가 오죽했으면 그런 황당무계한 '시저scissor니즘'을 믿을까 싶어서이기도 했지만, 한편으론 나 역시 그 출처 미상의 듣보잡 민간 신앙에 한 줄기 희망을 걸어보고 싶었다. 늦은 시간 가위를 살 수 있는 곳은 편의점밖에 없었다. 비록 가위의 종류는 하나뿐이었지만 나는 가위의 손잡이를 찬찬히 훑으며 그중에서 가장 잘생긴 놈으로 골랐다. 집으로 돌아와 신발장 맨 위 칸 중앙에 가위를 세워뒀다. 비나이다 비나이다.

다음날 회사에 있는데 아내에게서 전화가 왔다. "오빠, 완전 대박! 우리 집 나갔대! 저번에 왔었던 그 신혼부부가 들어오기로 했대!" "어? 진짜?" 어안이 벙벙했다. 나는 전화를 받기 전까지만 해도 어제 신발장에 가위를 넣어두었다는 사실을 까맣게 잊고 있었다. 다른 세입자를 찾았다는 반가움보다도 시답잖은 미신으로 치부했던 시저니즘이 다음날 바로 현실로 나타나자 놀라울 따름이었다.

들어보니 마음씨 좋은 집주인이 빨리 세입자를 들이기 위해 도배, 마루, 화장실 수리까지 해준다는 조건을 내걸었다고 한다. "에이, 그럼 그렇지. 이건 가위 때문이 아니야." 과정이 어찌 됐든 한시름 놨다. 근데 아내의 말대로라면 한 번 쓴 가위는 미련 없이 버려야 한단다. 안 그러면 무언가 또 나가게 된다고. 일회용이 아니었군. "어이구, 아직도 그걸 믿다니." 나는 순진한 아내를 비웃었다. 비싼 돈 주고 산 가위를 왜 버린담! 내 맘을 어떻게 알았는지 이삿짐 아저씨들이 신발장에 있던 가위를 새집으로 챙겨 오셨다.

그런데 정말 시저니즘의 신비는 여기서 끝이 아니었다! 이사 온 지 한 달 후 전셋집이 돌연 새 집주인에게 팔려버린 것이다. 그것도 2년 뒤 실거주 목적인 사람에게 (이 사람은 급매라고 심지어 집을 보지도 않고 샀다). 낭패였다. 전세 난민의 설움을 다시금 느끼기도 전에 아내의 원망부터 들어야 했다. "거봐 저 가위 내가 버리고 오자고 했잖아. 잘리고 싶어?" (뭐… 뭐를?)

더 기가 막힌 건 이것도 끝이 아니었다. 새집에서 출산하고 3주 정도 보육 도우미의 도움을 받았다. 아내는 도우미 이모님과 친해져 이런저런 얘기를 나누다가 이모님이 국민임대 아파트에 당첨돼 조만간 이사해야 하는데 지금 살고 있는 집에 세입자를 못 구해 전전긍긍이란 사실을 알게 됐다. 아내는 바로 가위를 추천했다(이왕 이렇게 된 거 우리는 그 가위를 버리지 않고 계속 들고 있었고 나는 이때까지도 시저니즘을 100퍼센트 믿지 않고 있었다). 이모님의 반응은 처음의 나와 비슷했지만 밑져야 본전이니 급한 마음에 그렇게라도 해볼까 하셨다. 이모님의 마지막 날, 아내는 작은 선물과 함께 영험한 그 가위를 종이 가방에 고이 챙겨드렸다.

그리고 이건 진짜 진짜 믿기 힘들지만 바로 그 다다

음날, 이모님으로부터 쇼킹한 전화가 왔다. "우리 집 나갔 댜! 이 가위 진짜로 용허네 용해. 고마워, 새댁 덕분이여." 스피커폰을 통해 전해진 이 소식을 듣고 나와 아내는 '우와' 하고 실성으로 소리를 질렀다. 가위의 효력을 전도했지만 이렇게 이틀 만에 또다시 시저니즘이 발현될 거라곤 상상도 못 했다. 이건 정말 《서프라이즈》에 제보해도 설정 과다로 욕먹을 에피소드였다. 이모님께 축하한다는 말과 함께 이제 그 가위는 꼭 버리시라고 거듭 당부했다.

나는 아내와 그간의 과정을 돌아봤다. 아내는 자신의 인터넷 검색 능력을 자찬했고 나는 편의점 인간답게 기승전'편의점'의 공을 높이 샀다. 그 시간에 편의점이 있었기에 가위를 살 수 있었고 그것이 이 극적인 스토리의 서막이었다고. 편의점이 이제 하다하다 부적 파는 점집 역할까지 한다, 편의점이 한국 부동산 시장을 움직이는 보이지 않는 큰 손이다 등의 깔때기식 의미 부여를 줄줄이 늘어놨다. 앞으로 늦은 밤 편의점에 가위 사러 오는 사람은 분명 임대차에 뭔가 급한 일이 생겼을 거라는—별 쓰잘머리 없는—시저니즘의 선행 이론도 도출했다.

아내는 그런 나를 보며 진저리를 쳤고 가위로 자르듯 싹둑 나와의 대화를 단절했다. 아무튼 나는 초현실적인

시저니즘을 영접했으나, 가장 중요한 내 집 마련의 극현
실적인 꿈은 요원하기만 하다. 내일 퇴근길엔 편의점에
들러 집이 굴러들어 오는 가위는 없는지 한 번 찾아볼 참
이다.

바쁘다 바빠!
현대사회

인터넷에 떠도는 오래된 소담인 「외국인이 뽑은 한국인의 빨리빨리 베스트10」 중에는 '편의점에서 계산도 하기 전에 음료수를 마신다'가 있다. 우스갯소리처럼 들리겠지만 편의점에 있다 보면 진짜 이렇게 화장실 들어가기 전부터 지퍼를 내릴 것 같은 마음 급한 손님들이 있다. 음료수뿐만이 아니다. 계산 전에 도시락을 뜯어 레인지업을 하고 컵라면에 물을 받아 사이다까지 세팅해 놓는 손님이 있는가 하면 점포에 들어오자마자 냉동고에서 아이스크림을 꺼내 거침없이 입으로 가져가는 손님도 있다. 이런 걸 보면 대한민국의 국제전화 국가번호가 82(빨리)번인 게 괜한 우연은 아닌 듯. "저기, 손님! 계산은 하고 드셔야죠!"라고 말하면 대체로 이런 부류는 적반하장으로 본인들이 더 신경질을 내는 편이기에 "계산하려면 그게 무슨 아이스크림인지 알아야 계산하니 저도 한 입만 주시겠어요?" 정도의 더럽게 정중한 위트로 우회적인 질타와 언짢음을 동시에 전달하는 재발방지 스킬이 필요하다. 경우에 따라 아이스크림이 얼굴로 바로 날아올 수 있으니 전방 주의!

편의점에서는 생활 속 다양한 바쁨과 마주하게 된다. 카운터에서 점주와 대화를 나누고 있는 한 초등학생을 만난 적 있다. "제가요 엄청 바쁜데요. 태권도 갔다가 그다음엔 영어랑 독서교실 가야 하거든요. 근데요. 초코에몽(우유)을 먹고 갈 건데 저기 높은 곳에 있어서 손이 안 닿아요. 아줌마한테 맨날 꺼내 달라고 하기도 그렇고 사람이 많을 때는 오래 기다려야 되니까 지각할까 봐 조금조금 해요(조마조마 아니니?). 그래서요 초코에몽이 제가 바로 가져갈 수 있는 데 있으면 시간을 아낄 수 있을 것 같은데…." 평소 자주 구매하는 상품을 자기 키에 맞춰 낮은 곳에 진열해 주면 빨리빨리 일을 볼 수 있지 않겠냐는 말이었다. 점주는 키 작은 꼬마 손님의 깜찍한 요청에 다정한 미소로 내일부터 그렇게 하겠노라 했다.

꼬마 손님은 원하는 바를 관철하자 어깨가 으쓱해져

계속 말을 이어갔다. "근데요. 우리 반에 유건우라는 애가 있는데요. 걔는 키가 중학생만 하거든요. 주말엔 건우랑 도서관에서 만나기로 했는데 같이 초코에몽도 먹기로 했어요. 사실 초코에몽은 우리 엄마가 싫어해요. 왜냐면요…." 조금 전까지 엄청 바쁘다고 해놓고 저렇게 끝도 없이 조잘조잘 수다를 늘어놓는 게 좀 의아하긴 했지만 (꼬마야, 너 태권도 늦겠다) 작은 어깨에 놓인 바쁨을 조금이나마 더는 모습을 보고 내 마음도 한결 가벼워졌다.

우리는 매일 바쁜 하루하루를 살아간다. 아침에 눈을 뜨자마자 서둘러 출근 준비를 하고, 나만큼이나 바쁜 사람들이 빼곡하게 들어찬 만원 버스와 지하철을 타고 회사에 도착해, 공복에 커피 한 잔을 때려 넣고, 그 힘으로 눈코 뜰 새 없이 오전을 보낸다. 점심엔 음식이 빨리 나오는 식당을 찾아 후딱 밥을 먹고, 오후에도 네버엔딩 업무를 죽을 둥 살 둥 하다 결국 내일의 나에게 포워딩한 뒤, 다시 집으로 또는 약속 장소로 발걸음을 재촉하는 바쁨의 연속이다. 그리고 그 시간 사이사이에 책갈피처럼 꽂혀 있는 다양한 속성의 분망한 일들 하며…. 그렇게 하루, 이틀, 한 주, 한 달, 일 년이 소리 없는 급류처럼 흘러간다.

바쁜 걸 좋아하는 사람은 별로 없다. 그렇다고 그 바

쁨이 만들어내는 빠름을 싫어하는 사람도 딱히 없다. 우리는 공급자일 땐 바쁜 걸 원치 않으면서 수요자일 땐 빠른 걸 선호하는 모순된 속도의 삶을 살고 있다. 나 역시 느림보다 빠름을 더 추구한다. 일찍 일어나는 새가 피곤하긴 하지만 살다 보니 빨리빨리는 단점보다 장점이 더 많았다. 수강 신청도 빨리하면 학점 관리에 도움이 되고 취업도 빨리하면 자산을 더 모을 수 있고 회사 일도 빨리빨리 쳐내면 대체로 성과가 빛났다. 청약 통장도 1년이라도 빨리 가입하면 가점이 2점이나 더 높고, 안 할 거면 모르지만 결혼과 출산 역시 빨리하는 게 여러모로 좋은 점이 많더라는! 사실 이 모든 것을 내가 그러지 못했기에 하는 말이다. 후회가 덕지덕지 붙은 경험을 통해 얻은 배움은 이리도 값지고 슬프다.

어른이 되고 보니 먹고 사는 일에 '#바쁨'은 으레 달리는 해시태그다. 요즘 들어 왜 어른들이 인생의 속도가 나이에 비례한다고 했는지 알 것 같다. 20대는 20킬로미터, 30대는 30킬로미터, 40대는 40킬로미터… 예전엔 유치하다고 코웃음 쳤는데 지금은 오들오들 공감한다. 한해 한 해 갈수록 가속도가 붙는 느낌이다. 바쁨의 속도가 0부터 100까지 있다면 우리는 0으로 수렴하길 바라지만 실상은 100 또는 그 이상으로 확장해 나간다. 나이를 먹을수록 일도, 책임도, 생각도 많아져서 그렇겠지.

그래서 그런지 요즘 서점에 가면 유난히 힘 빼고, 느리게, 천천히 살라고 권유하는 책들이 눈에 띈다. 건강한 바쁨을 위해서 건강한 휴식도 필요하다는 것에 십분 동의하지만 누가 안 하고 싶어서 안 하냐고요. 마냥 느리고 여유롭게 사는 것도 배부르고 등 따스운 사람들이나 할 수 있는 거다. 조금 억지스러운 비유지만 편의점 삼각김밥은 1,000원이지만 슬로우 푸드는 1만 원이 넘는다. 부정적으로 느리면 퇴보하고, 긍정적으로 느리려면 그만큼의 지불이 필요하다. 무엇보다 현대사회에서 근성 있는 거북이보다 발 빠른 토끼가—충분히 탑재 가능한—약간의 부지런함만 갖추면 성공할 확률이 훨씬 더 높기에 우리가 아무리 느리게 살고 싶어도 그 틈바구니에서 늘 바쁨에 압도당하는 거 아닐까?

오늘은 오랜만에 친구 C에게서 안부 전화가 왔다. 첫인사부터가 "바쁘냐?"였다. 바쁜 건 매일 그래서 "아니"라고 했더니 자기는 최근에 팀이 바뀌어서 바빠 죽겠단다. 바쁨이 일상이고 바쁨이 사람도 죽일 수 있구나 싶어 오싹했다. 그리고 나만 바쁜 게 아니라는 생각에 안도감을 느꼈다. C는 통화 끝에 "바빠도 너희 편의점은 자주 간다"고 친분 소비를 어필했다. 정신없는 와중에 나의 생계를 챙겨주는 그 마음이 고마웠고 내가 일하는 편의점이 친구에게 잠깐의 휴식이 될 수 있다는 게 기뻤다. '미안하다 친구야, 그렇지만 나는 너희 회사 배를 살 수가 없다(C는 조선업에 종사한다).' 그의 말대로 우리는 아무리 바빠도 편의점은 간다. 아니 바쁘니까 더 자주 가게 된다. 식당 대신, 빵집 대신, 카페 대신, 지금 당장 갈 수 없는 휴양지 대신 가까운 편의점에 간다. 와이프도 회사에서 머리를 식히러 동료들과 편의점을 주로 간다고 했다. 근무 시간에 카페는 부담스럽지만 편의점은 가벼워서 좋다나. 그렇네. 바쁠 땐 편의점만 한 곳이 또 없네. 그러니 그대여, 시간에 쫓기거나 일에 치일 때면 편의점으로 오라. 단, 계산은 선불!

할인이나 적립해드릴까요?

보통을 위한 최선

지구는 하루에 한 번, 약 시속 1,660킬로미터로 자전하고

일 년에 한 번, 약 초속 29킬로미터로 태양의 둘레를 공전한다.

놀라운 속도지만 지극히 당연한 일이다.

주위를 둘러보자.

9-3번 버스는 매일 7시 40분에 도착하고

《9시 뉴스》는 이름 그대로 9시 정각에 방송되고

아이스크림을 사러 간 늦은 밤 편의점은 언제나 문이 열려있다.

이건 평범할지 몰라도 지구의 운동과는 또 다른 차원의 얘기다.

우리 주변에서 일어나는 모든 일에 당연히 이루어지는 것은 없다.

그 안엔 누군가의 매일 같은 최선이 있기 때문에.

그러니
흔들리지 말 것

　　　　세계적인 테니스 선수 라파엘 나달은 서
브를 넣을 때 자신만의 복잡한 루틴이 있다. 발바닥으로
땅을 고른 뒤, 라켓으로 두 발을 털고, 엉덩이에 낀 바지
를 뺀 다음, 양쪽 어깨와 귀·코까지 만진 뒤, 서브를 넣는
다. 테니스는 경기 중 수십 번의 서브를 넣는데 이런 행동
을 매번 빠짐없이 한다는 게 놀랍다. 어떻게 바지가 엉덩
이에 계속 낄 수 있지? 개인적으로 이 부분이 가장 신기
하다. '나달 씨, 그냥 헐렁한 바지를 입지 그래요?' 심지어
이 서브루틴 외에도 항상 똑같은 높이로 양말 신기, 경기
중 라인 밟지 않기, 라인을 넘을 때는 오른발로 넘기, 음
료수의 상표가 밖으로 향하게 놓기 등 12가지 루틴이 더
있다는 것에 경이로움을 넘어 그의 신경쇠약을 걱정하게

된다.

꼭 운동선수가 아니더라도 사람들은 저마다 루틴이 다 있다. 회사에서도 주변을 둘러보면 그 스펙트럼은 매우 다채롭다. 항상 테이크아웃 커피를 사 들고 출근하는 K부터 집중이 안 될 땐 물티슈로 책상을 닦는 E, 매시간 정각에 아들의 사진·동영상을 보는 S까지. 매일 한 시간씩 일찍 출근하는 Y팀장은 사무실에 도착하자마자 노트북을 켜고 화장실로 가 큰일을 본 뒤 가벼운 장으로 하루를 시작한다(물어보지도 않았는데 어느 날 그가 자기만의 루틴이라며 돌연 나에게 똥밍아웃을 했다).

나 같은 경우 출근길 지하철 4호선에서 EBS 라디오의 《입이 트이는 영어》, 2호선으로 갈아타며 《귀가 트이는 영어》를 듣고, 퇴근길 지하철에서는 책을 읽거나 음악을 듣는다. 매일 반복되는 기시감이 《엣지 오브 투모로우》급이다. 영어 실력은 늘 제자리걸음이고 지적 능력은 나이를 먹을수록 퇴행하는 듯하지만, 왠지 그렇게 해야 하루를 더 힘차게 시작하고 또 알차게 마무리하는 것 같다.

루틴 하면 편의점도 빼놓을 수 없다. 편의점은 점포마다 매일 규칙적이고 정형적인 행위들이 아주 쫀쫀하게 엇끼어 돌아간다. 그것은 편의점의 365일 연중무휴를 지탱해 주는 꼿꼿한 척추이자 근원적 동력이다. 편의점의 루틴은 점포의 상황마다 점주의 스타일에 따라 조금씩 차이가 있을 수 있지만, 보통 물건이 입고되는 요일과 시간에 맞춰 세팅된다. 편의점은 보통 하루에 2~3회, 아침·점심·저녁으로 나뉘어 물건이 들어오는데 그에 따라 시간대별 근무자들의 역할이 정해진다. 단조로운 듯 하지만 꽤 정밀한 구석이 있다. 예컨대 자주 가는 한 편의점의 카운터 벽면에 붙어 있는 루틴은 이렇다.

〈○○점의 하루〉

─ **새벽 2시 30분**: 신문이 옵니다.

─ **아침 9시**: 유통기한이 지난 간편식품은 폐기해주세요. 냉장고 바구니에 여분의 상품이 있으면 보충 진열하세요.

  ※ 화, 목, 토 9시: 담배랑 잡화류가 옵니다.

─ **오후 2시 30분**: 상온상품이 옵니다(과자, 라면, 음료수 등). 냉장고부터 진열할 것. 급할 거 없으니 카운터 보면서 천천히!

─ **밤 9시**: 유통기한이 지난 간편식품은 폐기해주세요. 그러다 보면 냉장상품이 옵니다(도시락, 우유 등). 간편식품부터 먼저 진열하고 우유는 야간 근무자가 검수 후 진열하

세요. 퇴근 전 음식물 쓰레기통 청소 필수!

그 외 친절한 인사, 상품 및 카운터 정리 정돈 철저, 우유 유통기한 수시 확인 등 자잘한 미션과 가이드라인들이 구석구석에 진중하게 적혀 있었다. 이 모든 게 톱니바퀴처럼 맞물려 착착 돌아가지 않으면 점포는 와르르 무너지고 말 것이라는 전제가 워터마크로 찍혀 있는 듯했다. 나도 점장을 해봤기에 알고 있었다. 혹여나 누군가의 착각, 실수, 태만, 고의 등으로 이 중 사소한 루틴 하나라도 빼먹는다면 점포는 통째 흔들릴 수밖에 없다는 것을. 만약 유통기한이 지난 도시락이 그대로 방치되어 있다면? 추가 진열 없이 냉장고가 텅 비어 있다면? 음식물 쓰레기통이 넘치기 일보 직전이라면? 이건 똥꼬바지 루틴 집착남 나달에겐 결코 용납할 수 없는 일이다.

이런 의미에서 편의점의 루틴은 특정한 습관이나 일련의 의식이라기보다는 항상성을 유지하기 위한 릴레이 페달에 더 가깝다고 할 수 있다. 마치 쉼 없이 달려야 하는 우리들의 인생처럼. 무엇보다 모든 루틴은 약속과 신뢰를 지키는 일이다. 사람들은 편의점에서 늘 내가 원하는 상품과 서비스를 한결같이 제공하길 바라는데 그 시스템이 제대로 돌아가지 않는다면 손님에게나 편의점에 큰 재앙이다. 마치 기대와 실망이 갈라놓는 우리들의 관계처럼.

이를 비웃듯 아주 파괴적인 루틴을 가지고 있던 한 점주가 있었다. Y점주는 저녁 7시 본인이 퇴근하기 전, 낮 동안 손님들이 휩쓸고 간 텅 빈 진열대를 바라보는 것이 하루를 마무리하는 낙이었다. 뻥뻥 뚫려 있는 진열대를 봐야만 '오늘도 장사를 잘했구나' 싶어 힐링이 된다나. 그녀는 누가 봐도 폭탄 맞은 것 같은 어수선한 점포를 마치 스위스 그린델발트의 풍광처럼 묘사했다. 이 불성실한 루틴을 파괴적이라고까지 설명한 이유는 물건 하나라도 더 팔아보려고 하는 업계의 상식을 역행하는 Y점주의 거친 생각과 불안한 매출과, 그걸 지켜보는 L선배의 전쟁 같은 사랑 때문이었다.

추정컨대 그것은 '폐기율 제로'를 만들려는 Y점주의 숨겨진 의중이 만들어 낸 기이하고 다소 변태적인 루틴이었다. 그것을 모르는 바 아닌 L선배는 적정 폐기율과 최대 수익률 등의 논리로 무장해 저녁 피크타임을 위해 상품 발주를 넉넉히 더 하고 수시로 추가 진열하는 게 좋겠다고 수없이 얘기했지만 소용없었다. 야간에 물건이 들어올 때까지 잠시 빈약한 시간이 생기더라도 Y점주는 자신의 이 미필적 루틴을 점포의 수익보다 더 중요시했다. 이후 Y점주의 이 루틴을 깬 것은 결국 점차 내리막을 걷게 된 매출이었다. 올 때마다 상품이 없는데 낮이든 밤이든 누가 계속 찾아오겠나. 방향과 방법이 잘못된 루틴은 시간이 두는 패착일 뿐. L선배는 '왜 내 말을 안 듣고 꼭 똥인지 된장인지 찍어 먹어 봐야 아냐'며 소쩍새처럼 서러워했다.

이런 극단적 사례를 제외하고 전국의 모든 편의점은 지금도 각자의 건강한 루틴을 부지런히 실행하고 있다. 수많은 시행착오를 겪으며 밀도 있게 쌓인 규칙과 노하우들은 편의점이라는 세계의 단단한 지층이 되었다. 이렇게 유기적으로 프로그래밍 된 편의점의 루틴은 손님들에게 안정감과 편안함을 준다. 우리들의 루틴도 마찬가지다. 변함없는 그 일관성은 우리가 딛고 서있는 일상의 뿌리를 더욱 튼튼하게 해준다. 별거 아닌 작은 습관이 하루의 기운을 좌우하고 잘 설계된 생산적 반복은 훗날 좋은 일로 열매를 맺는다. 그러니 흔들리지 말 것!

어느 날 편의점에 갔는데 문이 잠긴 채 '잠깐 화장실에 다녀오겠습니다'라고 써 붙여져 있었다. 열심히 돌아가던 루틴이 잠시 쉬어 가는 때다. 암, 똥은 못 참지. 매일 108배를 올리던 성철 스님도 '급똥' 앞에선 잠시 성불을 미뤘을 터. 빡빡한 루틴에도 잠깐의 여유는 필요하다. 가만 편의점 루틴을 얘기하려다가 똥 얘기를 너무 많이 했네.

피 터지고
알 배기는 일

"우리는 술 먹다가 죽을 때 꼭 명함을 이빨 사이에 끼우고 죽어야 돼. 그래야 산재라도 받지." 친한 업계 홍보맨 형님이 연일 계속된 기자들과의 술자리에 지친다며—우리끼리 반주 자리(그에겐 4일째)에서—던진 웃픈 얘기다. 군인들이 전장에서 전사하면 사후 신원 확인을 위해 앞니에 군번줄 인식표를 끼워놓는 걸 빗댄 것이다. 그렇게 처절하게 표현할 거까진 없지만 홍보맨의 애환이 저온숙성으로 응축된 이 서늘한 농담은 보글보글 끓는 오징어찌개 앞의 좌중을 한바탕 웃음바다로 만들었다.

"그럼 앞니를 좀 벌려 놔야 하나?"

"너무 벌어지면 고정이 잘 안돼."

"그래서 저는 과장 승진할 때 라미네이트 했어요."

(가만, 이게 이 정도로 진지하게 얘기할 만한 주제인가요?)

"동지들, 죽을 때 죽더라도 일단 한잔해야지!"

매일 《덩케르크》 같은 전쟁터로 나아가야 하는 우리는 홍보라는 거대한 전차에 연료를 주유하듯 거듭 소맥잔을 부딪쳤다. 그리고는 다들 소지품을 더듬거렸다. '어디보자, 내 명함이 어디 있더라?' 모두들 어떻게든 살 생각은 하지 않고 언젠가 다가올 장렬한 죽음을 염두에 두고 있는 것 같아 마음이 짠했다. 대부분의 홍보맨들은 당장이라도 홍보일을 그만두고 싶어 하면서도 쉽게 이 바닥을 떠날 수 없음을 숙명으로 받아들이고 있다. 서글픈 일이지만 아이러니하게도 그건 우리들만의 긍지이자 영예이기도 했다.

나는 편의점 홍보맨이다. 편의점은 수평선, 홍보는 지평선. 어느 직무든 그렇겠지만 둘 다 아득하게 넓고 선명하게 복잡한 분야다. 그런 백과사전 같은 것들을 겹쳐 놨으니 우리는 치열한 산업 전선에서 날고뛰고 헤엄치고 하면서 고군분투한다. 홍보맨들 사이에서 식상할 대로 식상해진 말이 있다. '홍보PR는 피P하고 알R리다 피P 터지고 알R 배기는 일'이라는 것. 말 그대로 기업의 나쁜 이슈는 잘 틀어막고 좋은 이슈는 만천하에 알리는 일인데 그게 그만큼 힘들다는 뜻이다. 홍보맨은 기획력, 판단력, 순발력, 문장력, 설득력 등등 세상의 력이란 력은 다 겸비해야 하기에 힘이 들 수밖에.

축구 경기라면 공격과 수비를 동시에 해야 하는 올라운드 플레이어가 홍보맨들이다. 내가 통제할 수 없는 광범위한 일들을 통제해야 하고 주로 기자들을 중심으로 여러 사람들을 상대하다 보니 스트레스도 만만치 않다. 그래서 홍보를 하다 보면 마음의 햄스트링이 자주 올라온다. 축구 선수는 부상을 당하면 재활 기간이라도 갖지만 홍보맨들은 시시콜콜한 감정일랑 툴툴 털고 다시 경기장으로 나서야 한다. 붕대를 감고 있는 건 우리에겐 촌스러운 일이다.

필드 바깥에서 보면 홍보일이 꽤 근사해 보이기도 해서 회사의 많은 직원들이 희망 직무로 홍보팀을 지원한다. 그렇지만 현실의 홍보맨들은 그건 뭣도 모르고 하는 소리, 빛 좋은 개살구라고 입을 모은다. '홍보가 얼마나 격무인지 알고나 하는 소리야? 회사에서 쪼이고 기자한테 치이고. 직접 와서 한번 해 보라 그래!'

그런데 요즘엔 분위기가 확 바뀌었다. 직장인들끼리

정보 공유가 워낙 활발하다 보니 언젠가부터 홍보는 '회사의 폭탄을 처리해야 되는 일, 기자들한테 맨날 조아려야 하는 일, 잦은 술자리로 심신의 건강을 해치는 일, 워라밸이란 지나가는 개나 줘 버리는 일' 등으로 민낯이 다 까발려져서 홍보팀은 이제 기피 부서 1순위가 됐다. 우리의 현실을 뭣도 모르고 칭송해 줄 때가 좋았다. 이젠 빛 좋은 개살구는커녕 '빛마저 없는' 개살구가 된 거다. 어느 홍보 선배들은 사내에서 신입을 뽑으려 해도 다들 결사 항쟁으로 거부하는 데다 외부에서 뽑으려 해도 필요한 연차의 괜찮은 홍보 인력은 이미 씨가 말랐다고 하소연한다. 그러니 나 같은 고인물은 이제 썩다 못해 발효가 되는 중. 나는 입사 후 홍보만 10년 넘게 하고 있는데 이쯤 되면 회사 차원의 가혹행위란 음모론도 전혀 무리는 아니다. 이런 의혹을 제기하면, 팀장님은 항상 나에게 녹음기처럼 "나 다음에 네가 홍보팀장이 될 거야. 이제 그만 받아들여."라고 말한다. 이것은 축복인가, 저주인가?

사실 이렇게 엄살을 부리지만 솔직히 나는 편의점 홍보가 무척 재밌다. 편의점은 굉장히 빠르고 역동적이다. 그래서 그를 풀어내는 홍보는 어마무시하게 바쁘고 일이 많지만 그만큼 몰입도와 성취감이 크다. 숨이 가쁜 만큼

엔돌핀이 도는 러너스 하이runners' high같은 일이랄까. 일단 사람들이 편의점에 관심이 많다. 편의점은 이미 전통적인 유통 강자인 백화점과 대형마트의 매출 규모를 뛰어넘었고 업계에서 가장 젊고 트렌디한 소비 채널로 손꼽힌다. 홍보 선수로서 관중이 많으면 신이 나고-플리플랩 같은 개인기도 쓰면서-더 잘하고 싶고 쓰러질 것 같아도 없던 투혼이 생긴다. 편의점이 생활의 중심에 서 있기에 나란 사람의 작은 부싯돌로 뜨거운 화제를 불러일으킬 수 있다는 점에서 소위 말하는 홍보할 맛이 난다.

특히 편의점이라는 세계는 정말 많은 일이 있지만 구체적으로 나는 그 속에서 새로운 트렌드를 기획하고, 발견하고, 시끄럽게 알리는 일에 큰 매력을 느낀다. 일 년에 수천 개씩 쏟아지는 신상품들 중에서 괜찮은 아이템을 선별해 보도자료를 쓰고, MD 인터뷰를 주선하고, 방송에도 소개하고, 다양한 방식으로 흥행 몰이 팔로우업을 이어가다 보면, 크림빵 같은 메가 히트 상품들이 탄생하고 알뜰택배 같은 굵직한 소비문화가 만들어지는 것이다. 열과 성을 다한 나의 보도자료가 기사로, 뉴스로, SNS 게시글로, 만원 지하철에서 엿듣게 되는 사람들의 대화로 이어지는 걸 보고 있으면 최소 천만 관객 영화의 조연출 정도의 짜릿한 희열을 느낀다. 이것은 또래 홍보맨들이 한 번쯤 다른 업종으로 이직을 해도 나 홀로 꿋꿋이 편의점을 지키며 한 우물만 파고 있는 이유이기도 하다. 한 팀에서 변함없이 활약하는 프랜차이즈 스타처럼 나 역시 편의점이라는 분야에서 프랜차이즈 홍보로서 굵직한 활약을 하고 싶다.

그렇다고 물론 마냥 꽃길만 걷는 건 아니다. 사실 편의점 홍보는 골치 아픈 일들이 훨씬 더 많다. 실제 경력직으로 합류한 S도 입사 지원을 하고 출입기자들에게 평판을 들어봤더니 하나같이 '편의점 업계가 좋긴 좋은데, 일이 많다. 경쟁이 치열하다. 여러모로 힘들긴 할 거다.'라고 했단다. 그들은 정확히 알고 있었다. 편의점은 B2C 업종이라 긍정, 부정 가릴 거 없이 많은 이슈가 쏟아진다. 그중 홍보는 당연히 부정 이슈에 가장 민감한데 편의점에선 정말 기상천외한 일들이 숱하게 일어난다. 예컨대 손님이 접수한—군대 간 남자 친구에게 보내는—택배와 편지를 무단으로 개봉해 온라인에 인증샷을 남긴 스태프가 있는가 하면, 하루짜리 삼각김밥의 유통기한을 조작해 판매한 택갈이 점주, 또 점주와 다퉜다고 차를 몰고 편의점으로 돌진해 점포를 쑥대밭으로 만든 파괴왕 손님도 있었다. 이보다 더 고차원적이고 매운맛의 리스크는 워낙 말이 길어지니 선뜻 말을 꺼내지 못할 정도다.

아무튼 이럴 땐 정말 비상이다. 우리는 체득한 매뉴얼대로 사실 관계를 파악하고 대응 메시지를 만들고 적절한 외부 커뮤니케이션을 위한 전략을 구상한다. 요철 많은 비포장 흙길 위에서 낮밤과 주말도 없이 보이지 않는 불을 끄는 소방관 같은 일을 하는 것이다. 하도 많은 일을 겪다 보니 '오늘은 또 무슨 일이 일어날까?' 은근 기대하게 되는 변태적인 성향도 종종 나타난다. 막상 발등의 불 앞에 '앗 뜨거' 바로 후회하면서.

이렇게 하루 종일 두더지 잡기처럼 정신없이 일을 끝내고 나면 국밥 한 그릇 완국한 것 같은 개운함과 포만감이 든다. 편의점 홍보를 하면서 알게 됐다. 어렵고 힘들게 지내 온 길일수록 더 많은 보람과 재미, 인연과 추억이 남는다는 것을. 또, 그러고 난 후 먹는 밥이 더 맛있다는 것을. 역설적으로 지금까지 겪어온 고난과 역경의 시간들이 여태껏 나를 버티게 해줬다. 그리고 그것이 곧 편의점 홍보맨으로서 나의 자부심이 되었다. 피하고 알리다 보면 진짜 피가 터지고 알이 배기지만 "나 자신에게 무엇인가를 증명하고 싶다"라고 한 NBA 레전드 마이클 조던의

말처럼 나 역시 홍보맨으로서 나의 명함이 부끄럽지 않
도록 조금 더 성장하기 위해 오늘도 편의점으로 출근한
다. 그런 긍지와 공력이 분명 영화 같은 내 인생의 필모그
래피를 더욱 빛내 줄 거라는 믿음으로. 어쩌면 홍보맨에
게 가장 필요한 역량은 매일 야근할 수 있는 체력이나 기
자들과 술을 진탕 먹을 수 있는 음주력이 아니라 어떤 상
황에서도 웃으며 자신과 자신의 직업을 자랑스러워하는
긍정력이 아닐까 싶다. 왜냐하면 홍보란 오늘보다 내일
이 더 힘들거든.

가장 차가우면서
가장 뜨겁게

편의점의 기원을 찾으려면 1927년 미국 텍사스 주 댈러스로 떠나야 한다. 20세기 초는 인류가 인공적으로 냉기를 생산해 얼음을 제조하기 시작한 냉장·냉동 기술의 태동기였다. 냉각 기술이 급진적으로 발전하자 얼음을 만들어 파는 제빙회사들이 줄줄이 생겨났다. 댈러스에도 사우스랜드 아이스라는 제빙회사가 있었다. 그 직원 중 한 명인 제퍼스 그린은 어느 날 기발한 아이디어 하나를 생각해 냈다. '우리 창고에 있는 얼음은 한여름에도 신선도를 유지할 수 있으니 빵, 우유, 계란 같은 식료품도 같이 팔아보면 어떨까?' 그의 이 하찮은 시도는 세상에 놀라운 변화를 가져왔다. 그가 일하는 얼음 창고 앞은 매일 신선한 식료품을 사려는 손님들로 문전성시를 이뤘다. 신이 난 그의 사장은 모든 얼음 공장과 창고에서 식료품을 판매하도록 했다.

하지만 그것도 잠시, 1930년 미국 화학회사 듀폰이 '프레온'이라는 냉매제를 개발(1987년 몬트리올 의정서에서 오존층 파괴의 주범으로 지목돼 현재는 생산이 중단됐다)하며 얼음 공장은 점차 쇠락의 길을 걷는다. 가정용 냉장고가 보급되기 시작하면서 얼음의 수요가 급속도로 줄어들었던 탓이다. 벼랑 끝에 몰린 그들은 '에라, 이렇게 망할 바에 지금 팔리는 거라도 좀 더 팔아 보자'며 식음료와 생필품들의 구색을 대폭 늘렸다. 그것이 예상 밖의 성공을 거두며 오늘날의 편의점 형태로 진화하게 된 것이다. 이렇게 '소' 아니 '얼음' 뒷걸음질에 탄생한—이땐 딱히 명칭도 없었던—편의점의 인기는 나날이 높아졌고, 얼음 공장이었던 사우스랜드 아이스는 1946년 결국 사명에서 얼음Ice이라는 글자를 지우고 편의점 사업으로 업종 전환을 하기에 이른다. 이 가게는 아침 7시부터 밤 11시까지 문을 열었는데 그때는 파격적으로 긴 영업시간이었던지라 이를 강조하기 위해 '세븐일레븐'이라는 이름을 지었다고 한다(24시간 영업이 시작된 건 1960년대부터였다). 이것이 세계 최초의 편의점에 대한 기록이다.

편의점의 유래를 되짚어보다가 불현듯 이런 연유라면 어쩜 우리나라에도 꽤 오래전부터 편의점이라는 게 있었을 거라는 엉뚱한 상상을 하게 됐다. 이 가설은 순전히 개인적인 경험에서 비롯된 것이다. 아무튼 말이 나왔으니 이 근본 없는 헛소리를 조금 정성스럽게 해보겠다.

고1 때인가 밀양 '얼음골'에 간 적이 있다. 한여름에도 바위틈에서 얼음이 언다나. '에이, 말도 안 돼!' 마침 땀이 송골송골 맺히던 초여름이었다. 나는 《세상의 이런 일이》 PD로 빙의해 '제가 이 과장된 소문을 낱낱이 밝혀 보겠습니다'라는 의심 가득한 눈초리로 직접 체험에 나섰다. 조금 시원한 정도 가지고 다들 오버하는 거겠지. 산속에 있으니 당연한 거 아냐? 엄마에게 이끌려 바위 밑으로 손을 천천히 집어넣었다. 오, 근데 이게 웬일? 정말 서늘한 냉기와 함께 새끼손가락만 한 고드름이 잡히는 게 아닌가! '이거 실화야?' 추워서인지 놀라서인지 닭살이 돋았다. 나뿐만 아니라 여기저기서 사람들의 탄성이 들려왔다. 진짜 《세상의 이런 일이》는 뭐하나? 이런 거 취재 안 하고.

얼음골은 천연기념물 224호로 경상남도 밀양시 천황산 동북쪽 해발 600~750미터에 자리한 계곡의 돌밭이다. 여름철 평균 기온은 섭씨 0.2도, 계곡물은 5도. 3~4월 봄부터 바위틈에 얼음이 얼기 시작해 한여름인 7~8월까지 이어지고 겨울에는 오히려 더운 김이 나와 계곡물이 얼지 않는다고 한다. 더 재밌는 것은 얼음골은 더위가 심할수록 바위에 얼음이 더 많이 어는 특징이 있는데 예부터 인근 거주민들은 얼음골의 고드름을 따다가 냉국과 같은 여름 음식을 만들어 먹었다고 한다. 그렇지. 똑똑한 우리 선조들이 이 천연 냉장고를 그냥 지나쳤을 리 없지!

나의 상상은 여기서부터 시작됐다. 집안에 두기 곤란한 음식들을 저장하기에 더할 나위 없이 좋고 불볕더위에는 최적의 피서지로 지금처럼 많은 사람들이 찾았을 텐데 하물며 장사하기 위한 작은 가판이나 난전이 열리지 않았을 리 만무하다(는 것이 나의 합리적 추론이다). 떡을 쪄서, 국수를 말아서, 식혜를 담가서, 밭에서 산에서 과일을 따다가 얼음과 함께 담은 알록달록 화채를 유람 온 사람들에게 팔지 않았을까? 수정과에 얼음은 짝꿍 할인을 해주고 쑥개떡은 2개 사면 1개가 덤, 콩국수는 복날에만 30그릇 한정 판매, 도라지 정과 구매 시―띠부띠부씰 같은―하얀 구절초 한 송이 동봉 등 나름 기발한 마케팅도 했을 것이 분명하다(는 게 나의 연역적 공상이다).

그렇게 먹음직한 음식들을 가판에 쭉쭉 깔아 놓고 손님들을 맞았으면 그게 자연스레 가게가 되고 상권이 되었을 것이다. 팻말까지 있었는지 모르지만 없다 하더라도 사람들에게 여기는 개똥이네, 저기는 언년이네, 칠복이네, 순덕이네처럼 보이지 않는 간판으로 불렸을지도. 이런 나의 상상 속의 얼음골 장터는 묏바람이 부는 시원한 돌밭에서 더위를 식히러 온 장삼이사, 필부필부 손님들이 뒤섞여 아마 미국식 편의점보다 훨씬 더 근사하고 재밌었을 것 같다. 막걸리로 목을 축인 어느 손님이 노래 한 소절 뽑으니 흥도 절로 나고 가끔 멧돼지, 호랑이, 산신령이 예고 없이 찾아와 한바탕 난리도 나고! 어떤가? 전해지지 않지만 충분히 있었을 법한 그 옛날 조선의 '얼음골 편의점'. 그럴싸하지 않은가?

놀라운 사실은 편의점이 얼음 회사에서 태동한 유통 채널이라 그런지 얼음, 정확히는 '컵얼음'이 편의점에서 일 년 중 가장 많이 팔리는 상품이라는 것. 편의점 업계에서 한 해 동안 팔리는 컵얼음은 대략 5억 개 정도로 추산된다. 몇 해 전엔 기록적인 폭염이 찾아와 얼음 대란이 일어나기도 했다.

컵얼음이 처음 편의점에 등장한 건 2000년대 후반이

다. 원래는 커피, 복숭아 홍차, 레몬에이드 등 파우치 음료를 따라 마시는 아이스드링크를 위해 만들어진 보조 상품이었다. 컵얼음은 오랜 무명 시절을 보내며 조금씩 그 진가를 인정받기 시작했고 아이스드링크 외에도 다양한 술, 음료들과 사계절 내내 꾸준히 합을 맞춰 왔다. 그리고 2013년 처음으로 소주, 맥주, 바나나맛우유 등 쟁쟁한 스테디셀러들을 제치고 편의점 상품 전체 판매량 1위에 오르게 된다. 밑바닥 조연이 당당히 주연 자리를 꿰찬 것이다(그 이후 단 한 번도 왕좌를 놓친 적이 없다).

나는 이때 보도자료를 내면서 '언젠가 네가 꼭 성공할 줄 알았어!'라고 전지적 오지랖 시점에서 내 일처럼 기뻐했던 기억이 있다. 변함없는 열정으로 오롯이 자신의 역할에 충실하며 한 길만 걸어온 얼음은 그렇게 편의점의 과거와 현재를 관통하고 있었다. 가장 차가우면서 가장 뜨겁게.

신상은
이렇게 탄생한다

아이스드링크, 한 컵 반 흰 우유, 빅Big 요구르트, 1리터 생수. 이들의 공통점을 알고 있는가? 맞다. 마시는 거다. 그러면 여기에 1개짜리 날계란, 딸기 샌드위치, 비건 참치김밥, 캔 하이볼, 8인분 컵라면을 더하면? 그렇다. 먹는 거다. 맞다. 맞긴 한데 내가 말하고 싶은 정답은 '편의점에서 최초로 만들어진 제품'이라는 것이다.

파우치 음료를 컵얼음에 따라 마시는 아이스드링크는 2000년 후반 처음 등장해 편의점의 대표적인 여름 상품으로 자리잡았다. '얼죽아'의 민족인 한국 사람들에게 아이스드링크는 최고의 더위 사냥꾼이자 때론 화병 치료제이다. 더구나 앞서 언급했듯이 아이스드링크의 보조 제품으로 출시된 컵얼음은 편의점에서 일 년 중 가장 많이 팔리는 제품으로 자수성가했다. 그는 늘 무뚝뚝하게 깡깡 얼어 있지만 발군의 사교성으로 아이스드링크 외에도 술, 생수, 주스, 탄산음료 등과도 잘 어울려 사시사철 찾는 사람들이 많다.

흰 우유와 요구르트는 원래 있던 제품인데 왜 최초라고 하는지 의아할 텐데 그 답은 바로 용량에 숨어 있다. 일반적으로 흰 우유는 200밀리리터(소), 500밀리리터(중), 900밀리리터 이상(대) 사이즈로 나뉜다. 그런데 편의점이 처음으로 200~500밀리리터 틈새를 파고들어 300밀리리터, 그러니까 '한 컵 반짜리 우유'를 만들었다. 200밀리리터는 뭔가 양이 아쉽고 그 이상은 휴대와 보관이 불편하다는 걸 간파한 것이다.

빅 요구르트도 이와 비슷한 탄생 비화를 갖고 있다. 기존 요구르트는 어린이 음료의 대명사여서 그런지 성인이 마시기엔 턱없이 부족했다. 그래서 편의점은 성인을 위한 요구르트를 만들면 어떨지 생각했다. '성인을 위한'이라는 수식어에 왠지 소량의 알코올이라도 첨가된 것 같지만 단지 크기가 60밀리리터에서 270밀리리터로 4.5배 커졌을 뿐이다. 한 개로는 간에 기별도 안 가 한 줄 묶음 요구르트에 빨대를 콕콕 찍어가며 마시던 사람들에게

'빅 요구르트'는 그간의 가려운 부분을 시원하게 긁어 준 아주 기특한 녀석이다. '그래! 이게 바로 내가 원하던 거야!' 자신도 미처 몰랐던 숨은 니즈를 발견한 소비자들은 열렬한 환영의 뜻으로 지갑을 활짝 열어젖혔다.

빅 요구르트가 공전의 히트를 치자 이후 편의점 상품들은 성장촉진제라도 맞은 듯 너나 할 거 없이 커지기 시작했다. 핫바도 커피도 과자도 삼각김밥도…. 어릴 때 '먹는 거로 장난치면 안 된다'고 배웠는데 편의점에서는 이런 꾸러기 짓이야말로 손님들을 끌어들일 수 있는 성공 공식이었다.

'1리터 생수'는 MD가 느낀 생활의 불편에서 시작됐다. 1인 가구 자취생이었던 ○는 물을 마셔도 풀리지 않는 갈증이 있었다. 500밀리리터 생수는 너무 작아 금방 바닥을 드러내고 2리터 생수는 또 너무 많아 개봉 후 보관 기간이 길어지는 단점이 있었다. 시중에는 500밀리리터와 2리터 생수밖에 없었기에 약수터에서 그때그때 먹고 싶은 만큼 물을 떠 와 마시지 않을 거라면 잠자코 국내 생수 시장경제 체제를 따라야만 했다. 그런데 생각해 보니 '아 맞다, 내가 생수 MD지!' 그렇게 ○는 1인 가구를 위한 1리터 생수를 만들어 보기로 마음먹었다. 500밀리리터, 2리터 두 생수의 독고다이에 반기를 들고 '독거'인들의 고충을 반드시 '다이' 시키겠다는 강력한 의지로! 이렇게 촉발된 ○의 방구석 기획은 편의점 생수 시장에 한 획을 그었다. 1리터 생수는 왜 이제야 나왔냐는 듯 소비자들의 뜨거운 버선발 호응을 얻었고 매년 늘어나는 1인 가구의 그래프처럼 매출도 고공행진을 이어갔다. 고작 1리터가 이처럼 1톤 같은 인기를 불러일으키자 대형 제조사와 다른 유통채널에서도 카피캣들을 잇달아 출시했고, 아무리 아파도 매년 트렌드 책은 쓸 것 같은 김난도 교수도 한 방송에서 콜럼버스의 계란 같은 발명품이라고 극찬을 아끼지 않았다.

그런가 하면 '거꾸로 수박바'는 재밌는 역발상으로 대박을 터트린 제품이다. 1986년에 처음 출시된 수박바는 수박 모양을 본떠 빨간색 과육(멜론 맛) 부분이 90퍼센트, 녹색 껍질(딸기 맛) 부분이 10퍼센트로 만들어졌다. 그런데 사람의 간사한 입맛이라는 게 어느 날 겨우 10퍼센트밖에 안되는─한우의 제비추리 같은─그 껍질 부분이 더 맛있게 느껴지더라는 거다. 실제 온라인상에서 "껍질 부분이 더 맛있다. 껍질을 먹으려고 수박바를 사먹는다."라는 의견이 폭발적인 공감을 얻었다. 그래서 편의점이 제조사에 과감한 제안을 하게 된다. '이참에 아예 확 뒤집어 보시죠!' 이를 계기로 수박바는 30여 년 만에 빨간색과 녹색의 위치를 바꾸는 파격적인 변신을 시도한다. 그렇게 나온 거꾸로 수박바는 SNS에서 '마니아들의 소원이 이루어진 제품'으로 큰 화제가 됐고 출시 5개월 만에 1,000만 개나 팔리며 아이스크림 부동의 1위 메로나를 꺾는 파란을 일으켰다.

편의점의 이런 면면을 지켜보고 있으면 나도 가끔 MD가 되고 싶을 때가 있다. 나의 아이디어로 세상에 없던 기발한 아이템을 개발하고 그걸 또 많은 사람이 좋아해 준다는 게 얼마나 가슴 벅찬 일인가.

한번은 전날 과한 술자리로 내일의 나를 가불해 죽을 둥 살 둥 출근한 날이었다. 태풍이 몰아치는 바다 위에 돛단배를 탄 것처럼 머리가 돌고 속이 울렁거렸다. 생명 연장을 위해 해장이 간절했다. 지금 당장 숙취로 죽는다면 묘비명에 '뜨끈한 콩나물국 딱 한 그릇만 먹었으면'이라고 쓰고 싶을 만큼. 그렇다고 근무 시간에 식당으로 무단이탈할 수도 없고 레토르트 콩나물 국밥을 사 와 사무실에서 냄새를 풀풀 풍기면서 먹을 수도 없는 노릇이었다.

그때 떠오른 아이디어가 바로 '캔 콩나물국'이었다.

겨울철 편의점 온장고에서 파는 커피, 꿀물, 두유처럼 주 취자를 위해 캔에 담은 콩나물국이 있으면 지금 당장 10 캔이라도 거뜬히 마실 수 있었을 것 같았다. 냄새 없이 쉽고 빠르고 깔끔한 속풀이! 쌕쌕이나 봉봉처럼 콩나물 건더기도 살짝 씹힌다면 톡톡 터지는 아스파라긴산이 온몸에 쫙 퍼지며 이 고약한 아세트알데하이드를 말끔히 씻어줄 것 같았다. 마침 동기가 음료 MD로 있어서 잘하면 노벨해장상도 받을 수 있는 이 엄청난 아이디어를 냉큼 전달했다. 사실 종용에 더 가까웠다. 이거 대박이라고! 지금 당장 만들라고! 나 죽겠다고! 그런데 돌아온 답은 "이 형 술에 많이 취했네. 점심때 나와. 내가 콩나물국 사줄게."였다. 차갑고도 사뭇 따뜻한 회신. 나는 그날 콩나물국을 얻어먹고 MD의 꿈을 깨끗이 접었다.

이후 편의점에서는 사무실에서 몰래 먹는 콘셉트로 테이크아웃 커피 컵에 담긴 떡볶이가 출시됐다. 일명 떡메리카노. 외관상 분명 커피인데 정작 내용물은 국물 떡볶이가 담겨 있는 신박한 반전 상품이었다. 한 개그우먼이 방송 중에 종이컵에 담긴 떡국을 커피인 양 몰래 먹는 모습이 이슈가 되면서 유행한 몰래 먹기 챌린지에서 착안해 만들어졌다. 그 기만적이고 당돌한 발상이 어찌나

귀엽던지. 나름 인기를 얻어 그다음엔 몰래 먹는 국수도 나왔다. 그런데 왜 나의 캔 콩나물국은 안 되는 것인가? 흑흑.

편의점에서는 매주 50~60여 개, 연평균 3,000여 개의 신상품들이 쏟아져 나온다. 그중에 1년 이상 판매되는 상품은 3퍼센트 내외로 100여 개 남짓이다. 그마저도 빠르게 변하는 소비자들의 취향에 따라 굴러온 신상품들이 박힌 신상품(이때부터 구상품이 된다)들을 여지없이 밀어낸다. 세상에 없던 상품들이 수없이 태어나고 다시 세상에 없는 상품으로 돌아가는 곳, 그리고 변덕스런 고객의 부름 앞에 또 다른 형태의 신상품으로 환생을 거듭하는 곳이 바로 편의점이다. 맙소사 편의점에도 윤회輪廻가 있었다니! 세상에 없던 최초의 무언가를 만들어 사람들의 소확행을 채워주는 보석 같은 아이디어들이 365일 편의점이라는 세계에 반짝반짝 빛나고 있다.

9월의 핫팩과
쇼핑몰 기저귀

8월의 뙤약볕이 아스팔트를 팔팔 달구고 있을 때였다. "덥다 더워! 아프리카가 따로 없네." 기자 미팅을 다녀와 땀을 삐질삐질 흘리며 자리에 막 앉았는데, 9월 초에 핫팩을 출시한다고 상품팀에서 보도자료 요청이 왔다. "네? 핫팩이요? 핫바 아니고 핫팩?" 한여름 뜬 금없는 핫팩 얘기에 등골이 서늘해졌다. TV에서 기상캐스터가 낮 최고기온이 31도에 이르니 온열질환을 조심하라고 저렇게 떠들고 있는데 핫팩이라니! MD가 더위를 먹어도 단단히 먹었다고 생각했다. 그는 당혹스러워하는 나의 반응은 아랑곳하지 않고 철없는 핫팩의 출시 배경에 대해 열을 올리며 설명을 이어갔다. 요즘은 기후 변화로 환절기가 짧아지고 있어 9월부터 기온 뚝, 일교차가

커질 것이므로 선제적인 상품 전개가 필요하다는 게 요지였다. 특히 코로나 엔데믹으로 등산, 캠핑, 낚시 등 야외활동을 하는 사람들이 많아져 일찌감치 수요가 있을 거라고 힘줘 말했다.

비록 나는 집돌이였지만 듣고 보니 나름대로 일리도 있고 재미도 있었다. 푹푹 찌는 폭염 속에 감히 생각지도 못하는 한파를 대비한다는 게, 마치 다가올 대홍수에 맞서는 노아의 방주처럼 거룩하게 느껴졌다. 물론 인류의 생존을 위협하는 기후 변화는 실로 안타까운 일이지만, 이 무더위에 벌써 월동 준비에 나선다는 발상은 생활 밀착형 소비 채널을 표방하는 편의점이기에 할 수 있는 매우 합리적인 미친 짓이었다. 하긴 패션 업계도 한여름에 패딩 점퍼를 파는 파격을 시도하지 않던가. 근거가 있는 의외성과 상식 파괴는 늘 좋은 기삿거리다. 나는 내키지 않아 하던 처음과 달리 신이 나서 열심히 보도자료를 썼다. '핫팩의 역습!' 최근 홍보팀에 합류한 후배 S는 "아직 이렇게 더운데 핫팩 보도자료를 내는 게 맞아요?"라며 갸우뚱했다. "8월의 크리스마스도 흥행했잖아. 장르는 다르지만."

그렇게 배포된 보도자료는 핫팩만큼이나 뜨거운 반

응을 얻었고 한동안 많은 기사들이 쏟아졌다. '여름아, 네가 아무리 더워 봐라! 겨울이 안 오나.'라며 작렬하는 태양에 시원한 똥침을 날려준 것 같아 퍽 쾌감이 있었다. 하지만 출시는 출시이고 기사는 기사일 뿐. 그렇다고 9월의 핫팩이 눈에 띄게 잘 팔리는 건 아니었다. 단지 때 이른 핫팩은 편의점이 편의점으로서 본연의 역할에 충실하다는 데 그 의미가 있었다. 어떻게 변할지 모르는 기온 변화에 사람들이 필요로 하는 상품들을 미리미리 갖춰 놓고 도라에몽의 주머니처럼 '짠!' 하고 꺼내놓는 똘똘한 준비성. 이를 위해 편의점 사람들은 항상 반 개 정도의 계절을 앞질러 살고 있다. 여름엔 호빵 고민, 겨울엔 아이스크림 고민을 하면서.

원래 핫팩은 동절기에만 한정으로 판매하는 계절상품이다. 겨울에 들여났다가 여름이 시작되면 일제히 반품하므로 그 사이 편의점에서 핫팩을 찾아보긴 힘들다. 그 자리는 쿨토시, 선크림, 모기향 같은 여름 상품들이 차지했다가 다시 날이 추워지면 옷장 속 반팔과 긴팔처럼 서로 교대를 하는 구조다. MD는 그 시차를 기민하게 파고든 것이다. 좀 더 일찍 긴팔을 입고 싶어 하는 사람도 있을 테니까. 그런 면에서 편의점은 원초적이면서도 굉장히 지능적이다. 고객의 필요에 맞춰 적시적소에 최적의 상품들을 준비해—정작 편리하다는 생각조차 못 할 정도로—가감 없이 만족스러운 편의를 슬며시 제공하기 때문이다. 또한 편의점에 대한 기대치는 낮아서 내가 찾는 물건이 있으면 좋고, 없어도 그만이라 간혹 부족함이 있더라도 그 정도야 충분히 용인되는 '까방권'도 저변에 깔려 있다. 그러니 '있어야 할 건 다 있고요. 없을 건 없답니다.'라는 무적의 슬로건이 먹히는 21세기 화개장터인 셈이다.

얼마 전 두 돌 된 딸에게 그림책에서 보여준 '아싸 가오리'를 직접 보여주기 위해 아쿠아리움에 갔다. 관람을 끝내고 딸의 기저귀를 갈아 주려는데 아뿔싸! 가오리, 아니 기저귀를 안 챙겨 온 것이었다. 정말 오랜만에 몰에서 저녁도 먹고 쇼핑도 하려던 계획은 물거품, 더구나 집도 멀어 아내는 망연자실 속상해했다. 나는 그게 무슨 걱정이냐며 '기저귀야 편의점에서 얼른 사오면 되지'라고 말했다. 그러자 아내는 매우 한심한 눈으로 나를 쳐다보며 마트도 아니고 편의점에서 무슨 아기 기저귀를 파냐고 핀잔을 줬다(육아하다 보면 남편은 거의 모든 상황의 피의자가 된다). 으응? 내가 편의점 회사 직원인데…. 황당하고 억울했다. 편의점에서도 기저귀를 판다고!

나는 무너진 현직의 권위를 회복하기 위해 가까운 편의점으로 향했다. 내 필히 그대 앞에 실물을 가져 오리다! 사실 발주가 가능한 상품임에도 점포마다 그 여부가 다르니 나의 호언장담과 달리 재고가 없을 수도 있었다. 하지만 나는 저곳에 틀림없이 기저귀가 있을 거라고 확신했다. 쇼핑몰에서 분명 나와 같은 상황을 겪는 사람들은 많을 것이고 영민한 편의점이 그걸 그냥 지나칠 리 없다는 게 나의 추정이자 신뢰였다. 최소한 내가 아는 편의점은 그랬다. 자신 있게 문을 열고 들어간 그곳엔 역시나 소포장 기저귀가 딱 있었다. 아내는 "오호! 진짜 편의점에서 기저귀를 파네?"라며 기쁨의 박수를 쳤고 내 마음은 기저귀의 순면 패드처럼 뽀송뽀송해졌다. 현대판 만물상이라는 닉값을 해 준 편의점 덕분에 나는 당분간 좋은 아빠, 좋은 남편이 될 수 있었다(육아하다 보면 이런 타이틀은 일정 기간만 유효하다).

말이 나온 김에 '편의점에 이런 것도 팔아?' 하는 것들을 얘기해 보자면 겨울 간식인 군고구마도 빼놓을 수 없다. 언젠가부터 자취를 감춘 드럼통 노점상과 언젠가부터 집안을 점령하기 시작한 에어프라이어 사이에서 '먹고 싶지만 해 먹기는 귀찮아'하는 소비자들의 니즈를 핀셋처럼 공략해 성공한 아이템이다. 판매 실적도 달콤해 몇 해 전부턴 아예 사계절 상시 운영 중이며 최근엔 그의 단짝인 붕어빵까지 신메뉴로 끌어들였다. 이 밖에도 인주, 북어포, 구두약, 냉동 고등어, 임신테스터기, 일회용 휴대폰 배터리 등도 숨어 있는 '알쓸상품'들이다. 심지어 일부 점포에서는 골프채, 게임기, 스마트폰, 빔 프로젝터, 캠핑장비, 식물 재배기도 렌탈 서비스로 빌려 쓸 수 있다.

지갑이 후들거리는 의외의 고가 상품들도 있다. 300만 원대 골드바, 1,600만 원대 이동식 주택, 5,000만 원대 스크린골프 박스, 6,700만 원대 외제차까지. 파는 척만 한 게 아니라 실제로 팔렸다는 사실이 놀랍지 않은가? 1,000원짜리 삼각김밥을 사 먹는 편의점에서 누가 이런 걸 구매할까 싶지만, 편의점이란 예상 밖의 별별 수요가 몰리는 곳이어서 이상한 게 이상적인 현실이 되곤 한다. 자신감을 얻어 이색 명절 선물로 5억 원짜리 위스키, 9억 원짜리 요트를 내놓은 적도 있다. '보자보자 하니까 이거 너무 멀리 간 거 아니냐?'라고 할 수 있겠지만, 사실 뭐 맞다. 이건 안 팔렸으니 좀 오버였음을 인정. 아무튼 다 열거하다 보면 정말 안 파는 게 없을 정도다. 이렇게 된 거 까

짓것 사는 고객과 파는 편의점 모두 서로 어디까지 더 미칠 수 있나 내기를 해보면 좋겠다. 그 정도의 취향과 소비력이 없는 나는 열린 마음으로 보도자료나 쓰며 굿이나 보고 월급이나 받는 걸로.

끝으로 요즘 편의점엔 재고 조회 기능이 있다. 점포에 직접 찾아가지 않아도 모바일 앱을 통해 내가 필요한 물건이 어디에, 몇 개나 있는지 단번에 알 수 있다. 잇템을 찾아 동네방네 돌아다니며 발품 팔던 시절을 생각하면 그야말로 혁신이다. 만일 인기 상품의 재고가 없는 경우엔 예약구매도 가능하다. 이 말인즉, 이젠 '있어야 할 건 다 있고요. 없을 건 없답니다.'는 얘기조차 굳이 할 필요가 없게 됐다는 뜻이다. 직접 눈으로 다 확인할 수 있고 구매 확률과 편의성도 훨씬 높아졌기에. 하지만 여전히 없는 건 없으니 편의점의 가상한 노력은 늦여름부터 추위를 느끼고, 아기 기저귀를 깜빡하고, 레어템 위스키를 마시고 싶어 하는 사람들을 위해 끊임없이 계속되고 있다. '있어야 할 건 다 있고요. 없는 건 곧 준비하겠습니다.' 라고 말하며.

한 남자의
인섬(in島)극장

인천에서 4시간 동안 배를 타고 들어가야 하는 최북단 섬 백령도. 서른한 살의 한 청년이 무거운 발걸음을 내디뎠다. 그는 신용불량자였고 아내와 갓 태어난 딸이 있었다. 자동차 판매원부터 양말 가게까지 생계를 위해 열심히 뛰어다녔지만, 냉혹한 현실은 새내기 가장이 꿈꾸던 평범한 삶을 쉽게 허락하지 않았다. 벌이가 시원치 않아 신용카드로 생활비를 돌려막다 보니 매일 빚 갚으라는 독촉 전화를 받아야 했다. 지푸라기라도 잡는 심정으로 해병대 군 생활을 했던 백령도에서 새로운 인생을 시작하기로 마음먹었다. 젊은 시절의 열정과 패기를 떠올리며…. 공허하지만 그가 기댈 수 있는 건 그것밖에 없었다.

수중에 가진 거라곤 고작 현금 50만 원과 구형 싼타페 한 대가 전부였다. 돈 벌러 막노동하러 간다고 거짓말을 하고 아내와 딸은 잠시 처가로 보냈다. 반지하 월세방을 구했다. 차는 군 면회객이나 관광객들에게 렌터카로 빌려주고 치킨 배달이며 뭐든 섬에서 할 수 있는 일은 닥치는 대로 다 했다. 하루는 술에 취해 아내에게 전화를 걸었다. 너무 보고 싶다고. 한 달 뒤 아내도 100일 된 딸과 함께 백령도로 들어왔다. 그러던 어느 날 지인이 차를 빌려갔다가 폐차 수준으로 망가뜨려 왔다. '작지만 소중한 수입원이었는데….' 눈앞이 깜깜했다. 하늘을 원망한들 달라질 건 없었다.

그는 불행을 기회로 만들어보고 싶었다. 보상비로 받은 돈으로 호기롭게 과일가게를 열었다. 그렇게 시작한 과일가게는 족발집이 되고 족발집은 치킨집으로 이어졌다. 마침내 인생에 반전이 찾아오는 듯했다. 치킨집이 대박이 난 것이다. 인천 지역 B프랜차이즈 매장 중 매출이 다섯 손가락 안에 들 정도로 장사가 잘됐다. 치킨집의 성공을 등에 업고 그는 엉뚱하게도 동해로 눈을 돌렸다. 울릉도가 백령도보다 인구수가 더 많으니 당연히 치킨도 더 잘 팔릴 거란 계산이었다. 빚을 갚으려니 마음이 급했다. 아내의 만류에도 그는 다시 홀로 울릉도로 넘어가 치킨집을 열었다. 이번엔 더 호기롭게! 그러나 결과는 참담했다. 울릉도 장사는 영 신통치 않았고 결국 6개월 만에 가게를 접기로 했다.

상심에 빠져 다시 백령도로 돌아오는 길, 그의 눈에 띈 것이 이제 막 울릉도에 입점을 시작한 편의점이었다. 섬에 편의점이 생길 거라곤 단 한 번도 생각해 본 적이 없었다. 사실 섬에 있는 슈퍼나 소매점들은 주인이 직접 물건을 운반해야 했고 그런 수고로움과 물류비 등이 더해져 육지보다 물건값이 배 이상 비쌌다. '이거다!' 발주만 하면 본사에서 물건을 직접 배송해주니 힘든 일도 덜 하고 섬 주민들 역시 육지와 같은 가격으로 더 다양한 상품들을 살 수가 있으니 이보다 괜찮은 창업 아이템은 없었다. 그는 편의점 본사에 바로 전화를 걸었다. "백령도에 편의점을 내고 싶은데 어떻게 하면 됩니까?" 그렇게 그는 2010년, 백령도에 첫 편의점을 개점했다.

변변찮은 편의시설 하나 없던 외딴섬에 편의점이 문을 열자 정말 난리가 났다. 섬 주민들은 "우리 섬에 편의점이 들어온대" 서로 가가호호 전화를 돌리며 마치 대형 쇼핑몰이라도 입점하듯 일제히 환호성을 질렀다. 점포는 밤낮으로 손님들이 북적였고 계산대는 한시도 쉴 틈이 없었다. 일주일에 바나나맛우유가 800개씩 날개 돋친 듯 팔려나갔다. 전례 없던 엄청난 발주량에 혹시 발주를 잘못 넣은 거 아니냐고 회사에서 확인 전화까지 왔다. 그동안 백령도에서 마실 수 있는 우유라곤 군납하는 흰 우유, 딸기우유, 초코우유 세 종류밖에 없었으니 섬 주민들에게 바나나맛우유는 맨날 먹던 나물 반찬에 기름진 삼겹살이 올라온 격이었다. 군 장병들도 너나 할 거 없이 양손 가득 물건들을 쓸어갔다. 편의점으로 인해 섬 주민들의 생활의 질도 획기적으로 높아졌다. 바나나맛우유를 마시던 여고생은 '와, 육지에 온 것 같다'며 즐거워했고 섬 병에 지친 군인 가족들도 편의점에서 커피와 디저트를 즐기며 갑갑한 마음을 달랬다.

그러나 인간지사 새옹지마. 그에게 또다시 예상치 못한 시련이 찾아왔다. 편의점을 오픈한지 몇 달 만에 천안함 사건이 터졌다. 군대는 비상사태에 들어갔고 관광객들의 발길은 거짓말처럼 뚝 끊겼다. 어이쿠, 또 망했구나 싶었다. 그런데 생각지도 못한 일이 일어났다. 취재를 위해 전국 각지에서 기자들이 물밀듯이 쏟아져 들어온 것이다. 그들은 백령도에 머물며 필요한 식음료와 생필품

들을 모두 그의 편의점에서 해결했다. 매출은 더 크게 상승했고 이후 백령도가 유명세를 타며 오히려 엄청난 호재로 작용했다. 이렇게 크고 작은 우여곡절을 겪으며 그의 편의점은 어느새 백령도의 핫플레이스로 자리잡았다.

하지만 그는 여기서 그치지 않았다. 지도를 펼쳐두고 서해의 위아래, 끝과 끝을 쫙 훑었다. 백령도 편의점의 성공을 다른 섬에서도 재현하고 싶었던 것이다. 3개월가량 모은 돈으로 백령도 2호점을 내고 다시 3개월 뒤 바로 옆 대청도에도 점포를 냈다. 그리고 1년 뒤에 덕적도, 그다음 해엔 추자도…. 그동안 아무도 생각하지 못한 참신한 전략이었다. 그는 수십 곳의 섬을 직접 찾아가 눈으로 보고 몸으로 부딪치며 상권을 발굴했다. 여기다 싶으면 군청이나 읍·면 사무소를 찾아가는 것은 물론, 동네 어르신들에게 귀동냥도 하며 인구수, 연령 분포, 소득 수준, 상권 특성, 소비 패턴 등을 꼼꼼히 조사했다. 도생도사島生島死, 한 마디로 섬에 살고 섬에 죽기로 한 사람이었다.

그렇게 그는 2년간 수없이 배를 타고 다니며 신도, 노화도, 보길도, 욕지도, 교동도 등 9개 섬에 총 10개의 편의점을 열었다. 10년 전 50만 원을 쥐고 백령도에 들어간 신용불량자는 이제 어느덧 연 매출 50억을 올리는 어엿

한 사장님이 되었다. 편의점이라는 등대로 서해 도서 지역을 밝힌 그는 편의점 업계의 장보고라는 별명까지 얻었다. 그의 성공은 생에 대한 끈질긴 집념과 다부진 노력으로 만들어진 결과였다. 아무튼 여기까지가 백령도점 S점주의 《인간극장》뺨치는 이야기다.

내가 만난 S점주는 그동안 쌓아온 성취에 비하면 매우 겸손하고 소탈한 동네 아저씨 같은 분이었다. 악착같이 살아온 만큼 혹여 까칠한 때가 묻어 있을 만도 한데 그는 수평선처럼 반듯한 심성을 가지고 있었다. 이렇게 좋은 사람이 잘 돼서 주제넘게 기뻤다. 그를 만나고 다시 인천으로 돌아오는 배 안에서 나는 평생 잊지 못할 아름다운 선홍빛 노을을 보았다. 세상의 모든 꿈을 보듬어 줄 것 같은 따스한 빛의 포옹. 바로 그때, 그동안 여러 핑계와 타협 속에 무기력했던 나의 뜀뛰기 세포들이 봄꽃처럼 하나씩 깨어나고 있음을 느꼈다. 무엇이든 다시 시작할 수 있는 용기와 에너지가 샘솟았다. 새로운 항해를 위한 마음의 돛을 올린 듯 나는 얼른 다시 내가 있던 일상으로 돌아가고 싶어졌다. 그리고 이런 생각의 파도를 타고 인천항에 다다랐을 때 어제보다 최소한 한 발짝 정도 더 잘 살아갈 수 있을 거란 기대감이 나를 마중 나와 있었다.

편의점 인간의
지독한 직업병

　　일본 최고 권위의 문학상인 아쿠타가와
상을 수상한 『편의점 인간』은 실제 18년 동안 편의점 아
르바이트를 해온 무라타 사야카의 경험을 녹여낸 자전
적 소설이다. 소설 속 주인공인 후루쿠라 게이코는 36세
의 여성으로 일정한 직업 없이 아르바이트로 생계를 유
지하고 있는 이른바 '프리터'freeter족이다. 스스로 취업, 사
교, 연애, 결혼 등 거의 모든 제도권에서 도태되었다고 생
각하는 그녀는 20년 가까이 편의점에서 아르바이트하며
자신의 실체적 의미와 정체성을 찾는다. 게이코는 모든
생활이 편의점에 맞춰져 있고 편의점에서 가장 편안함을
느끼는 사람이다. 그녀는 심지어 편의점에서 '지금 내가
태어났다고 생각했다', '이 손과 발도 편의점을 위해 존재

한다고 생각하자 유리창 속의 내가 비로소 의미 있는 생물로 여겨졌다', '나는 인간인 것 이상으로 편의점 점원이에요'라고 말하며 자신을 단연코 편의점 인간으로 정의한다. 이 정도의 '편아일체'는 편의점 회사를 수십 년 다닌 임원들도 감히 범접할 수 없는 클래스다. 아무튼 나는 이 책을 통해 편의점이 한 인간의 삶을 지지하고 완성하는 공간으로서 철학적 의미를 지닌다는 것에 경건한 반가움을 느꼈다. 그리고 나에게 꽃잎처럼 남겨진 물음표 하나. '나는 과연 어떤 인간으로 표현할 수 있을까?'

내가 어릴 때부터 어머니는 아버지에게 "어이구! 인간아, 인간아."라며 '어떤 인간'의 의미를 계속해서 부여하려 했으나 40년이 지난 지금까지도 계속 그러시는 걸 보면 이에 대한 정의는 결코 쉬운 일이 아닌 듯하다. 그런데 놀랍게도 나는 채 하루도 걸리지 않아 결론에 다다랐다. 나도 어쩔 수 없는 '편의점 인간'이라는 것! 따라쟁이 같지만 아무리 생각해도 그거밖에 떠오르지 않았다. 그도 그럴 것이 인생의 3분의 1을 편의점 회사에 다녔고, 주 5일 하루 평균 10시간 편의점 회사에서 편의점과 관련된 일을 하고 있다. 이런 생각을 하는 동안에도 나는 편의점을 향해 출근하고 또 그곳에서 퇴근했으며 지금도 이렇게 편의점과 관련된 글을 쓰고 있으니 그렇게 귀결되는 것도 당연한 일이다.

아내가 나를 바라보는 관점도 이를 뒷받침해 준다. 아내가 나와 편의점에 가면 "차암, 나! 누가 편의점 직원 아니랄까 봐."라며 타박 아닌 타박을 주는 것이 있다. 나와 같은 편의점 인간들이 공감하는 직업병 같은 것인데 그건 바로 '전진 입체 진열'이다. 상품이 판매되고 난 후 진열대에 빈 공간이 없도록 뒤에 있는 상품들을 앞으로 당겨 진열하는 것을 말한다. 그렇게 해야 상품이 눈에 잘 띄고 볼륨감 있게 연출돼 매출에 긍정적인 영향을 준다(고 배웠다). 여기에 익숙해진 나는 편의점에서 앞 칸이 비어 있는 진열대를 볼 때면 지퍼 열린 바지, 모자 뒤집힌 후드티, 단톡방의 틀린 맞춤법이라도 본 것처럼 바로잡고 싶어진다. 가끔 편의점에서 물건을 고른 뒤 무의식중에 상품들을 진열대 앞까지 가지런히 당겨 놓는 나 자신을 발견할 때마다 나 역시 소스라치게 놀란다. '헉, 아직도 몸이 기억하고 있어!' 직영점장 때 숨쉬기 다음으로 많이 하던 행위여서 그런지 수년이 지난 지금도 손과 의식에 또렷이 입력되어 있는 것이다.

신입 때는 인사 반복 증후군에 시달린 적도 있었다.

점포에서 온종일 기계처럼 입점 인사를 하다 보니 퇴근 후에도 어디선가 차임벨 소리가 들리면 자동으로 인사가 입 밖으로 튀어나왔다. 언젠가 한번은 다른 편의점에서 물건을 고르다가 다른 손님이 들어오는 딸랑 소리에 나도 모르게 '반갑습니다 CU입니다'라고 소리쳤다. 거긴 심지어 세븐일레븐이었다. 손님과 알바생이 어리둥절한 표정으로 나를 쳐다봤다. '아, 쪽팔려….' 나는 재빨리 전화를 들고 통화하는 척 연기를 하면서 그대로 줄행랑을 쳤다. 그때만 생각하면 지금도 밤새도록 이불킥을 팡팡 찬다. 한 번은 집에서 딴생각에 빠져 멍하게 라면을 끓이고 있다가 동생이 현관문을 열고 들어오는 소리에 입덧처럼 또 인사를 했다. "반갑습니다. C… (현타) 아이씨." "뭔데?" "뭐가?" "왜 인사하는데?" "몰라" "또라이네" 이건 뭐 파블로프의 개도 아니고…. 그땐 하루에 얼마나 많이 인사를 했던지 꿈에서도 접객했다. 그렇게 나는 서서히 편의점 인간이 되어 가고 있었다.

'어떤 인간'으로 인식된다는 건 한 사람의 사회적 캐릭터를 말하는 것이다. 더 넓게는 그 사람의 인생을 포괄하는 것이고 더 깊게는 그 사람의 가치를 대변한다. 그 '어떤'은 대개 성격, 직업, 소속, 취미, 관심, 가치관 등에

의해 결정된다. 그게 무엇이 되었건 세상의 수많은 것들 중 한 가지 대상을 마음에 품는다는 것, 뜨겁게 몰입한다는 것, 그리고 그것이 삶의 전부가 된다는 것은 실로 대단한 일이다. 그 '어떤 인간'이라는 타이틀은 지나온 날들의 기록이기도 하지만 앞으로 우리 인생의 나침반과도 같기에 소중하고 거룩하게 여겨야 한다. 그런 의미에서 혹시 지금 잠시 방황하고 있는 사람이 있다면 어디 경치 좋은 곳을 찾아가 나는 어떤 인간인가 또는 어떤 인간이길 원하는가를 생각해보는 시간을 꼭 가져보기를 권한다.

문득 아버지의 정년 퇴임식이 떠올랐다. 30년 동안 구청에서 일하신 아버지는 공식적으로 일을 그만두는, 당연히 만감이 교차할 것 같은 날인데도 평소와 별반 다르지 않았다. 퇴직하는 기분이 어떠냐는 나의 질문에 "그냥(퇴임식 가서) 뷔페나 먹고 오는 거지 뭐"라며 마치 내일도 출근하실 것처럼 퉁명스럽게 얘기하셨다. 아버지는 평생 일밖에 모르셨고 자신만의 방식과 집념으로 묵묵히 한 길을 걸어오셨다. 항상 똑같은 모습으로 최선을 다해서. 그래서 어쩌면 은퇴하는 날도 아버지에게는 평소와 다름없는 평범한 날이었을지 모른다. 어제와 같은, 내일도 같을 그 '어떤 인간'으로서 말이다.

몽마르트르에서
편맥을

　　해외에 나가면 빼먹지 않는 일정 중 하나가 그 나라의 편의점을 둘러보는 일이다. 편의점 회사 직원으로서 외국의 편의점은 무엇이 다른지 궁금하기도 하고, 여기까지 왔으니 당연히 현지 편의점을 탐방해야 한다는 소명의식이 명령어처럼 작용하는 것이다. 전통시장이 그 나라의 오랜 풍습과 문화를 담고 있다면, 편의점은 그 나라 현대인들의 생생한 라이프스타일을 담고 있다. 처음엔 여행까지 와서 좀 과한 설정인가 싶었지만, 꾸준히 하다 보니 다른 그림 찾기 이상의 재미와 내러티브가 있었다.

　　'여기엔 별게 다 있네?' 일본에서는 보기만 해도 눈이 즐거운 아기자기한 디저트 앞에서 인생의 풍요로움을 느껬고, 중국에서는 차엽단(찻잎과 간장을 넣은 물로 삶은 계란)에서 기다림의 지혜를 얻었다. 대만에서는 한여름에도 뜨거운 어묵과 딤섬을 아이스크림 팔 듯 파는 걸 보며 뚝심을 배웠으며, 스페인에서는 오렌지를 넣으면 리얼 착즙 주스가 만들어지는 벤딩 머신 앞에서 진정성의 의미를 되새겼다. 미국 편의점은 대부분 주유소에 있었는데 영화에서처럼 언제 총을 든 강도가 들이닥칠지 몰라 그리 오래 머물진 않았다. 단지 과자, 음료수, 핫도그, 심지어 근무자의 덩치까지 모든 게 엄청 컸다고 기억한다. 대대익선이 영업 전략인 듯.

다른 나라들을 다니다 보면 자연스레 '우리나라 편의점이 여기 오면 잘 먹힐까?'라는 물음표를 갖게 된다. 프랑스에 갔을 때다. 한낮의 몽마르트르 언덕에 힘겹게 오르니 여기가 목마르다 언덕인가 싶을 정도로 갈증이 났다. 그런데 생수를 살 만한 편의점이 한 곳도 없었다. 할 수 없이 침이나 꼴딱꼴딱 삼키며 파리의 감미로운 풍경에 푹 빠져 있다가 저 많은 기념품 가게 중 하나를 우리나라 편의점으로 바꾸면 좋겠다고 생각했다. 이 얘기를 꺼내자 열심히 사진을 찍고 있던 아내는 '정말 뼛속까지 편의점 직원'이라며 나를 격하게 칭송했다. 말끝에 "아주 사장 났네, 사장 났어."라며 한껏 치켜세우기까지 하면서. 그곳은 이미 반 고흐의 그림에서나 보던 노천카페들이 편의점 역할을 대신하고 있었다. 사람들이 빈자리 하나 없이 다닥다닥 붙어 앉아 차와 커피, 와인을 마시며 얘기를 나누는 모습이 정겨워 보였다.

그런데 문득 저 풍경이 유럽을 동경한 나 같은 동양인의 눈에야 파스텔톤의 수채화로 보이는 거지, 이 동네에 사는 현지인에게는 우리나라 '편맥'이랑 뭐가 다를지 하는 생각이 들었다. 원래 낭만이란 내가 경험해보지 않는 낯선 대상에 대해 막연하게 갖는 선망의 감정 아니던가. 세계적으로 선풍적인 인기를 끈 《오징어 게임》에서 주인공 성기훈과 오일남이 비 오는 날 편의점 테라스에 앉아 생라면에 소주를 마시는 장면이 외국인들에게는 무척 인상 깊었다고 하니 전혀 엉뚱한 대비는 아닐 것이다. 어떤 세상이든 멀리서 보면 환상, 가까이서 보면 일상이려니….

아내는 나의 이런 발상을 듣고는 비교할 걸 비교하라며 프랑스의 카페 문화보다 아무렴 대한민국의 '편맥' 문화에 더 높은 별점을 주는 듯했고, 계속되는 나의 인문학적 통찰에 적지 않은 감명을 받았는지 아까보다 더 빠른 걸음으로 나와 멀찍이 떨어져 걸었다. 아무튼 유럽에서 편의점이 발달하지 못한 이유는 제도, 문화, 관습 등이 우리와 다르기 때문일 것이다. 점심을 두세 시간씩 먹는 이 나라 사람들에게는 빨리빨리 레인지업 상품들로 가득 찬 한국 편의점이 취향에 맞지 않을 수도 있겠지만 그래도 사람의 욕구는 다양하고 편의의 추구는 만국 공통일 테니 한국 편의점의 몽마르트르언덕점도 언젠가 현실이 될 수 있지 않을까?

와이프 인증 뼛속까지 편의점 회사 직원으로서 국뽕이 차올라서 고갤 들어 흐르지 못하게 살짝 웃을 때가 바로 편의점의 해외진출 얘기를 할 때다. 우리나라 편의점들도 몽골, 베트남, 말레이시아, 카자흐스탄 등에 나가 있다. 해외에서 K-편의점의 인기는 상상 그 이상이다. 몽골에서는 '편의점=한국 브랜드'가 고유 명사가 됐을 정도로 이미 그들의 생활 깊숙이 녹아 들어가 있다. K-편의점의 브랜드파워가 어느 정도냐면 연간 강수량 200밀리미터, 비가 안 오기로 유명한 몽골에서 한국 편의점 로고가 박힌 우산이 일반 우산보다 2배나 더 비싼데도 단 3일 만에 한정수량 1,000개가 완판되기도 했다. K-편의점에 대한 현지인들의 로열티가 이렇게 높다 보니 회사와 마스터 프랜차이즈 계약을 맺은 파트너사는 몽골 증권거래소 역사상 최대 규모의 흥행을 기록하며 주식 상장에 성공, 몽골 시가총액 10위권에 올라 있다. 한국 편의점이 한 나라의 산업을 주도하고 있는 것이다.

한편 말레이시아에서는 편의점 한일전이 치열하게 벌어지고 있다. 어느 날 말레이시아의 한 로컬 편의점 업체가 우리 회사로 러브콜을 보내왔다. 일본계 편의점의 공세에 밀려 새로운 돌파구를 모색하던 이 업체는 K-편의점의 힘을 빌리고자 했다. 회사는 '얘 누가 때렸어?' 느낌의 용맹한 기세로 말레이시아를 향해 날아갔다. 보통 해외진출의 성공은 얼마나 현지화를 잘 하느냐에 달려 있지만 회사는 철저히 한국화 전략을 내세웠다. 한국 문화에 호감도가 높은 현지의 젊은 세대를 공략하기 위해 한국에 있는 편의점을 최대한 똑같이 구현하는 것이 핵심이었다.

드디어 오픈 첫날, 점포 앞에는 100미터가 넘는 긴 줄이 늘어섰다. 현지에서 드론으로 찍어 보내준 영상에는 수많은 인파가 몰려 그야말로 장사진을 이루고 있었다. 이후 새로운 점포가 문을 여는 족족 대박 행진이 이어졌고 현지 언론에서도 K-편의점 신드롬을 대서특필 했다.

덕분에 점포수 증가도 목표치보다 2배 이상 빨라졌고 기존 로컬 브랜드 점포들도 앞다퉈 간판을 바꿔 달았다(보고 있나? 프랑스?).

말레이시아 점포의 전체 매출에서 한국 상품이 차지하는 비중은 절반에 달한다. 그중 떡볶이가 매출 1위에 올라 있다. 특히 주목할 만한 것은 말레이시아 점포들의 모든 텍스트 디자인이 한글로 되어 있다는 점이다. 점포명과 내외부 인테리어는 물론이고 상품들도 별도의 포장갈이 없이 한국에서 파는 그대로 진열되어 있다. 말레이시아 사람들에게 한글은 배우고 싶은 언어이자 그 자체로 매우 힙하고 트렌디한 요소로 인식된단다. 그리고 무엇보다 가장 유쾌, 상쾌, 통쾌한 소식은 우리나라 편의점의 평균 매출이 일본 편의점을 압도하고 있다는 것(세종대왕님, 이순신 장군님 우리 어깨춤이라도 출까요?)!

나는 평소 올림픽에 나온 국가대표 선수들을 볼 때마다 부러운 게 하나 있었다. 자신의 일을 통해서 개인의 입신과 국위 선양을 동시에 이룰 수 있다는 점이 그랬다. 일타쌍피! 내가 하는 최선이 다른 사람들의 행복으로 확대 재생산된다는 건 직업으로서 부가가치가 높고 그만큼 특별한 사명감과 자부심을 가질 수 있는 영광스러운 일이다. 나도 그러고 싶었다. 그런데 이제 편의점도 글로벌 무대로 나가며 편의점 직원들 역시 대한민국 국가대표가 된 셈이다(내가 지금 하고 있는 일을 근사하게 만드는 건 결국 자기 자신이 어떤 의미를 부여하느냐에 달렸다). 올림픽처럼 메달이 걸린 건 아니지만 다른 나라 사람들이 대한민국 편의점의 우수성을 인정하고 좋아해 주는 것만으로도 우리에겐 금메달보다 더 값진 수확이다. 누군가의 즐거움은 내가 하는 일에 무궁한 보람과 원동력이 되므로. 그래서 더 잘하고 싶어진다. 아무리 촌스럽니 편협하니 해도 적당한 국뽕은 이렇게 사회문화적 신진대사를 원활하게 하는 효과가 있다. 그러니 우리는 조금 더 자부심을 가져도 된다. 바라건대 앞으로 더 많은 나라에서 대한민국 편의점을 볼 수 있었으면 좋겠다. 한 가지 핸디캡이 있다면 우리 회사의 브랜드가 포르투갈어로 '항문'을 뜻한단다. 품! 똥꼬 편의점이라니! '어서오세요, 똥꼬입니다.' 아무래도 포르투갈은 못 가겠다.

잡지와 편의점의
평행이론

　고등학생 때 친구 집에 놀러 갔을 때다. 그 친구에게는 대학생 형이 있었는데 그래서인지 우리 집엔 없는 진기한 소품들이 많았다. 그중 나의 눈길을 사로잡은 것이 남성잡지 『에스콰이어』였다. 그때까지 내가 접한 정기간행물이라곤 초등학교 때 교실에 돌아다니던 『어린이 문예』와 용돈을 모아 처음 사본 만화잡지 『소년 챔프』, 방학 숙제 때문에 어쩔 수 없이 구매한 과학잡지 『뉴턴』 정도였다. 가족과 친구들, 한정된 준거집단과 생활 반경 속에 이렇다 할 문화적 인플루언서가 없던 나에게 잡지는 무척이나 센세이셔널한 문물이었다.

　특히 에디터들의 정교한 시각으로 써낸 재기발랄한 글들에 나는 완전히 매료됐다. '쁘레따뽀르떼' 같은 기괴

한 단어들은 나의 지적 호기심을 자극했고 일, 술, 여행, 자동차, 섹스로 점철된 콘텐츠들은 어른들의 세계에 대한 동경을 품게 했다. 찬바람이 불기 시작하면 엄마가 "골덴바지 꺼내 입어라" 하던 그 골덴이란 원단의 정식 명칭이 '코듀로이'corduroy라는 것을 그때 처음 알았다. 페이지를 넘길수록 새롭고 신선한 지식, 정보, 유행, 관점, 유머, 가치관들이 차고 넘쳤다. 그날을 계기로 나는 잡지에 눈을 뜨게 되었고 서점에 갈 때마다 이런저런 잡지를 사다 읽었다. 『지구촌영상음악』, 『프리미어』, 『4WD&RV』, 『플래툰』 등등. 이때 『창작과비평』과 같은 계간 문예지들도 접하게 됐다.

잡지를 읽는 자체도 재미있었지만 잡지를 사보는 행위, 그 작은 사치도 또 다른 즐거움이었다. 등하교길 버스에서 무심히 꺼내 읽는 겉멋과, 어떤 잡지를 보냐며 슬쩍 표지를 들춰보는 친구들의 관심도 기꺼웠다. 군대에서 휴가 나올 땐 기차 안에서 『씨네21』이나 『매경이코노미』를 읽었고, 복귀 때는 중대원들의 구매 의뢰를 받은—므흣한 표지로 군인들을 무장해제 시키는—『맥심』도 까먹지 않고 샀다. 건전한(?) 내무 생활을 관장하는 행보관이 짱구는 말려도 『맥심』은 못 말린다고 할 정도였으니 그 열독률은 실로 대단했다. 지금은 문화재청에서 발행하는 『문화재사랑』을 구독하고 가끔 처제에게서 철학 잡지 『뉴필로소퍼』도 빌려다 본다. 이렇게 돌아보니 나의 잡지 연대기도 제법 장구하군.

아무튼 잡지는 나만의 취향 저격 만능엔터테이너로서 많은 영감과 기쁨을 주었고 지금도 샘물처럼 나의 목마른 감수성을 채워주고 있다. 하지만 안타깝게도 거스를 수 없는 디지털의 파도는 잡지를 점차 시대의 뒤편으로 밀어냈다. 편의점만 봐도 알 수 있다. 예전엔 거의 모든 점포에서 출입문 옆, 카운터 아래에 신문과 함께 잡지를 두고 팔았지만 언젠가부터 서서히 자취를 감추기 시작했다. 사람들이 찾질 않으니 갖다 놓질 않는 거다. 예전에 잡지는 유동 인구가 많은 역세권이나 오피스가 편의점에서 매출 효자 상품으로 꼽혔다. 더 많이 팔고 싶은 욕심에 가판대를 추가로 설치해달라는 점주들의 요청이 꽤나 있을 정도였는데, 이젠 걸리적거린다고 아예 창고에 처박아 두거나 감가상각이 끝난 건 폐기하는 곳도 많다. 노래할 무대마저 잃어버린 왕년 인기가수의 쓸쓸한 뒷모습이 오버랩 되는 것도 이상한 일이 아니다. 얼마 전―대학 시절 가판대에 올려놓자마자 '순삭'이었던―『대학내일』의 장기 휴간(사실상 폐간) 소식을 듣고 받은 충격과 슬픔은 실로 컸다. 마치 내 청춘의 한 페이지가 쭉 찢겨져 나가는 것 같았다. 하지만 어쩌겠는가. 사람들은 이미 스마트폰, 그것과 연결된 무한의 세계에 마음을 뺏겨버렸는 걸. 정말 요즘은 도통 잡지를 보기 힘들어졌다. 가령 미용실 같은 곳에 잡지가 있어도 그걸 탐독하는 사람들을 찾아보기란 어렵다. 이제 오프라인에서 잡지를 사려면 서점이나 가판, 혹은 몇 안 되는 편의점으로 가야 한다.

말이 나와서 말인데 잡지와 편의점은 닮은 구석이 많다. 에디터들이 독자들의 구미를 당길 수 있는 소재들을 찾아 마감에 쫓기며 한 권의 잡지를 완성하듯이 편의점 MD들도 아등바등 소비자들이 좋아할 만한 아이템들을 발굴해 오월의 꽃망울 터뜨리듯 신상품들을 팡팡 내놓는다. 둘 다 최신 트렌드를 담고 있으며 그렇기에 일정 소비기한이 지나면 생명력을 잃고 금세 잊히곤 한다. 누군가의 손에 쉽게 들렸다 놓였다 하는 짧은 스침이지만 잊지 못할 추억이 깃들기도 하니 그건 아마도 다양한 사람들의 총천연색 이야기들이 그 속에 배어 있기 때문. 잘 나가는 건 잘 나가지만 안 나가는 건 안 나가고, 또 나만 아는 마성의 잡지와 상품이 있는데 자본주의의 논리에 밀려 그리 오래 가지 못한다는 것도 아쉬운 공통점이다. 급변하는 디지털 시대에도 편의점이 미약한 힘으로나마 여전히 잡지를 품고 있는 건 의리이거나 연민이거나.

이런 생각을 하던 차에 오랜만에 만난 기자와의 티미팅에서 어디 홍보맨 중 한 명이 인디밴드 독립잡지를 만든다는 얘기를 듣게 됐다. 퇴근 후, 주말에, 연차를 내고 직접 발로 뛰며 월간 무가지를 만들어 홍대 공연장과 편의점 등에 비치한다고 한다. 약간의 후원이 있지만 순수 자비로. 대단하다. 매일 일에 치여 사는 직장인에겐 쉽지 않은 작업일 텐데…. 그는 그냥 자기가 좋아서 하는 거라고 했다니 정말 고고한 취미가 아닐 수 없다. 리스펙! 온갖 매체와 수많은 콘텐츠가 범람하는 이 역변의 시대에 오로지 옹골찬 텍스트 하나만으로 승부하는 이런 뚝심 있는 사람들에게 나는 더 없이 애정이 간다.

순간 아이디어가 번쩍했다. 나도 편의점과 관련된 잡지를 만들어 보면 어떨까? 일단 실을 수 있는 콘텐츠는 무궁무진할 것 같았다. 수치로만 봐도 편의점은 전국에 5만 개가 넘고 종사자는 대략 30만 명, 하루 이용자는 우리나라 인구의 3분의 1이다. 매주 수십 개의 신상품이 쏟아져 나오고 또 사라진다. 편의점마다 풍경이 다르고 입지

마다 표정이 다르고 지역마다 분위기도 다르다. 소비로, 생계로, 산업으로, 직업으로, 공간으로, 시간으로, 사람과 사람의 인연으로, 과거와 현재와 미래로 기타 등등 여러 각도에서 다양한 변주와 확장으로 다룰 수 있겠다. 이렇게 섹시한 아이템이 어쩐 일로 여태 잡지의 소재가 되지 못했다니? 내가 사랑해 마지않는 잡지와 편의점 이 두 세계관을 이을 수 있다면 무척 행복할 것 같다. 언젠가 편의점 잡지의 '필진 대모집'이라는 팻말을 내걸 그날을 고대하며 문득 《월터의 상상은 현실이 된다》에서 폐간을 앞둔 『라이프』의 모토가 떠올랐다.

세상을 바라보고, 위험을 무릅쓰고,
벽을 허물고 더 가까이 다가가,
서로를 알아가고 느끼는 것.
그것이 인생의 목적이다.

호모 딜리버리쿠스로의
진화

어릴 때 나는 여느 꼬맹이들처럼 중국집에서 자장면을 시켜 먹는 걸 무척 좋아했다. 자장면도 자장면이지만 나는 중국집 사장님과 전화로 주문하고 주문받고, 주소를 설명하고 알아듣고, 빨리 보내달라고 얘기하고 금방 가겠다며 인사하는 그 티키타카에 묘한 즐거움을 느꼈다. 그런데 어릴 때 느낀 그 재미가 나이를 먹고 보니 불편함으로 다가왔다. 나와 같은 사람이 많았던지 언젠가부터 배달 앱이 급부상하기 시작했고 이젠 우리 생활의 일부가 됐다. 전화 주문에 비해 마음 편히 메뉴를 고를 수 있고 집의 위치를 설명하느라 진땀빼지 않아서 좋다. 배달의 영역은 날로 넓어져 내가 좋아하는 방어회, 등갈비, 굴국밥, 생크림 와플도 이제 손끝 하나로 집에 앉아서 편하게 받아 볼 수 있다.

하지만 배달 서비스가 편의점에 처음 도입된다고 했을 때 나는 다소 회의적이었다. 이게 될까? 다른 건 몰라도 이상하게 편의점과 배달의 조합은 쉽게 받아들여지지 않았다. 마치 '속도에 스피드를 더한 프리미엄의 고급화'처럼 무척 그럴듯해 보이지만 딱히 어떤 메리트가 있는 건지 아리송했다. '집 앞에 나가면 널린 게 편의점인데 굳이 배달까지 시키는 사람이 얼마나 있을까?' 하는 부정적 전망과 '도대체 사람들이 얼마나 더 게을러져야 한단 말인가?' 하는 세태 비판적 시각이 강했다. 누가 봐도 편의의 역행이라는 점이 명명백백해 보였다. 배달은 40~50분, 직접 갔다 오면 10~20분. 바보가 아니고서야 당연히 후자 아닌가? 앱을 켜서 물건을 고르고 결제를 하고 배달이 오기까지 기다리는 그 시간에 그냥 슬리퍼 신고 후다닥 뛰어갔다 오겠구먼!

그러나 이런 합리적 경제인관에 입각한 나의 예상은 완전히 빗나가고 말았다. 아주 대중적이라고는 할 순 없지만 편의점 배달은 해마다 그 이용자가 쑥쑥 늘어나고 있다. 지금도 하루에 수만 건씩 배달이 이루어지고 있으며 어느 대학가 점포의 경우, 배달로만 하루에 무려 200

만 원의 매출을 올리기도 한다. '아, 나의 낡고 오래된 타성이야말로 시대를 역행하고 있었구나!'

현대인들은 기대 이상으로 게으른 동물이었고 그 게으름을 돈으로 치환해 본인이 원하는 편의를 추구할 줄 아는 영리한 존재였다. 그들은 추운 겨울날 따뜻한 이불 속에서 시원한 아이스 아메리카노 한 사발 땡길 수 있다면 그깟 배달비쯤이야, 이깟 기다림쯤이야 기꺼이 지불할 의사가 있었다. 편의점 배달은 어느새 홈트는 죽기 살기로 하면서 잠깐 편의점에 다녀오는 칼로리는 아끼려는 집콕족들의 모순에 살뜰한 후견인이 되어주었고, '올 때 메로나'를 부탁할 가족이 없는 1인 가구들엔 더없이 편의로운 반려인이 되었다. 폭설이 내린 어느 날, 배달비만 2만 원이었다는 기사를 보고는 '와! 이것이 배보다 배꼽이 더 큰 요즘 배달의 클래스인가' 하고 경외했다. 아니, 기겁했다. 이렇게 억수 같은 배달비에 지갑이 축축이 젖어도 배달 오토바이들은 비가 오나 눈이 오나 쉴 새 없이 도로 위를 달린다. 언젠가부터 우리는 매우 빠른 속도로 호모 딜리버리쿠스로 진화해 왔다. 매번 느끼는 거지만 우리나라 국민들만큼 편의, 편리에 민감한 사회집단이 있을까? 괜히 배달에다 민족성을 운운한 게 아니었다.

내가 편의점 배달을 처음 이용한 건 임신한 아내의 요청 때문이었다. 임신 초기 매운 음식을 못 먹던 아내가 6개월 차에 접어들면서 갑자기 인터넷에서 유행하는 편의점 모디슈머 메뉴(표준 조리 방법이 아닌 자신만의 방식으로 조합한 레시피)가 먹고 싶다고 했다. 단, 조건은 코로나가 걱정되니 배달을 시키자는 것. 나는 솔직히 편의점 배달을 꽤 사치스러운 소비라고 생각하고 있었다. 그 편의에 대한 욕구가 대부분 게으름에서 연유하기에 꼭 필요한 소비가 아니라는 논리였다. '최고의 재테크는 절약이라고 믿는 나에게 엎어지면 코 닿을 거리의 편의점에 배달비가 웬 말이냐!' 나는 항거했다. 어릴 때 『소가 된 게으름뱅이』를 읽고 느낀 공포감은 나에게 게으름은 곧 고통이자 불행이라는 의식적 항체를 만들어줬다. 요즘은 게으름이 뭐 어때서, 더 큰 행복을 가져다준다고 주창하는 책들도 많지만 그런 얘기는 무비유환無備有患과 노후 파산을 걱정하는, 그리고 이미 나태할 대로 나태해져 더이상 나태할 수 없는 나 같은 사람에게는 '도를 아십니까?'와 같은 소리로 들릴 뿐이었다. '모릅니다. 모르고요. 그냥 헛돈을 쓰고 싶지 않습니다!'

그런데 나는 나갈 채비는 하지 않고 무언가에 홀린

듯 그대로 소파에 앉아 배달 앱에서 가까운 편의점을 골라 신나게 물건들을 장바구니에 담고 있었다. 나의 이러한 자린고비 성향을 잘 알고 있던 아내가 '지금 배달비 무료 이벤트 중'이라는 말로 나를 풀썩 주저앉혔던 것이다. '무료'라는 단어는 나에게 모르핀 주사처럼 작용했다. 내심 하늘이 나를 벌하여 소로 만들면 어쩌지 걱정하던 차에 주문한 물건들이 금방 도착했다. 우리는 떡볶이에 스파게티와 삼각김밥, 핫바, 모짜렐라 치즈를 넣은 모디슈머 메뉴를 뚝딱 완성했다. 존맛탱구리! 이거 만든 사람 천재! 남이 차려주는, 아니 남이 가져다주는 밥상의 맛은 가히 환상적이었다. 어찌나 맛있던지 자존심이 좀 상하긴 했지만 이 정도 만족감이라면 배달비를 그대로 지불했더라도 'No problem!'이란 생각이 들었다.

나는 그 이후로 편의점 배달을 꽤 자주 이용했다. 배달비는 지불하더라도 대신 게으름은 아껴 그 시간에 좀 더 생산적인 일을 하면 되는 거 아니냐고 기존의 신념을 수정했다. '음식 배달이나 편의점 배달이나 다를 게 뭐야? 배달에도 왕후장상의 씨가 따로 있나?' 나의 이런 태세 전환과 무염치 합리화에 아내는 입을 삐죽거렸다. 사실 이건 편의점의 승리였다. 게으름을 경계한 어느 남자가 우연히 마주친 편의점 배달과 사랑에 빠지는 진부하지만 거부할 수 없는 러브 스토리. 마치 애초부터 그렇게 잘 짜여진 각본이 있었던 것만 같았다. 뒤늦게 편의점 배달에 빠진 호모 딜리버리쿠스로서 혹여 누군가 나를 줏대 없는 게으름뱅이라고 비난한다면—일절 알지도 못하는—거대 로펌을 써서라도 적극 항변에 나설 것이다. 나의 변론은 단순하다. 일단 한 번 써보시라니깐요!

보랏빛을
찾는 일

연말 모임이 있어 한남동 카페거리로 갔다. 핫플레이스답게 텅스텐 조명을 켠 SNS 감성의 카페와 레스토랑들이 아름답게 골목길을 밝히고 있었다. 후배의 꽁무니를 따라 시골 쥐처럼 두리번두리번 걷다가 약속 장소에 다다랐을 무렵 매우 진기한 광경과 마주쳤다. 어림잡아 최소 1980년대에 지어졌을 법한 2층짜리 양옥이었는데 야트막한 옥상 난간 아래 뜬금없이 우리 회사 편의점 간판이 걸려 있는 게 아닌가? '저게 뭐야? 배가 고파서 헛것이 다 보이네.' 우리는 편의점 간판을 눈앞에서 보고도 일말의 주저 없이 저 집은 결코 편의점일 리가 없다고 생각했다. 왜냐하면 명색이 편의점 회사 직원이 봤을 때 건축물의 용도가 아예 출점 고려 대상이 아니었기 때문이다. 그래서 우리는 '누가 저기에 무슨 생각으로, 또 저걸 어떻게 구해서 걸어놨을까, 구조물을 활용한 설치미술인가?'라는 호기심으로 다가갔다. 그런데 '어머나!' 건물 앞에 다다르자 거기엔 진짜 편의점이 고개를 빳빳이 들고 서있었다(명색이 편의점 회사 직원 다 얼어 죽었네!). 그것도 계단 7개를 올라가야 출입문에 닿을 수 있는 1.5층에 있는 가정집 편의점이었다. 1층부터 2층, 3층까지 통편의점인 건 종종 봤지만 1.5층에 공중 부양한 편의점은 난생처음이었다.

상가나 빌딩, 근린시설이 아니라 골목길 구석에 낡은 단독주택을 개조한 편의점이라니! 그럼 카운터는 거실에, 음료는 주방에, 컵라면은 안방에, 시식대는 작은방에 있으려나? 설마 현관에서 신발도 벗고 들어가야 하는 거 아냐? 놀란 우리는 약속 시간도 잊은 채 신기함에 빠져 한참 동안 건물 이곳저곳을 훑어봤다. 2층과 0.5층 반지하에는 사람이 거주하는 듯했고 1.5층 역시 외관상 일반 주택과 다를 바 없었는데 창문 너머로 보이는 내부는 분명 편의점으로 꾸려져 있었다. 마치 부여 정림사지오층 석탑의 중간 부분만 생뚱맞게 형형색색의 레고 블록으로 조립되어 있는 느낌이랄까. 엔틱과 모던의 중간쯤, 어딘가 부자연스러우면서도 묘한 일체감이 있었고 뭔가 어색하면서도 친근하고 다정한 아우라를 풍겼다. 건물의 옆면 2층 베란다에도 편의점 간판이 걸려 있었는데 그 위에 작은 화분들이 쪼르르 놓여 있는 것이 키치적으로 보였다. 그래도 미덥지 않아 '여기가 진짜 편의점이라고?' 의심하는 사이 손님도 두어 명 들어갔다. 편의점이 맞긴 맞구나. 뭔가 우스꽝스러운 모습에 언젠가 곱창 파스타, 족발 리소토, 토마토 라면을 처음 봤을 때처럼 키득키득 웃음이 났다. 나는 이렇게 독특한 개성을 한껏 뽐내는 편의점을 볼 때면 심심한 일상을 바스락 깨는 유쾌한 농담을 들었을 때와 비슷한 재미를 느낀다.

일전에 나를 놀라게 한 또 다른 편의점 중 하나는 주차타워 편의점이다. 이 편의점은 S전자 공장의 대형 주차타워 안에 입점한 점포였다. 다시 말하지만, 건물 바깥이 아니라 어두컴컴한 내부에! 처음 이 점포의 개점 소식을 들었을 때 솔직히 재미보다는 걱정이 먼저 앞섰다. '장사가 잘될까'가 아니라 '과연 장사는 될 것인가'가 의문이었다. 상주인구 하나 없이 자동차만 빼곡한 주차타워는 공갈빵이나 다름없잖나. 그런데 점포개발 담당자에게 귀가 쫑긋 서는 얘기를 들었다. 이 편의점은 '주차장으로 들어간 감자탕집'을 벤치마킹한 것이라고. 그의 말에 따르면, 그 감자탕집은 일반 식당들과 달리 대로변에서는 잘 보이지 않을 만큼 컴컴한 주차타워 안쪽에 쏙 들어가 있었는데 손님으로서는 주차 공간도 넉넉하고 차에서 내리자마자 식당으로 바로 직행할 수 있어 색다른 편의와 공간 연출로 이목을 끌었단다. 아하! 편의점이 그렇게 일부러 찾아올 만큼 대단한 맛집인지 모르겠으나 아무튼 이런 역발상에 착안해 편의점도 주차타워 안으로 들어가게 된 것이었다. 그리고 이 미증유의 시도는 나의 기우를 사뿐히 지르밟으며 쏠쏠한 매출로 주위를 놀라게 했다. 마치 테마파크 출구의 기념품 가게처럼 공장 근로자들과 상시 방문객들이 수없이 드나드는 길목에서 소위 개찰구식 장사로 대성공을 거둔 것이다. 역시 세상을 놀라게 하는 크리에이티브는 뻔뻔한 모방에서 시작되는 거였다.

　나는 한때 크리에이티브 희구증에 걸린 적이 있다. 축구계의 메시, 소설계의 하루키, 영화계의 봉준호처럼 자기 분야에서 톡톡 튀는 창의적인 사람이 되고 싶었다. 그럴 때 있잖나. 가끔 천재가 되고 싶을 때. 하지만 내 안의 창의력을 쥐어짜면 쥐어짤수록 생각은 복잡해지고 아이디어는 무거워졌으며 그나마 보유한 얕은 유머마저 시

들해졌다. 나의 창의력은 그야말로 창백했다. 살아 있는 것이라면 보약이라도 지어 먹이고 싶었다. 한약은 달이면 달일수록 약효가 좋다지만 나의 창의력은 정성을 들이면 들일수록 쓰고 새까맣게 변했다. '이 봐라. 갖다 붙인 비유도 얼마나 탁하고 고루한가?'

마케팅 구루로 불리는 세스 고딘은 『보랏빛 소가 온다』에서 수백 마리의 소 떼 중에서 보랏빛 소가 사람들의 눈길을 사로잡을 수 있었던 비결은 아주 특별하거나 거창한 것이 아니라 튀는 색깔, 그 단순한 매력 하나만으로도 충분하다고 말했다. 하지만 그마저도 글러 먹은 나는 결국 스스로 보랏빛 소가 되기보다 차라리 세상의 보랏빛 소를 보며 관객으로서 즐거워하는 사람이 되기로 했다. 그런 면에서 나는 운이 좋다. 내가 몸담은 편의점이라는 세계는 늘 보랏빛으로 가득하기 때문이다. 편의점은 끊임없이 새로움을 추구하고 있으며 그것이 가져오는 변화는 언제나 참신하고 발랄하다. 루프탑 편의점, 노래방 편의점, 오션뷰 편의점, 아트갤러리 편의점, 하이브리드 편의점 등등. 이런 보랏빛 편의점들은 평소 좋아하는 뮤지션의 신곡처럼 나의 오감을 파릇파릇하게 깨운다. 내 눈에 이들은 단순한 편의점이 아니라 가슴을 뛰게 하는 고관여 최애 크리에이티브라서 그렇다. 편의점 홍보맨으로서 이런 보랏빛을 찾아내어 의미 부여를 하고 예쁜 포장에 담아 대중들에게 소개하는 것이 나의 일이다. 이 또한 한 갈래의 크리에이티브가 될 수 있음을 깨닫게 된 건 시간이 한참 지난 후였다. 크리에이티브란 결과로서 창작과 발명뿐만 아니라 새로운 관점과 도전, 임계점을 돌파한 노력 그 자체가 될 수 있다는 것을. 그래서 지금 나는 매일 바쁘고 또 매일 즐겁다.

안녕히 가세요!

더 나은 내일을 위한 응원

지친 하루를 보내고 집으로 향하는 길.

왠지 모르게 헛헛한 마음을 애써 어루만지고 있는데 횡단보도 건너편에 서 있던 편의점이 초승달처럼 방긋 웃으며 내게 손짓했다.

"어서 와, 집에 가서 맥주나 한잔해!"

끄덕. 행복은 늘 가까이에 있다.

너무 잘 아는데 매번 새롭게 깨닫게 되는 건 왜일까?

폐지 줍는 할머니와
김밥 두 줄

아내와 연애할 때의 일이다. 고된 한 주를 보내고 즐거운 금요일 퇴근길이었다. 평소 같았으면 외식을 하며 느긋한 시간을 보냈을 텐데 그날은 바쁜 일정이 있어 편의점 김밥으로 대충 저녁을 때우기로 했다. 김밥 두 줄을 사서 편의점을 나서는데 점포 앞에서 폐지를 줍는 한 할머니를 마주쳤다. 연세를 가늠할 수조차 없을 만큼 주름이 가득한 노파는 허리가 구부정하다 못해 걸음도 제대로 걸을 수 있을까 싶을 정도로 노쇠해 보였다. 뼈마디가 앙상한 손으로 폐지를 주워 가정용 손수레에 싣고 있는 모습이 순간 우리의 마음을 천근만근 무겁게 했다.

식사는 하셨을까? 지금쯤 고물상도 문을 닫았을 시

간인데 여태 일을 하고 계시는 건 아직 끼니를 챙길 만큼 오늘 하루의 벌이를 다 못해서일 거야. 방금 산 김밥이라도 드리면 어떨까? 근데 이런 어쭙잖은 선심이 행여 무례하고 건방진 행동은 아닐까? 이런저런 생각에 차마 발길이 떨어지지 않았다. 횡단보도 신호등이 수차례 바뀔 동안 우리는 한참을 서서 고민했다. 그러다 다시 편의점 쪽을 바라봤을 때 할머니는 몇 안 되는 폐지를 마저 주워 담고는 전봇대에 기대어 쭈그리고 앉아 있었다. 도저히 그냥 지나칠 수가 없어 용기를 냈다. 조심히 다가가 아내가 말을 걸었다.

"저기요, 할머니. 식사는 하셨어요?"

할머니는 고개를 숙인 채 미동도 없었다. 귀가 잘 안 들리시는 듯했다.

"저희가 김밥이 좀 남아서 그런데 이거 좀 드실래요?"

"…."

인기척을 느낀 할머니는 아무 말 없이 힘겹게 손을 뻗어 김밥이 담긴 봉지를 받아 들었다. 보는 눈이 있으면 불편하실까 봐 얼른 자리를 비켜드렸다. 할머니는 우리가 횡단보도를 건너와서야 주섬주섬 포장을 뜯어 김밥을 하나씩 입으로 가져가고 있었다. 많이 허기진 모습이었다.

얼마 전 인터넷에서 본 기사가 떠올랐다. 요즘 경기가 안 좋아 고물값이 똥값이라고. 그래서 나는 할머니의 손수레 가득 폐지를 실어도 단돈 1,000원이 안 된다는 걸 알고 있었다. 저렇게 힘든 노동을 하루 종일 반복해도 김밥 한 줄 사 먹을 돈이 되지 않았다. 그럼에도 먹고살기 위해, 모질고 지난한 생존을 위해 그것밖에 할 수 있는 게 없다는 것도 잘 알았다. 그러니 내일도 모레도 할머니는 편의점 앞에서 폐지를 주울 것이다. 그 서글픈 굴레에 마음이 아팠다.

할머니는 최저 생계를 돕는 기초생활수급 제도도 적용받지 못하는 것으로 보였다. 할머니는 그런 게 있는 줄도 몰랐을 것이고 담당 공무원 역시 이런 걸 모르는 할머니가 있는 줄 모를 것이다. 애먼 공무원들을 탓하는 건 아니다. 열악한 공무 환경도 익히 잘 알고 현실적인 한계가 있다는 것도 안다. 하루 종일 길거리에 서서 이렇게 딱한 사정을 가진 사람들이 있는지 일일이 확인할 수 없는 노릇이다. 그렇지만 혹시나 등잔 밑에 가려진 우리 주변의 복지 사각지대가 있는 건 아닌지 조금만 더 세심히 살펴봐 주었으면 하는 바람이다. 우리가 내는 세금의 가치와 효용이 그런 거 아니겠는가.

그날 밤은 자꾸 편의점 할머니가 눈에 밟혔다. 할머니의 삶이 안쓰럽기도 하고 고작 김밥 두 줄밖에 힘이 되어주지 못한 나의 초라함과 또 그 무언가에 잔뜩 화가 나서 가슴이 먹먹했다. 아침에 본 신문 기사에는 우리나라 경상수지가 몇 개월째 흑자이고 OECD 국가로서 위상이 높아지고 백화점에선 값비싼 명품이 그렇게 잘 팔린다고 하던데 정작 내 눈앞의 현실은 비참하기만 했다. 국가 경제와 서민 경제의 간극이 새삼 잔인하게 느껴졌고 나의 삶과 할머니의 삶의 온도 차가 괜한 죄스러움으로 다가왔다. 할머니는 어떤 삶을 살아오셨던 걸까? 가족들은 뭐 하고 있을까? 저분도 꽃다운 청춘이 있었을 텐데.

'가난은 나라님도 구제할 수 없다'는 말이 있다. 누군가의 빈곤을 도와주는 건 한도 끝도 없는 일이기 때문이다. 나 역시 아무리 측은지심이 들어도 나의 생계로 폐지 줍는 할머니의 생계를 책임질 순 없다. 하지만 우리의 작은 관심이 보다 건실한 제도와 시스템을 만들고 편의점 할머니와 같은 사회적 약자에게 꼭 필요한 도움을 줄 수 있다고 나는 믿는다. 가난의 가장 큰 적은 배고픔이 아니라 소외와 고립이다. 남의 일을 그저 남의 일로 선을 긋는 것이 아니라 함께 손을 잡는 우리가 되어야 한다.

예컨대 현실 감각 떨어지는 나라님보다 가까운 편의점에서 작지만 따뜻한 선행을 베푸는 모습을 볼 수 있다. 편의점은 매일 물건이 들어오고 빈 박스가 나오기 때문에 폐지를 줍는 노인분들이 자주 방문하는 곳이다. 일부 편의점에서는 폐지를 쌓아둔 자리에 '폐지 들고 가시는 분 있습니다'라는 안내문까지 붙여놓고 지정제로 어르신들을 챙겨 주기도 한다. 아무렇지 않게 버려지는 한낱 쓰레기에 불과하지만 그것을 간절히 필요로 하는 누군가가 있고 그것이 그들의 삶을 연명하게 하는 매우 소중한 것임을 아는 것, 그 배려의 마음 씀씀이는 우리에게 잔잔한 감동을 준다. 그리고 꽤 많은 점주님이 폐지 줍는 어르신들을 위해 유통기한이 임박한 도시락과 먹을거리들을 선뜻 내어주시곤 한다. 오래 두면 음식이 상하니 빨리 드시라고, 또 필요하실 때 언제든지 찾아오시라는 상냥한 인사말도 잊지 않는다. 먹고사는 일의 고단함을 먹을 것으로 덜어주는 일차원적인 방식이지만 그 어떤 정책보다도 훌륭한 맞춤형 복지가 아닐 수 없다. 이것이 우리 생활의 울타리가 되어주는 따뜻한 편의'정'情이리라.

편의점 앞에서 가난이라는 삶의 무게를 느끼고 나서 최소한 할머니가 걱정, 부담, 눈치 없이 밥 한 끼나마 제대로 먹을 수 있는 세상이 됐으면 좋겠다고 소망했다. 돌돌한 학자들은 취약계층의 빈곤에 대해 근본적 원인을 찾아 해결해야 한다고 목소리를 모은다. 하지만 안타깝게도 복지, 부의 재분배, 아니 좀 더 단순히 말해 우리 주변의 불우한 이웃들에게 무상으로 식사를 제공하는 것에 대해 우리 사회는 근본적인 원인과 해결책을 찾기는커녕 관점부터 첨예하게 대립하고 있다.

유시민 작가의 『문과 남자의 과학 공부』에서는 『다윈주의 좌파』라는 책을 인용해 이런 내용을 잘 정리해 주고 있다. 우파는 생존 경쟁을 피할 수 없는 자연법칙으로 간주하고 격차와 불평등을 발전의 동력이라고 옹호하며 사회적 약자를 돌보는 정책에 반대하는 개인과 집단이다. 영국의 철학자 스펜서는 부자와 권력자는 사회의 환경에 잘 적응한 사람이고 가난과 무지는 적응에 실패했다는 증거라고 말했다. 반면 좌파는 사회적 약자, 착취당하는 사람들, 최소한의 인간다운 생활을 누리지 못하는 이들의 고통을 해소하기 위해 무엇인가 하려는 개인과 집단이다. 마르크스는 인간 사회의 모든 갈등은 생산수단에 대한 사적 소유 때문에 발생한다고 믿어 강력한 권력을 앞세운 독재를 통해 재산을 국유화함으로써 사회 평등과

균등한 복지를 이룰 수 있다고 주장했다.

　이론적으로는 우파나 좌파나 모두 일리가 있는 말이지만 지금까지 인류의 역사는 인간의 행복 구현이라는 측면에서 이 두 관점에 치명적 오류가 있음을 증명했다. 별다른 진전 없이 갈등과 분열만 조장할 뿐 잘난 유식이 오히려 독이 됐다. 지금도 우파는 좌파를 자기가 애써 이룬 성과를 아무런 노력 없이 빼앗아 가려는 무임승차자로 생각하고, 좌파는 우파를 돈과 권력으로 군림하며 본인들만 잘 먹고 잘 살려는 이기주의자로 몰아붙인다. 그러니 복지에 대한 사회적 합의는 늘 설전만 벌이다 파국으로 치닫는다. 서로가 말하는 공정과 정의의 방향성이 전혀 다르기 때문이다. 위정자들이 그 잘난 이념으로 싸울 때 서민들은 밥을 굶고 허리가 휘고 고통에 시름겨워하고 있다.

　언젠가 사석에서 이런 주제로 대화를 나누는데 그중 한 명이 피력한 의견이 떫은 감처럼 귀에 들려왔다. 그는 이솝 우화의 「개미와 베짱이」를 예로 들며 여름날 베짱이가 놀 때 개미는 그만큼 열심히 일했으니 그로 인한 부귀영화는 마땅한 것이고, 반대로 개미가 굶주린 베짱이들을 도와주는 것은 당연한 의무가 아닐뿐더러 오히려 훗날 더 많은 베짱이를 양산하는 부작용이 될 수 있다고 말했다. 일견 정연한 논리 같지만 이는 너무나 단순하고 위험한 해석이란 생각이 들었다. 성실과 게으름이라는 극단의 두 개념만으로 가진 자의 행복과 못 가진 자의 불행에 당위성을 부여하는 것은 지나친 비약이기 때문이다. 우리가 사는 사회는 그보다 훨씬 더 다양한 사유가 존재하고 복잡한 구조로 이루어진 곳이다. 본인이 조금 잘났다고 해서 그렇지 않은 사람들을 모두 게으른 베짱이라 치부하고 평균 이하의 실패한 삶으로 정의하는 것은 실로 유치한 선민의식이다. 무엇보다 자본주의 체제 속에서 개인의 교육, 자산, 직업 등의 정도에 따라 어쩔 수 없이 보이지 않는 계급이 생기기 마련이다. 그런데 우리 스스로 경쟁사회의 단편적 잣대로 삶의 승자와 패자를 나누고 그 차등성을 정당화하는 것은 인간의 우열을 가리려 했던 나치의 우생학과 뭐가 다른가? 그런 편협한 계급주의야말로 정말 비극 중의 비극이다. 따지고 보면 우리 모두 개미 같은 베짱이들이고 베짱이 같은 개미들인데.

그러므로 많은 걸 가질수록 더 겸손하고 더 베풀 줄 알아야 한다. 그런 어른들을 우리 아이들이 보며 배운다. 미국의 억만장자 조지 소로스는 평생 노블레스 오블리주를 실천하며 죽기 전까지 35조 원을 사회에 기부했다. 그는 '우리에게 두 손이 있는 이유는 자기 자신과 타인을 돕기 위해서다'라고 말했다고 한다. 나는 그가 기부한 돈보다 구들방처럼 뜨뜻한 그의 철학이 35만 배쯤은 더 멋있다. 이게 부자의 품격이지. 편의점 할머니에게 김밥 두 줄을 건넨 지도 벌써 몇 해가 지났다. 할머니는 어떻게 지내실까? 그동안 우리 사회의 온기는 얼마나 올라갔을까? 우파와 좌파는 서로 이견을 좀 좁히기는 한 걸까? 그만 싸우고 차라리 다들 김밥이나 말든지.

사람을
찾습니다

전북 익산의 한 편의점. 린넨처럼 보드라운 오후 햇살이 창가로 들어설 무렵, 대여섯 살쯤 돼 보이는 여자아이가 남동생 손을 꼭 잡고 펑펑 울면서 점포로 들어왔다. 계산하고 있던 알바생은 난데없는 울음소리에 화들짝 놀랐다. "아가야, 왜 그래? 무슨 일이야?" 아이의 두 뺨은 장맛비 같은 눈물이 흘러내려 물웅덩이처럼 번지르르했다. "아빠를… 엉엉. 아빠를 잃어… 버렸어요. 엉엉." 서러운 울음은 더 크게 북받쳐 올랐다. 아이는 아빠를 잃어버리자 무서움에 떨며 평소 자주 들르던 편의점을 찾아온 것이었다.

알바생은 아이의 눈물을 닦아주고 사탕을 쥐여 주며 놀란 마음부터 다독여줬다. 그리고 어떻게 아이들의 집을 찾아줄 수 있을지 고민하다가 번뜩 계산대에 있는 미아 신고 기능을 생각해 냈다. 편의점의 이 숨은 기능은 길 잃은 아이의 이름과 나이, 간단한 인상착의 등을 계산대에 입력하면 경찰청으로 바로 신고가 되고 동시에 전국 모든 점포에 실시간으로 공유돼 어느 점포에서 아이를 보호하고 있는지 알려주는 아동 실종 예방 시스템이다.

신고하자마자 곧 경찰이 도착했고 뒤이어 소식을 들은 아이들의 아빠가 헐레벌떡 점포로 뛰어 들어왔다. 아이들을 잃어버린 시간은 불과 20여 분. 그 시간이 얼마나 길고 깜깜했던지 아빠는 눈앞의 아이들을 보고 그렁그렁한 눈으로 하늘을 향해 안도의 한숨부터 내뱉었다. 이제야 살았다는 듯. 그는 마치 낭떠러지에서 살아 돌아온 사람 같았다. 그는 아이들을 두 팔로 꽉 끌어안은 채 한동안 그 자리에서 움직이지 못했다. 얼마나 애가 탔을까. '제발, 제발, 제발⋯.' 부모라면 절박한 마음에 아마 자신의 목숨을 내놓고서라도 아이들을 찾고 싶었을 것이다.

점포 CCTV로 전해진 이 에피소드는 사내 방송은 물론 공중파 뉴스에도 소개되며 잔잔한 화제가 됐다. 이를 계기로 더 많은 사람에게 편의점의 아동 실종 예방 시스템을 알릴 수 있었다. 한 명이라도 더 관심을 보태줄 수 있다면 혹시 모를 비극을 하나라도 더 막을 수 있을 터. 이 영상은 전국의 편의점 근무자들에게 선한 영향력을 전파하며 미아 발생 시 대응 튜토리얼 역할을 톡톡히 하고 있다. 신기하게도 이후 유사 사례가 발생했을 때 근무자들의 그 대응 순서와 방식이 익산 편의점의 경우와 거의 동일하게 나타났다. 아이를 안심시키고 계산대로 신고하고 사탕을 쥐여 주고 점포를 나서는 아이에게 손을 흔들어주는 것까지. 세상에서 가장 따스한 미러링이 일어난 것이다. 위기에 빠진 아이를 보고 누가 모른 체 하겠냐만 그 과정에서 묻어나는 어른들의 순수한 배려와 세심한 보살핌은 참으로 고맙고 감동적인 일이었다. 이렇게 착한 마음씨들이 모여 우리 아이들을 지켜주고, 그 선함이 다시 아이들에게 새겨져 내가 사는 공동체를 지탱해 줄 것으로 생각하니 가슴이 따뜻해졌다.

아이들의 똘똘함도 무척 사랑스럽다. 길 잃은 아이들은 대부분 제 발로 편의점으로 들어와 도움을 청했다. 그만큼 평소 편의점이 친근하게 느껴졌던 것이다. 가까운 곳, 어디에나 있는 곳, 맛있는 게 많은 곳, 깜깜한 밤에도 불이 켜져 있는 곳, 어려운 일이 생기면 뭐든 해결할 수 있는 곳, 그리고 엄마가 날 기다릴 것 같은 곳. 아이들에게 편의점은 그런 곳이었다. 이런 미아 찾기 사례들이 하나둘 늘어나자 가정이나 학교에서도 아이들에게 혹시나 길을 잃으면 가까운 편의점으로 가면 된다고 교육하기 시작했다. 미아 사고도 장기 실종으로 이어지기 전 골든 타임을 사수하는 것이 매우 중요한데 이를 위해 편의점이 미아보호소이자 신고센터 역할을 하게 된 것이다. 편의점은 파출소, 우체국, 주민센터 등 공공 인프라보다 전국에 그 수가 훨씬 더 많은 데다 365일 24시간 문이 열려 있으니 우리 동네를 밝히는 등대라 해도 과언이 아니다. 실제 지난 5년 동안 편의점을 통해 길 잃은 아이들을 비롯해 지적 장애인, 치매 노인 등 150여 명이 무사히 가족의 품으로 돌아갔다.

심지어 대구에서는 무려 20년 만에 장기 실종 아동을 찾아준 일도 있었다. 추석 연휴였다. 편의점에 들른 한 청년은 우연히 계산대 화면에서 자신의 이름과 사진을 발견했다. 편의점과 아동권리보장원이 함께 진행하고 있는 장기 실종 아동 찾기 캠페인이었다. '내 사진이 왜 여기에?' 그때까지만 해도 그는 뭔가 착오로 잘못된 정보가 게시된 거로 생각했다. 왜냐하면 그는 아주 어릴 때부터 보육원에서 자랐기에 부모가 죽었거나 부모에게서 버림받았다고 생각하며 지금까지 살아왔기 때문이다. 고아인 자신이 왜 실종아동으로 등록되어 있는지 알 수 없었다. 공개된 장소에 자신의 신상이 노출된 것이 싫어 아동권리보장원에 사진을 내려달라고 연락을 취했다. 그런데 여기서 충격적인 얘기를 듣게 된다. 당신은 고아가 아니라 장기 실종 아동이며 지난 20년 동안 부모님이 애타게 찾고 있었다고. 그렇게 편의점을 통해 극적인 가족 상봉이 이루어졌다. 편의점에서 아무 생각 없이 스쳐 지나갔던 아무개와 아무개의 반복된 사진들, 한낱 저런 걸로 사람을 찾을 수 있으리라고는 조금도 생각하지 않았던 그 부질없는 일들이 놀라운 기적을 만들어 낸 것이다.

실종 사고는 생각보다 우리 주변에서 많이 일어난다. 경찰청 통계에 따르면 아동 실종 신고 접수는 연간 2만여 건에 이르며 그중 99퍼센트는 다행히 가족을 찾지만 나머지 1퍼센트인 200여 명은 미발견 상태로 남는다고 한다. "차라리 죽음이라도 확인하면 가슴에라도 묻을 텐데 이렇게 영영 이별도 못 한 채 행여 지금이라도 문을 열고 들어올까 봐 매일 뜬눈으로 밤을 새웁니다. 정말 하루하루가 죽을 만큼 힘들어요." TV에서 본 어느 장기 실종 아동 부모의 토로다. 한이 맺힌다는 건 저런 거구나. 이런 이야기를 접할 때마다 신은 무자비하고 잔인하다는 생각이 든다.

　흔히 자식은 부모 없이 살 수 있지만 부모는 자식 없이 살 수 없다고 한다. 자식을 잃어버린 부모의 삶은 생지옥이나 다름없다. 자책과 후회, 우울과 좌절, 반목과 갈등 속에서 생계는 무너지고 가정은 서서히 해체되어 간다. 그건 그 어떤 말로도 감히 형언할 수 없는 고통일 것이다. '사람을 찾습니다.' 세상에 이토록 슬픈 말이 또 어디 있을까? 언제쯤 그 눈물이 마를 수 있을까? 과연 기적은 일어날 수 있을까? 부디 나머지 1퍼센트의 아이들이 무사하면 좋겠다. 신의 가호가 있기를.

어느 알바생의
진상 대처법

나는 고등학교 때 김수영 시인의 「어느 날 고궁을 나오면서」를 무척이나 좋아했다. 문제적 현실에 당당하게 저항하지 못하고 평범하고 힘없는 대상에게만 감정의 화살을 쏘아대는 한 지식인의 이 신랄한 반성문에 찡한 공감과 동정을 느꼈다. '찌질한데 멋있어!'

하지만 편의점 회사에 입사한 이후로 이 시를 바라보는 입장이 180도 달라졌다. 무릇 반성문이라 하면 잘못을 뉘우치고 재발 방지를 위한 각오 한마디 정도는 있어야 하지 않나? 아니, 반성문의 완성도를 논하기 전에 일단 애초부터 저렇게 무례한 짓을 왜 하는 것인가? 자신이 받은 서비스의 품질이 마음에 안 든다고 해서 굳이 설렁탕 집 주인을 돼지 같다고 비하하고 욕을 해야 성이 풀릴 일인가? 정중하게 교환, 환불이나 개선을 요구하면 되는 일을, 심지어 본인도 옹졸하다고 생각하면서 이렇게 과한 화풀이를 쏟아내는 건 무슨 경우인가?

무엇보다 소설가와 월남 파병 군인의 안위는 걱정하면서 설렁탕집 주인의 품위는 상스럽게 짓밟으며 지성인으로서 고뇌한다는 자체가 이 또한 얼마나 위선적인가? 무엇보다 이건 고객 클레임이라는 청구권을 부여하기 이전에 인권의 문제다. 소설가의 인권과 설렁탕집 주인의 인권, 그 외 모든 사람의 인권은 등위에 있다. 거기에 부등호가 생기는 순간 우리 사회에 갈등과 분열은 시작된다.

내가 굳이 1965년의 문학 작품에 대해 이렇게 장황한 꼬투리를 잡은 이유는 이런 사례들이 우리 주변에서 특히 편의점에서 너무나 빈번히 일어나고 있기 때문이다. 이를테면 이런 일이 있었다. 지방의 한 편의점에서 어느 부부가 빈 병을 담아둔 박스에 걸터앉아 아이스크림을 먹고 있었다. 알바생이 위험해 보이길래 거기에 앉아 있으면 안 된다고 말했다. 그랬더니 남자가 대뜸 욕설을 퍼붓기 시작했다. '하면 안 된다'라는 경고가 기분 나쁘게 들렸던 모양이다. 남자의 고성이 거세지자 두려움을 느낀 알바생은 옆에 있던 아내에게 남편을 좀 제지해달라고 부탁했다. 그랬더니 여자는 남편을 말리기는커녕 뭐가 문제냐며 더욱 사납게 따지고 들며 막말을 쏟아부었다. "배운 게 없으니 이 짓거리나 하고 있지. CCTV 있지? 찍어서 보내. 나 벌금 낼 테니까. 경찰에 신고해!" 난데없는 폭언에 화가 난 알바생이 사과를 요구하자 도리어 남자는 알바생을 밀치기까지 했고 알바생은 바닥에 힘없이 나뒹굴었다.

공개된 영상을 보는데 내가 분해서 눈물이 날 지경이었다. 바닥에 쓰러지는 알바생을 보면서 마치 편의점 근무자들의 인권이 바닥에 내팽개쳐지는 것만 같았다. 편의점에서 일하면 못 배웠다고 생각하는 그 무식한 발상은 대체 어디서 나오는 건지, 저런 치졸한 인성과 교양을 가진 사람들이 누가 누굴 보고 못 배웠다고 하는 건지 분통이 터졌다. 정작 그들은 얼마나 훌륭한 교육을 받았기에 저렇게 후안무치의 언행을 하고도 저리 뻔뻔하고 당당할까. 설령 그들이 명문 대학에서 학위를 받고 높은 자리에 앉은 수백억대의 자산가라 할지라도 결코 다른 사람의 인격을 마음대로 재단하고 폄하할 자격은 없다. 벌금으로, 한낱 벌금 따위로 남의 인권을 짓밟은 대가를 지불하겠다는 그런 발상이야말로 무식함의 극치인 것을. 그들은 결국 경찰에서 벌금형을 받았다. 그들의 말대로 된 게 뭔가 더 억울했다. 마음 같아서는 싱가포르처럼 태형이 있었으면 좋겠다고 생각했다.

또 이런 촌극도 있었다. 서울 강남에 있는 한 편의점에 들어온 60대 남성이 담배를 사면서 20대 알바생에게 반말을 툭툭 던졌다. 그 말에 기분이 상한 알바생도 반말로 응수했다. 예상치 못한 반격에 당황한 60대 남성은 "얻다 대고 반말이냐?"라며 노발대발했고 알바생은 "네가 먼저 반말했잖아"라고 기름을 부었다(인터넷에 돌아다니던 편의점 진상 대처법을 현실에서 써먹다니!). 그 뒤로 두 사람 간에 아주 많은 욕설이 오고 갔다.

결국 이 싸움은 모욕 혐의로 서울중앙지법까지 가게 된다. 재판부는 형법상 모욕죄와 명예훼손죄의 경우 불특정 또는 다수인에게 전파될 수 있다는 공연성을 전제로 하는데, 당시 편의점 내부에 손님 1명이 있었고 출입문 앞에서 어린이 2명이 내부를 쳐다보고 있었다는 공연성을 인정, 알바생이 충분히 모욕감을 느낄 수 있었다고 판단해 손님에게 벌금형을 선고했다. 이런 걸로 법정까지 갈 일인가 싶지만 요즘 같은 민감도의 시대에 판결문을 한번 곱씹어 볼 필요가 있다.

피고인이 피해자로부터 존중받기 위해서는 피고인도 피해자를 존중하는 태도를 가져야 한다. 나이가 훨씬 많다는 이유로 피해자에게 반말한다거나, 피고인의 반말에 피해자가 반말로 응대했다고 해서 피해자에게 폭언하는 것은 건전한 사회 통념상 당연히 허용될 수 있는 표현이 아니다.

편의점은 친근한 공간이다. 그렇다고 편의점에 종사하는 사람들도 쉽고 가볍게, 함부로 대해서는 안 된다. 최소한 내가 만난 편의점 사람들은 각자의 꿈을 가슴에 품고 하루하루 열심히 살아가는 멋진 사람들이었다. 그동안 모은 목돈으로 점포를 열고 제2의 인생을 시작한 점주, 그런 부모를 도우려 자투리 시간을 쪼개 손을 보태는 딸과 아들, 학원비를 벌기 위해 낮엔 일하고 밤에 공부하는 고시 낭인, 아이들 키우며 생활비라도 벌어보려는 경력단절 주부, 좁은 취업문을 두드리며 꿈을 포기하지 않는 용돈벌이 청년들. 가방끈이 짧다고, 나이가 어리다고, 가진 게 없다고 해서 무시하거나 하대해도 되는 사람은 이 세상에 아무도 없다. 모든 이들에게는 마땅히 존중받아야 할 감정과 인권과 가치가 있다.

한편 누군가는 편의점 근무자들의 무례함과 불친절에도 참아야 하는가, 이는 부당하지 않은가 하고 반문할 수 있겠다. 내 돈을 지불했으니 그에 상응하는 서비스를 받는 것은 당연한 소비자 권리다. 상식 밖의 대우를 받으면 당연히 화가 나고 필연 그 과정에서 다툼이 생기기 마련이다. 시시비비를 가릴 일이 있으면 그리 해야 한다. 하지만 폭언, 폭행은 진흙탕 싸움만 될 뿐 문제 해결에 전혀 도움이 되지 않는다. 언성을 높여봐야 기분만 나쁘고 체면은 구겨지고 일은 더 복잡해진다. 개인적으로 이런 싸움에서 진심 어린 사과를 받는다거나 상호 본인 뜻대로 아름답게 마무리되는 걸 단 한 번도 본 적이 없다. 편의점 회사들은 고객센터 시스템이 잘 갖춰져 있다. 그러니 불만, 불편이 생기면 괜한 힘 빼지 말고 현실적으로 고객센터로 전화하는 편이 여러모로 이롭다.

금아 피천득 선생은 「신춘」이라는 글에서 "신문 3면에 무서운 사건들이 실린다 하여 나는 너무 상심하지 않는다. 우리들의 대부분이 건전하기 때문에 그런 것들이 소설감이 되고 기사거리가 되는 것이다. 세상에는 나쁜 사람이 많다. 그러나 좋은 사람이 더 많다."라고 했다. 가끔 세상의 어두움을 만날 때 작은 위안을 얻는 글이다. 세상에 옹졸한 사람들은 많다. 하지만 밝고 선한 사람들은 그보다 더 많다. 이것이 우리가 여전히 세상을 뜨겁게 끌어안고 꿋꿋이 살아갈 수 있는 이유다.

톰슨가젤의
담배 심부름

언젠가 아내는 편의점과 관련된 자신의 흑역사를 나에게 털어놨다. 아내는 대학생 때 상왕십리에 있는 조그만 오피스텔에 살았다. 재개발 전 왕십리는 철공소와 봉제공장들이 밀집해 있어 팀 버튼 영화의 한 장면처럼 뿌옇고 몽환적인 분위기를 연출했다. 색깔로 치자면 '왕십리 곱창 베이지'라고나 할까. 아내가 살았던 오피스텔 옆 유휴공간엔 파고라 벤치가 있었는데 대낮에도 어두침침한 탓에 방황하는 동네 청소년들이 자주 모여 바닥에 침을 뱉는 곳이었다. 아내는 그곳을 아밀라아제 늪이라 불렀다.

하루는 비빔면이 당겨 1층에 있는 편의점에 내려갔다 오는 길이었다. 올라가는 엘리베이터를 기다리고 있는데 등 뒤에서 다수의 인기척이 들리더니 "저기요, 언니" 하는 부름이 들려왔다. 돌아보니 서너 명의 여고생들이 학익진 대형으로 아내를 포위하고 있었다. "죄송한데요. 여기 편의점에서 담배 좀 사다 주시면 안 돼요?" 담배를 사다 달라는, 그렇지 않으면 저희가 어떻게 돌변할지 모르리라는 협박을 어떻게 이렇게 공손하게 할 수 있는 건지, 아내는 그게 더 무서운 포인트였다고 했다. 하이에나 무리에 둘러싸인 가냘픈 톰슨가젤은 비빔면을 한 손에 든 채 공포에 떨었다. 그들의 요청을 거절하자니 집단 린치를 당할 것 같았고 그렇다고 청소년들의 탈선을 방조하자니 한결같이 곧고 바르게 살아온 아내에겐 결코 용납할 수 없는 일이었다. '햐, 요것들 봐라! 머리에 피도 안 마른 것들이. 지금 누구한테 담배를 사다 달래? 폐 썩어 이것들아! 담배 끊어. 콱!' 이라고 소리쳤다, 마음속으로. 내면의 외침, 소리 없는 아우성. 메시지는 있었으나 사운드는 없었다.

세상 여리고 겁 많은 아내는 말없이 그들이 건넨 돈을 순순히 받아 들고 있었다. 그들을 훈계하거나 무시하고 돌아선다면 비빔면을 먹기도 전에 자기 얼굴이 그들의 손에 비벼질 것 같았기 때문이다. 다구리 앞에 장사

있으랴. "어떤 거? 몇 갑?" 아내는 그래도 마지막 자존심을 지키기 위해 반말로 되물었다는 점을 강조했다. 바들거리는 내적 동요를 애써 감추며 아내는 주어진 임무를 쿨하게 수행했다. 마치 자신도 어릴 때부터 흡연자인 양 '암, 내가 너희 마음 잘 알지'라는 인간적인 이해가 깔린 행동인 것처럼. 굴욕을 당하는 것이 아닌, 너그러운 자비를 베푸는 것처럼. 그렇게 담배를 받아 든 여고생들은 고맙다고 머리 숙여 깍듯이 인사했단다. 아내는 그들이 흡연할 뿐이지 인성이 나쁜 건 아니었다고 분리적 지각과 동조적 미화를 동시에 했다.

시종 이 이야기를 듣고 있던 나는 "그래도 돈까지 삥 뜯기지 않은 게 어디냐, 무서웠을 텐데 바지에 오줌은 안 지렸냐, 무너진 자존심도 편의점에서 팔았으면 좋았겠다"라며 위로로 포장된 당의정의 조롱을 했다(이때까지 자기를 놀리는 줄 모름). 새어 나오는 웃음을 참으며 "평소에 나한테 화내는 전투력이었으면 그런 애들 전교생이 몰려와도 거뜬히 물리쳤을 텐데. 아이스크림이나 먹자. 언니, 냉장고에서 아이스크림 하나만 가져다주시면 안 돼요?"라고 2절, 3절까지 하다가 각성한 아내에게 뼈도 못 추릴 뻔했다. 아내는 왜 나에게만 초사이언이 되는 건지….

인터넷을 돌아다니다 보면 아내와 비슷한 사례들을 종종 만날 수 있다. 어떤 사람은 청소년이 편의점에서 담배 좀 사다 달라고 하기에 흔쾌히 수락한 후 돈을 들고 편의점 뒷문으로 냅다 튀었다는 썰을 풀었다. 심지어 수고비를 받고 미성년자들의 담배 구매 대행을 고정적으로 해주는 사람도 있었다. 이런 일말의 양심도 없는, 편의점 뒷문보다도 못한 사람이 있냐며, 옆에 있는 아내의 눈치를 보며 혀를 찼다.

얼마 전 뉴스에서는 더욱 충격적인 소식이 전해졌다. 고등학생들이 60대 할머니에게 담배 심부름을 시키고 할머니가 이를 거부하자 근처 평화의 소녀상에 놓인 국화꽃으로 할머니의 머리를 때리며 조롱하는 영상이 보도됐다. 그들은 욕설과 함께 "네 남친 어딨어? 담배 사 줄 거야 안 사 줄 거야? (할머니의 손수레를 걷어차며) 존× 재밌네."라고 했다. 뭐라고? 재밌다고? 머리끝까지 화가 치밀어 올랐다. 세상이 대체 어찌 되려고…. 그들은 경찰 조사에서 장난으로 그랬다고 진술했다. 장난으로…. 그들은 용서를 구한다고 했지만 과연 자신들의 잘못을 진심으로 뉘우치고 있을까라는 의구심이 들었다. 그게 잘못인 줄 알았다면 애초에 그런 짓을 할 수 없지. 세상엔 도저히 용서할 수 없는 일이 있다. 그건 아마도 인간의 탈을 쓴 악마에게 해당될 것이다. 그들은 그 언저리에 있었다.

조금 고지식한 얘기일 수 있지만 나는 사람에게 '셔틀'이라는 단어를 붙이는 것이 탐탁지 않다. 셔틀이란 사전적으로 운반 기체를 뜻한다. 그러므로 셔틀은 자유의지와 존엄성을 가진 사람에게 적용할 수 있는 대상이 아니다. 너무나 당연한 얘기지만—요즘은 그렇지 않기에 더욱 힘주어 말하는데—원치 않는 행위를 아무런 대가 없이 남에게 시켜선 안 된다. 그게 빵이든 담배든 꽃이든. 부당한 힘과 권력으로 이를 강요하는 것은 매우 치졸하고 야만적인 일이며, 나의 편의를 위해 남에게 해를 끼치고 상처를 주는 것은 패륜이자 범죄다. 그 부당함과, 그 부당함이 전혀 부당한지 모르는 윤리적 결핍에 나는 분노한다.

그 단어가 가진 함의도 그렇지만 심부름을 하는 사람을 가리켜 셔틀이라는 용어가 아무렇지 않게 통용되고 그걸 희화화하는 사회적 현상은 더욱더 개탄스럽다. 더구나 오피니언 리더라고 하는 언론마저 이 단어를 기사 제목에 버젓이 사용하고 있으니. 이렇게 우리 사회의 도덕과 정의가 처참히 무너지는 걸 보고 있자면 정말 힘이 빠지고 우울해진다. 나 역시 방구석 여포처럼 한없이 미력한 이런 글로나마 악행을 꾸짖고 세태를 비판할 수밖에 없음에 공허함마저 느낀다.

그럼에도 불구하고 우리는 인간으로서의 가치와 존엄성을 기필코 지켜 나가야 한다. 그것이 상식이고 지성이리라. 블레즈 파스칼은 『팡세』에서 "우리의 모든 존엄성은 사유로 이루어져 있다. 우리가 스스로를 높여야 하는 것은 여기서부터이지, 우리가 채울 수 없는 공간과 시간에서가 아니다. 그러니 올바르게 사유하도록 힘쓰자. 이것이 곧 도덕의 원리이다."라고 말했다. 이는 바른 사고와 개념을 먼저 가져야 바른 자세를 견지할 수 있고 바른 행동을 할 수 있다는 의미다. 우리는 모두 귀한 사람이다. 약자는 내 마음대로 아무렇지 않게 짓밟아도 되는 대상이 아니라 더욱 따뜻한 사랑으로 보호하고 아껴 줘야 할 대상이다. 셔틀이라는 비열한 강압과 이에 대한 저급한 인식이 우리 사회에서 하루빨리 사라지길 바란다. 제발 그러지 마시오, 휴먼.

끝으로 도움말 하나 전한다. 편의점은 아동·여성 안전지킴이집으로 우리 동네 보호소 역할을 하고 있다. 위급 상황 시 언제든 편의점으로 들어와 도움을 청하면 된다. 혹시 모를 위험에 대비하여—통제 불능의 몹쓸 사람들은 어쩔 수 없이 사회의 여집합으로 두더라도—톰슨가젤처럼 연약한 나의 아내와 할머니 같은 사람들이 많이 알고 있으면 좋겠다.

추신: 왕십리 여고생들아, 결혼하고 초사이언이 된 언니가 이제야 당당하게 얘기한대. "노담해. 건강을 위해서야. 다시 한번 나한테 걸리면…." 여기까지만 전할게.

보잘것없는
그 몇 푼으로

샌드위치를 하나 골라 카운터로 갔더니 어느 엄마와 아이가 계산하고 있었다. 엄마가 숫자 공부를 가르칠 요량이었는지 유치원생 정도로 보이는 아이에게 지갑을 건네주며 직접 계산을 해보라고 하던 참이었다. "아인이가 해볼래? 4,300원이니까 얼마짜리가 필요할까?" 엄마의 권유에 아이는 주섬주섬 지갑을 뒤지다 눈앞에 보이는 5,000원짜리를 두고 자꾸 만 원짜리를 꺼내려 들었다. 엄마는 "아니 그거 말고"를 되풀이하며 고개를 반쯤 내민 세종대왕을 다시 집어넣기 바빴다. 두세 걸음쯤 떨어져 이 모습을 지켜보고 있던 나는 엄마 속도 모르고 괜한 오지랖을 떨 뻔했다(하하, 뭐가 더 큰돈인 줄 아는데 이미 꼬마 경제학자 아닌가요?). 나는 엄마와 아이가 불편해할까 봐 일부러 다른 물건을 고르는 척 적당한 거리를 두고 서 있었다. 그 집중의 순간을 지켜주고 싶어서. 엄마와 아이는 한동안 꼬무락대다가 극적인 타협을 이루어냈고 순전히 엄마의 주도하에 힘겨운 계산을 끝낼 수 있었다. 거스름돈 700원이 아이 손에 쥐어졌다.

"엄마, 이거 여기 넣어도 돼?" 아이는 카운터에 놓인 동전모금함에 거스름돈을 넣고 싶어했다. 엄마는 흔쾌히 승낙했고 아이는 까치발을 들고 동전을 하나씩 모금함에 떨어뜨렸다. "우리 아인이, 오늘 착한 일 했네." 엄마가 아이의 머리를 쓰다듬으며 칭찬을 해줬다. 투입구로 떨어진 동전을 보면서 아이는 "재밌다. 엄마, 또 할래."라고 한 걸 보면 아이에게 그것은 기부라기보다 하나의 놀이에 더 가까웠던 것 같다. 그 모습이 어찌나 예쁘고 사랑스럽게 보이던지 갑자기 나도 따라 해보고 싶어졌다. 그래서 신용카드 대신 로또를 사려고 가지고 있던 주머니 속 지폐로 계산하고 거스름돈 500원을 모금함에 '툭!' 하고 넣었다. 이전엔 몰랐던 낙하의 손맛이 '촤악' 감겨 왔다. 그 주에 로또는 2,000원 치밖에 사지 못했고 언제나 그렇듯 모두 꽝이었다. 어차피 낙첨될 돈을 아껴 기부했으니 나도 나를 칭찬했다.

'그대 먼 곳만 보네요 내가 바로 여기 있는데. 조금만 고개를 돌려도 날 볼 수 있을 텐데.' 나는 그날 편의점 한편에 있는 동전모금함이 늘 우리에게 들리지 않는 〈인형의 꿈〉을 부르고 있었다는 걸 인지하게 됐다. 작은 온기라도 나눠줬음 하고 카운터에 앉아 수없이 스쳐 지나가는 사람들을 올려다보고 있지만 아무도 쉬이 눈길을 주지 않는다. 나 역시 일 년에 한 번 동전모금액 전달식 보도자료를 쓸 때나 관심을 가졌지 평소에는 그냥 획 하고 돌아서기 바빴다. 나의 좁은 시야를 탓할 것인가, 평소의 여유 없음을 탓할 것인가, 그도 아니면 로또나 바라는 가난한 주머니를 탓할 것인가. 아니다. 요즘은 현금보다 카드를 주로 쓰기 때문이라고 해두자. 그게 덜 비겁하고 타당한 변명이겠지. 물론 기부가 의무는 아니지만 홀로 사람들의 선행을 쓸쓸히 구하고 있었던 동전모금함에게 괜스레 미안한 마음이 들었다.

몇몇 편의점 회사들은 유니세프 한국위원회와 함께 전국 점포에 동전모금함을 설치해 생활 속 기부 캠페인을 펼치고 있다. 편의점 직원이 이런 말을 하면 작위적으로 들릴 수 있겠지만 참 고마운 일이다. 고객들에게 쉽게 기부할 수 있는 기회를 제공해 주는 것, 어려운 처지에 놓인 지구 반대편 어린이들에게 도움을 주는 것, 작은 손길들을 모아 인류애를 튼튼하게 해 주는 것, 기부든 놀이든 꿈 많은 아이에게 소소한 즐거움을 선사해 주는 것까지도. 그렇게 생각하니 손바닥만 한 넓이를 차지하고 있는 동전모금함이 마치 미켈란젤로의 피에타처럼 무척 성스럽게 보였다. 그렇게 십시일반으로 모여진 동전들은 아프리카 어린이들을 위한 파상풍 예방백신으로, 베트남 소외 지역의 아동 친화 도서관으로, 몽골 유치원의 친환경 게르로, 그 외 목마르고 배고픈 전 세계 어린이들의 식수와 음식으로 소중하게 쓰이고 있다. 기꺼이 모금함에 자리를 내어준 점주들과 따뜻한 마음으로 동전을 넣는 손님들, 한 해 모금액만큼 매칭 기부금을 더 얹는 편의점 회사들이 다 같이 힘을 합친 덕분이다. 편의점 홍보맨으로서 내가 할 수 있는 일은 '잘 기억은 못하겠지만 당신의 작은 도움 덕분에 이렇게 좋은 일들이 만종의 기쁨처럼 일어날 수 있었어요'를 대중에게 더 열심히 알리는 것이다. 편의점에서 만난 그 꼬마 경제학자가 훗날 기사를 읽고 자기 행동이 세상을 더욱 풍요롭게 만든 작은 씨앗이 됐다는 걸 알면 얼마나 기뻐할까? 모두에게 행복이 있을진저!

조금 다른 얘기지만 동전모금함에 기부하는 손님들

의 유형을 분류해 보는 것도 재밌다. 가장 대표적인 유형이 '주머니털이'형이다. 이런 사람들은 주머니 속 짤랑거리는 동전을 결코 용납할 수 없다는 듯 100원이든 900원이든 거스름돈을 받자마자 가감 없이 모금함에 넣는다. 이런 걸 보면 주머니가 두둑해야 좋다는 건 이젠 옛말이 된 듯하다. 동전의 화폐 가치가 그만큼 떨어진 것일 수도 있고 '티끌 모아 티끌'이라는 어느 개그맨의 띵언도 한몫했을 수도 있다. '기분파'형도 있다. 이런 손님들은 대부분은 술에 거나하게 취하신 분들이 많다. 특히 기분파는 동전은 물론이고 지폐도 스스럼없이 넣는다. 가끔 동전 모금함에 들어 있는 거금 만 원은 그들의 헌정이다. 지폐를 꼬깃꼬깃 접어 술에 취해 비틀거리며 투입구에 넣다가 아귀가 잘 맞지 않으면 아예 근무자한테 투입을 위임하고 무심히 사라지는 경우도 있다. 예전에 서울역 편의점을 담당할 때는 노숙자 한 분이 소주를 사고 남은 잔돈을 동전모금함에 넣는 걸 본 적이 있다. 기부를 받으셔야 할 것 같은 분의 깜짝 기부에 신선한 충격을 받았다. 이런 유형은 어떻게 분류해야 할까? '무소유'형? '머니리스 moneyless 오블리주'형? 아니면 이런 분이야말로 살아 있는 '테스형'인가?

내가 어릴 때는 기부가 뭐 그리 어려운 건가 싶었다. 가진 거 쥐뿔 없어도 배고픈 친구한테 내가 가진 빵을 얼마든지 나눠줄 수 있었고 그러면 내가 더 기분이 좋아졌다. 그런데 커서 보니 어느 순간 나는 변해 있었다. 이름도 얼굴도 모르는 아프리카 소년의 배고픔보다 오늘 저녁에 먹을 치킨 한 마리가 더 중요했고, 그들을 괴롭히는 몹쓸 질병보다 택배 박스를 정리하다 빈 내 새끼손가락이 더 아팠다. 남들보다 내가 더 중요해졌다. 아니, 요즘 우리는 나'만' 중요하다. 어쩌면 각박한 세상 속에 당연한 이치일지도 모르겠다. 그러므로 크든 작든 기부와 봉사는 위대한 것이다. 나 말고 다른 사람의 처지를 공감하고 배려하고 조금이라도 돕겠다는 마음은 부모님 밥상 차리듯 결코 쉽게 우러나지 않는다. 비록 타인의 가난과 불행이 나의 책임은 아닐지라도, 다른 사람의 삶을 소중히 여기고 더불어 살아갈 때 나의 삶의 가치 역시 더욱 높아진다. 나는 이런 생각으로 올해 회사에서 하는 급여 우수리 기부 금액을 증액하고 기약 없는 로또 당첨만큼이나 편의점의 동전모금함에도 더 큰 관심을 쏟기로 했다. 누군가는 '동전 그거 몇 푼 한다고'라고 하겠지만 동전모금함에게는 그 보잘것없는 몇 푼이 존재의 이유가 된다.

창업할 땐
머니볼

편의점 회사에 다니다 보면 "편의점 하나 차리는 데 얼마 정도 들어요?"라는 질문을 심심치 않게 받는다. 많은 사람이 전업, 투잡, 소개, 단순 호기심 등의 이유로 편의점 창업에 관심을 보인다. 이 질문을 하는 대다수는 구직자나 다른 자영업자가 아닌 현재 자기 일을—그것도 무척 열심히—하는 직장인들이다. 성실한 본업의 이면에 답답한 현실 도피의 욕망과 불확실한 미래에 대한 불안이 이끼처럼 끼어 있다는 방증이다. 그들의 목소리에는 항상 내일에 대한 걱정이 묵음으로 깔려 있다. 그렇다고 편의점이 겉보기처럼 그리 쉬운 일이 아닌데…. 나이를 먹을수록 나는 이 질문을 받는 수만큼이나 먹고 사는 일이 만만치 않음을 느낀다. '나만 그런 게 아니구나' 하는 동질감에 애달파하기도 하고 '정신 바짝 차려야지'하는 경각심에 소스라치기도 하면서.

아무튼 답을 하자면 일반적으로 편의점 창업 비용은 '2,270만 원(가맹비, 상품 준비금, 소모품) + 점포 임차 비용'이 든다. 참고로 편의점 사업은 투자 규모에 비례해 이익을 나누는 로열티 방식으로 더 많이 투자한 쪽이 더 많은 수익을 가져가는 구조다.

그런데 여기서 하나 꼬집고 싶은 것이 있다. 편의점으로 돈을 벌어보겠다는 목적에 비추어 봤을 때 창업 비용이 얼마냐는 질문은 사실 핵심에서 살짝 비켜나간 측면이 있다. 편의점 사업이 얼마나 수익이 되는지부터 파악하는 것이 우선이지 얼마를 투입해야 하는지는 사실 그다음 문제이기 때문이다. 보통 적금을 들 때도 금리가 얼마나 높은지 먼저 따진 다음 납입금을 정하고, 공연을 볼 때도 내용이 얼마나 재밌는지 확인한 뒤 티켓값을 지불하지 않는가. 물론 주머니 사정이 가벼운 청춘의 데이트에서는 티켓값이 1순위가 되기도 하지만 창업에 있어서는 우선순위를 잘 따져봐야 한다. 망하면 돈도 잃고 사랑도 잃으니까! 무엇보다 투자금이 많다고 수익이 높은 것도 아니고 투자금이 적다고 수익이 낮은 것도 아니다.

그러니까 투자금이 얼마인지에만 초점을 두기보다는 투입과 산출을 함께 고려하는 것이 옳다. 물론 그 질문이 물에 뛰어들기 전 대충 수심이라도 짐작해보려는 가벼운 궁금증인 줄은 알지만, 단순히 물장구치는 게 아닌 이상 수영선수의 궁극적인 목표는 수심이 1미터든 10미터든 좋은 기록을 내는 것이다. 비즈니스 레이스에서 우리는 관중이 아닌 철저하게 선수의 마인드가 되어야 한다. 이러한 맥락에서 위 질문의 영점을 조금 수정해보자면, "편의점의 투자수익률은 어느 정도 되나요?"가 적절하겠다. 모름지기 사업을 하겠다면 수익률부터 따져 봐야지.

편의점 창업과 투자수익률에 관해 얘기하자면《머니볼》을 톺아볼 필요가 있다.《머니볼》은 야구를 주제로 한 영화지만 사실 스포츠보다는 경영에 더 가까운 이야기다. 이 영화는 메이저리그 '오클랜드 어슬레틱스'팀과 그 팀의 단장 빌리 빈(브래드 피트 분)의 실화를 다루고 있다. 오클랜드는 매 시즌 어중간한 성적에 머물러 있는 데다 선수들에게 음료수도 공짜로 제공하지 못하는 가난한 구단이다. 설상가상으로 주축 선수들마저 더 높은 연봉을 제시하는 다른 팀에게 줄줄이 빼앗기자, 빌리는 예일대에서 경제학을 전공한 '피터'를 영입하고 기존의 선수 선발 방식과는 전혀 다른 머니볼 이론을 도입한다. 머니볼은 선수의 기존 명성이나 후광효과가 아니라 철저히 데이터 분석을 통해 저평가된 선수들을 선발해 승률을 높이는 구단 운영 방식이다. 빌리는 기존 코치진과 스카우터들이 맹신하는 낡은 지표와 관습들을 과감히 걷어내고 오로지 머니볼에 따라 팀을 리빌딩 한다. 그런데도 개막 이후 팀은 연패를 거듭하게 되고 자신의 신념이 흔들리는 위기를 겪지만, 그는 팀 내 갈등을 하나씩 풀어나가며 차근차근 전력을 높여 나간다. 시간이 갈수록 안정감을 찾은 오클랜드는 승수를 조금씩 쌓아가고 결국 미국 아메리칸리그 103년 역사상 최초로 20연승이라는 경이로운 기록을 달성한다. 이 짜릿한 드라마는 오래된 관행에서 벗어나 본질을 꿰뚫는 치밀한 분석과 냉철한 판단이 어떤 진가를 발휘하는지 여실히 보여준다. 최적의 효율이 만들어 내는 최고의 성과는 9회말 2아웃 역전 홈런보다 더 통쾌하다.

《머니볼》은 편의점 창업에서도 시사하는 바가 크다. 사람들은 서울 강남처럼 낮이고 밤이고 사람들이 넘쳐나는 번화가 점포들의 수익률이 높을 거라고 쉽게 생각한다. 하지만 그건 강남의 함정일 수 있다. 상권이 좋을수록 임대료는 비싸고, 객수가 높은 만큼 인건비·관리비도 많이 들어간다. 거기다 치열한 경쟁과 잠재된 경합으로 수익은 오히려 뒷골목 편의점보다도 못할 때가 많다. 이런 선구안이야말로 《머니볼》에서 기성세대들이 홈런, 타점, 장타율 등 당장 눈에 보이는 단편적인 성적으로만 선수들을 판단하는 것과 별반 다를 바 없다. 엄밀히 편의점의 수익률을 일률적으로 딱 잘라 말하기는 어렵다. '점포 by 점포'라서 그렇다. 가령 똑같이 1억을 투자한다고 했을 때 A점포는 월평균 수익이 300만 원이고 B점포는 500만 원, C점포는 1천만 원이 넘을 수도 있다. 야구에서도 선수들의 스탯이 천차만별인 것처럼 편의점도 점포마다 입지, 가맹 조건, 제반 비용 등이 모두 다르고 그에 따라 수익성의 차이가 발생하게 된다. 그러므로 빌리가 데이터를 기반으로 팀의 니즈와 상황에 맞춰 선수를 기용했듯이, 편의점도 자신의 기대 수익에 맞춰 투자 대비 최대의 효율을 낼 수 있는 점포를 선정하는 안목이 중요하다.

그런데 혹자는 반문할 수도 있다. 머니볼 이론으로 대기록을 세운 오클랜드도 결국 월드시리즈 진출에 실패하지 않았느냐고. 맞는 말이다. 세상에 그 어떤 전략도 필승을 보장하진 않는다. 그렇다고 인생이 돈 놓고 돈 먹는 야바위가 아닌 것처럼 돈만 믿을 수도, 운에 맡길 수도, 직감만 따를 수도 없다. 인생에서 맞닥뜨리는 중요한 확률 혹은 투입·산출의 게임을 보다 효율적이고 효과적으로 풀기 위해서는 끊임없이 공부하고 치열하게 고민해야 한다. 그리고 거기서 가능성을 발견한다면 그땐 모든 걸 걸고 가일층 매진해야 한다. 그래야 변화와 성공을 손에 쥘 수 있고 설령 실패하더라도 배우는 것이 있다. 개인적으로 《머니볼》에서 꼽는 명장면이 있다. 빌리에게 반기를 들던 감독이 사무실을 박차고 나가며 피터에게 묻는다.

"이봐, 넌 이게 맞다고 생각해?"

피터가 답한다.

"100퍼센트요."

마지막 카드,
nevertheless

　　환경에 대한 얘기를 해보려 한다. 내가 어릴 때만 해도 환경보호는 급진론자들이나 주창하는 거대 담론이었고, 미래를 위해 우리가 마땅히 지향해야 하지만 그다지 피부에 와닿지 않는 정책적 슬로건에 불과했다. 정치인들은 매번 '(환경보다) 경제를 살려야 됩니다'라고 외쳐댔지만, 불행하게도 경제는 매양 일어서지 못했고, 그럴수록 환경은 더욱 병들어 갔다. 그러는 와중에 미세먼지라는 고약한 놈이 우리의 호흡기를 괴롭히기 시작했고, 빙하는 점점 녹아 북극곰들은 멸종 위기에 처했으며, 이상기후로 인한 산불로 코알라들은 새끼를 끌어안고 타죽어갔다. 상황이 이럴진대 우둔한 나는 조금 덥다는 이유로 에어컨을 펑펑 틀어놓고 플라스틱 컵에 담긴 커피를 매일 마시며 이 비극적인 기사를 읽고 안타까워했다. 참으로 소시오패스 같은 행동이 아닐 수 없다. 자괴감이 들었다. 나는 무엇을 할 수 있을까?

회사에서 도시숲 가꾸기 봉사활동이 있어 상암에 있는 노을공원에 간 적이 있다. 어릴 때 말로만 듣던 난지도, 예전에 쓰레기 매립장이 있던 곳이다. 1978년부터 1993년까지 난지도에 매립된 쓰레기의 양은 약 9,200만 톤으로 8.5톤 트럭 1,300만 대 분량이라고 한다. 묻고 또 묻다보니 지면 위로 쌓인 쓰레기의 높이가 무려 90미터에 달했고, 더 이상 매립을 할 수 없게 되자 폐쇄 후, 삼풍백화점 붕괴 잔해를 마지막으로 그 위에 흙을 덮고 공원을 조성했다. 기발한 환경 재생이라고 해야 하는 건지, 가식적인 궁여지책이라고 해야 하는 건지…. 부산에 살던 나는 난지도의 존재를 초등학교 때 처음 알게 됐는데 어린 나이에도 쓰레기를 땅에 파묻어 버리는 우악스러운 방식에 눈살을 찌푸리며 좀 더 고차원적인 처리 방법은 없을까 고민했었다. 안타깝게도 나의 두뇌는 지극히 평범했고 지금은 비약적인 과학 발전만을 기대하고 있을 뿐이다.

우리는 도토리나무를 심기 위해 공원 한쪽에 비탈지

고 민둥한 언덕으로 내려갔다. 삽을 꽂는 순간 왜 사람들이 이곳을 쓰레기 산이라고 하는지 단번에 알 수 있었다. 삽 끝이 채 들어가지도 않았는데 바닥에서 무언가 '턱' 하고 걸리더니 신발, 깡통, 페트병 등 온갖 쓰레기들이 줄줄이 나왔다. 끝없이 나오는 쓰레기들을 보면서 다들 "아!" 하고 탄성을 내뱉었다. 족히 10년은 훌쩍 넘어 보이는 라면 봉지가 마치 어제 묻어 둔 것처럼 멀쩡한 '좀비력'을 뽐내는 걸 보고 두 눈을 의심했다. 그곳엔 우리가 그동안 환경에 가했던 학대의 민낯이 생생하게 매장되어 있었다.

환경 파괴의 주범인 내가 이곳에 나무를 심겠다고 발을 딛고 서 있다는 사실이 부끄럽고 위선적으로 느껴졌다. 여기에 과연 나무를 심을 수 있단 말인가? 이 작은 묘목에게 너무 잔인한 일이 아닌가? 대체 어디서부터 잘못된 것인가? 나의 머뭇거림을 눈치 챈 생태전문가 선생님은 그럴수록 계속해서 나무를 심어야 한다고 했다. 이런 척박한 곳에서도 관심을 두고 잘 가꾸면 나무들이 악착같이 뿌리를 내리고 가지를 치고 튼튼하게 자란다고. 그 말이 얼마나 다행스럽고 고맙게 들리던지 눈물이 핑 돌았다. 자연의 위대함과 생명의 경이로움은 인간의 이기 속에서도 말없이 아픔을 견디며 꿋꿋이 버티고 있었다.

인간은 평소 소비를 통해 자연에 해를 가한다. 소비 환경이 더 친환경적으로 바뀐다면 그 해악을 조금이나마 줄일 수 있을 것이다. 하루에도 수만 명의 사람들이 방문하는 편의점도 환경을 위해 적극적인 변화를 모색하고 있다. 일례로 편의점은 자체상품^{PB} 생수를 비닐 포장이 없는 무無라벨 생수로 모두 바꿨다. 환경을 위해 패키지 없는 패키지, 브랜드 없는 브랜드 상품으로 탈바꿈시킨 것이다. 생수는 편의점에서 판매량 상위 10위 안에 들 정도로 많이 팔리는 제품이다. 그만큼 상당량의 비닐을 줄일 수 있을 뿐만 아니라 투명 페트병의 재활용률도 높아지는 효과가 있다. '에게, 그깟 비닐 쪼가리 좀 줄이는 걸로 환경보호가 되겠어?'라고 얕잡아 볼 수 있겠지만 한낱 플라스틱 빨대 하나가 바다거북을 죽음의 문턱까지 몰고 간 사실을 보았을 때 이는 작지만 분명 혁신적인 변화다. 그깟 비닐 쪼가리가 소중한 생명을 앗아갈 수 있음을 결코 간과해서는 안 된다. 이 외에도 간편식품 용기를 기존 플라스틱에서 생분해성 용기로 교체하고, 재활용 용이성 어려움 등급의 상품들은 순차적으로 퇴출시키고 있다. 또한 한 해 수억 장이 소비되는 비닐봉지를 자연 분해되는 식물성 소재 봉지로 바꿨다. 이러한 노력은 소비자들이

번거로운 정보탐색을 거치거나 일부러 특정 행동을 하지 않아도, 생활 속에서 자연스럽게 환경에 '덜' 해로운 소비를 할 수 있게 도와준다는 점에서 환영할 만한 일이다.

나는 나무 심기 봉사활동을 다녀온 후, 개인적으로 하루 동안 일회용품 안 쓰기, 플라스틱 안 쓰기, 분리수거 잘하기 세 가지에 도전해봤다. 그런데 정확히 여섯 시간 삼십여 분 만에 MD가 새로 나온 순살치킨을 맛 좀 보라고 가져와서 아무 생각 없이 나무젓가락을 '똑' 부러트리는 바람에 나의 도전도 '똑' 하고 실패하고 말았다. 그렇다. 우리가 빗살무늬토기를 사용하던 신석기시대로 돌아가지 않는 이상 완전무결한 자연보존 생활을 할 수 없다. 그럼에도 불구하고(nevertheless), 문명의 진화 속에 'never'는 힘들더라도 충분히 가능한 자연친화적 'less'에 대한 의지를 결코 포기해서는 안 된다. 그 이후 나는 텀블러를 사용하기 시작했고, 장바구니를 들고 다니고, 편의점에서도 친환경 용기에 담긴 상품들을 주로 구매한다. 환경을 파괴하는 내가 환경보호를 외친다는 것이 지독한 모순이지만, 바로 지금 아주 작은 것부터 하나씩 변화하고 실천하려고 한다. 그것이 최소한의 양심이고 우리 모두를 지키는 일이다. 우리는 무엇을 더 할 수 있을까?

+1에 대한
무료한 고찰

        편의점의 +1 행사 상품을 보면 구매 텐션이 급상승한다. 편의점 놈들이 하나라도 더 팔아먹으려고 한다는 걸 뻔히 알면서도 결국 그 하나를 더 살 수밖에 없게 만드는 치명적인 유혹. 쇼카드의 +1 숫자가 뿜어내는 저돌적인 섹시함에 마음이 요동치는 건 편의점 직원인 나조차도 어쩔 수 없는 일이다. 매번 2+1 상품 앞에서 하나 더 사느냐 마느냐 하는 고민은 아침에 '5분만 더 잘까 말까?'에 버금가는 선택의 곤욕이요, 예고된 패배다. 원래 마음먹은 대로 딱 하나만 사면 되는데, 눈앞에 저 +1 상품을 갖지 못하면 왠지 손해를 보는 것 같은 이 찜찜함은 대체 뭘까? '그래, 이건 안 사면 바보지!' 콜라 하나 사러 갔다가 생각에도 없던 탄산수 세 개를 집어 들었던 날이 얼마나 많았던가. 심지어 공짜의 달콤함에 취해 계산하고 돌아설 때는 애초에 콜라를 사러 왔었다는 사실조차 잊어버리니 이러나저러나 바보인 건 마찬가지. 요즘은 바로 먹을 게 아니거나 점포에 재고가 부족할 경우, 증정 상품을 쿠폰처럼 앱에 저장했다가 나중에 교환할 수 있어서, 이런 충동은 그냥 하나 더 사는 쪽으로 깔끔하게 정리된다. '징한 편의점, 결국은 더 사게 만드네!'

재밌는 사실은 편의점에 2명 이상 같이 온 손님의 팔 할은 2+1 상품을 산다는 것이다. 처음엔 제각기 먹고 싶은 걸 골랐다가 결국 2+1 상품으로 대동단결하는 장면은 편의점에서 자주 목격되는 클리셰다. 서로 별다른 이견도 없고 의사결정도 매우 빠르다. 상품 통일보다 서로 돈을 내겠다고 카운터 앞에서 옥신각신하는 시간이 더 오래 걸린다는 게 아이러니지만. '보아라! 자신의 취향을 포기하고도 오히려 남의 몫까지 지불하려는 저들의 뜨거운 이타심을.' 알뜰한 가격으로 손님들 사이의 돈독함을 다져주는 이 관계적 순기능은 편의점의 덤이 주는 또 다른 덤이 아닐는지.

그런데 이런 모습은 해외에서는 잘 볼 수 없다. 그들의 문화가 더치페이에 익숙한 탓도 있지만 실은 +1 행사가 한국 편의점에만 있는 특유의 프로모션이기 때문이다. 편의점 문화가 발달한 일본에서도 +1 행사를 찾아보기 힘들다. 원래 +1 마케팅은 미국의 대형마트나 패스트푸드점에서 주로 쓰던 'BOGO'Buy One Get One 전략인데 우리나라에는 2000년대 초 편의점에 도입이 됐다고 알려져 있을 뿐 정확한 기록은 남아 있지 않다. 시초가 어찌 됐든 이제 +1 마케팅을 빼놓고 대한민국 편의점을 논할 순 없다. 편의점에서 판매하는 평균 상품 수는 대략 3,000개 수준인데 그중 3분의 1인 1,000여 개가 +1 행사 상품이다. 언젠가 외국인 관광객들이 진열대에 줄줄이 꽂혀 있는 +1 쇼카드를 보면서 '지저스', '스고이', '띵하오', '맘마미아'를 연발하는 것을 어깨너머로 듣고는 내심 뿌듯했던 기억이 있다. 우리에겐 덤덤한 편의점의 덤 마케팅이 외국인들에겐 마치 '사장님이 미쳤어요'급의 파격할인으로 보였나 보다.

다른 나라에 비해 우리나라 편의점에서 이렇게 +1 마케팅이 성행할 수 있었던 건 아마도 한국인 특유의 '정'이 소비문화에도 고스란히 담겨 있기 때문일 것이다. 한국의 '정'을 영어로 정확히 표현할 수 있는 단어가 없다고 하듯이 '덤'도 마찬가지다. 사전적으로는 addition,

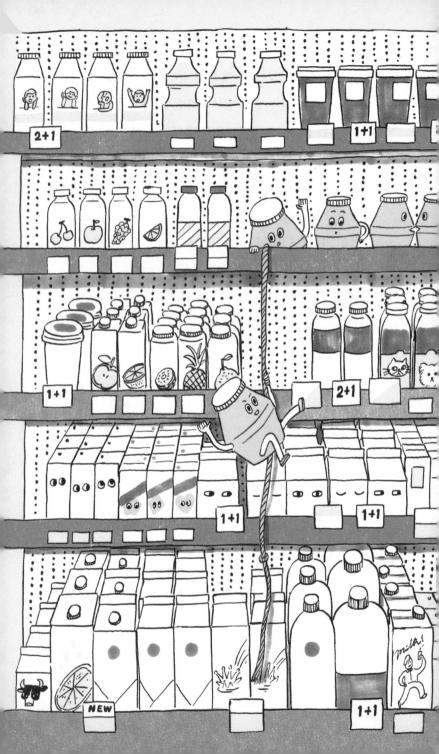

extra, premium, bonus가 있는데 한국에서 쓰는 덤의 의미와 그 정서, 무엇보다 공짜의 찐 맛을 표현하기에는 턱없이 부족하다. 더구나 이 단어들은 additional fee, extra charge, high premium처럼 손님에게 추가적인 대가를 요구하는 용도로 더 자주 쓰이지 뭘 더 얹어주겠다는 의미로 사용되는 건 드물다. 다만 bonus는 이제는 한글로 차용해야 되지 않나 싶을 정도로 우리나라에서 그 뜻이 더욱 진한 농도로(심지어 발음도 더 강하게 뽀나쓰) 더 잦은 빈도와 많은 범주에서 통용되고 있으니 예외로 하자. 아무튼 +1 행사는 한국 편의점의 '종특'으로서 향후 몇 세기가 흘러 후세가 21세기의 생활상을 연구한다면, 한국이라는 나라가 아주 획기적인 판매 정책을 시행하고 있었으며 편의점 문명의 신세계를 열었다고 긍정적으로 평가해줄지도 모르겠다.

덤을 얘기할 때 꼭 소환하고 싶은 추억이 있다. 편의점을 이용하기 전 어린 시절 나에게 덤, 그러니까 공짜의 행복을 안겨준 건 치토스였다. 당시 치토스에는 복불복 경품 딱지가 들어 있었는데 스크래치를 긁으면 대개 '꽝! 다음 기회에', 가끔 '한 봉지 더'가 나오는 식이었다. '한 봉지 더'가 나오는 날엔 세상을 다 가진 듯 기뻐서 방구석을 방방 뛰어다녔다. 그런데 어느 날 나는 '한 봉지 더'가 아니라 1등 경품인 '자연농원 이용권'에 당첨됐다. '두둥! 맙소사 1등, 1등이라니!' 자연농원 이용권은 당시 엄청난 경품이었다. 하지만 나는 방방 뛰는 대신 벙벙하게 풀이 죽었다. 부산에서 빠듯한 살림에 맞벌이 부모님을 둔 나에게 용인에 있는 자연농원은 다다를 수 없는 달나라 여행과 같았기 때문이다. 차라리 '한 봉지 더'가 나왔으면 더 기뻤을 텐데…. 누구나 바랐을 1등 경품은 나에게 꽝보다도 못한 허무와 슬픔을 안겨 주었다. 그날은 꼬마 인생에서 많은 걸 느끼게 해준 날이었다. 덤과 행운엔 그에 맞는 조건과 부담이 필요하다는 것 그리고 세상에 공짜는 결코 없다는 것. 이후 1등 딱지는 장롱 속 어머니의 적금 통장을 보관하는 귀중품 상자에 고이 넣어두었다가 자연농원의 이름이 에버랜드로 바뀔 때쯤 미련 없이 쓰레기통에 버렸다.

지난 시절을 반추해보건대 손에 쥔 그림의 떡, 생각할수록 개떡 같았던 자연농원 이용권은 단연 내 인생 최고의 덤이었다. 그때 이후 나는 그 정도의 임팩트 있는 덤을 가져본 적이 없다. 이렇다 할 행운도 없었고 돈도, 빽도, 힘도, 능력도 없어서 사회적으로 부가되는 덤 근처는 더더욱 가보질 못했다. 잘된 일이다. 덕분에 나는 지금껏 더 성실하고 용감하고 떳떳하게 살아온 것 같다. 이것도 덤 없음이 준 인생의 참된 덤이라 생각해야지. 이런 덤에 대한 고찰은 우리의 무료한 일상에 살짝 떨림으로 전해져 또 내일을 힘차게 살아갈 수 있는 동기의 싹을 틔운다. 아무튼 이제 치토스 경품 딱지는 없어졌지만 언제나 '알잘딱깔센'의 즐거움을 주는 편의점의 덤이 있으니 그나마 위안이 된다.

잊히는 것들에 대하여

〈오토리버스〉. 가수 싸이의 8집 앨범 《PSY 8th 4×2=8》 중 마지막 트랙에 수록된 곡이다. 이 젠 동묘 풍물시장에서나 볼 수 있을 법한 카세트 플레이어를 소재로 지나간 것들, 잊힌 것들, 떠나보낸 것들에 대한 아쉬움을 노래했다. 에픽하이 타블로의 피처링과 1993년 MBC 신인가요제 대상 수상곡 〈숨어우는 바람소리〉의 샘플링 조합이 압권이다. 다시 돌아갈 수 없는 비가역의 시절에 대한 미련과 서글픔이 많아진 요즘 나 같은 MZ세대 끄트머리가 듣기엔 띵곡 중에 띵곡!

1990년대 중고등학생들은 카세트 플레이어 하나쯤 가지고 다녔다. A면의 노래가 끝나면 B면이 자동으로 재생되던 오토리버스 기능은 그야말로 혁신적인 기술이었다. 여기에 구간반복 기능까지 더해졌을 때 나는 감탄해 마지않았고, 이 정도 기술력이라면 세기말 종말론과도 같았던 밀레니엄 버그도 인류는 가뿐히 이겨내리라 예견했다(21세기가 도래하고 한일 혼성밴드 Y2K가 전설의 삑사리를 냈을 뿐 역시나 아무 일도 일어나지 않았다. 희대의 호들갑!). 굳이 비교하자면 그때 카세트 플레이어의 아이템적 위상은 지금의 스마트폰과 견줄 만하니 오토리버스는 요즘 나오는 폴더블폰 수준의 파격이었다. 하지만 음향기기 역사에 한 획을 그은 이 최첨단 기술도 오늘날 스트리밍 시대에는 알파고 앞에 주판, 드론카 앞에 인력거가 돼버렸다. 그렇게 많은 것들이 조금씩 우리 곁에서 멀어지고 지워져갔다.

매일 똑같아 보이는 편의점에서도, 아니 편의점이야말로 시대의 변화 속에 시나브로 잊히는 것들이 많다. 내 기억 속엔 휴대폰 배터리 충전 서비스가 그렇다. 2010년 대 초반만 해도 집 밖에서 휴대폰 배터리가 간당간당할 때면 다들 가까운 편의점에 들어가 배터리 충전을 맡기곤 했다. 요금은 1,000원, 충전 시간은 30분 남짓. 그 시절 대부분 사람들은 2G 피처폰을 썼고 얼리어답터들은 피처폰과 스마트폰의 중간격인 PDA폰을 들고 다녔다. 그때의 휴대폰들은 거의 다 배터리가 분리되는 기종이었으며 배터리의 기본 구성도 혜자롭게 2개씩이었다. 하지만 그 용량은 넉넉지 않았고 쓰면 쓸수록 방전 속도가 빨라져 편의점이라도 없었으면 깜빡이는 배터리 잔량에 애간장 녹을 일이 참 많았다. 이처럼 당시 배터리 충전은 지금 편의점에서 가장 많이 찾는 택배 서비스보다도 훨씬 이용률이 높았다. 점포 카운터에는 언제나 충전을 기다리고 있는 배고픈 배터리들이 길게 줄 세워져 있었고 대학가나 유흥가, 관광지 점포에서는 충전기를 2~3대 더 설치해 놓아도 제때 다 소화를 못 할 정도였다.

한편 손님이 충전을 맡기면 나중의 정확한 인도를 위해 보통 빈 영수증에 전화번호 뒷자리를 받아 적어 배터리에 붙여 놓는데 그러다 아주 드물게 손님과 알바생이 눈이 맞아 그린라이트가 켜지기도 했다. 하지만 이용 고객이 많았던 만큼 골치 아픈 클레임도 정비례해 짜증 게이지는 늘 레드라이트였다. 맡긴 순서대로 충전하고 있는데 왜 자기 걸 더 늦게 충전해 주냐며, 아직도 다 안됐냐며, 도대체 언제까지 기다려야 되냐며, 심지어 애초에 맡기지도 않은 배터리를 내놓으라며 떼쓰고, 따지고, 우기는 몽니가 다반사였다. 또 스마트폰이 막 대중화를 시작했을 때는 기기 호환 문제로 60~70퍼센트 밖에 충전이 안 돼 손님들로부터 사기 친다는 오해도 더러 받았다.

그러나 이제 이런 일들은 더 이상 편의점에서 일어나지 않는다. 피처폰은 골동품이 되었고 편의점에서도 배터리 충전 단말기는 눈밭에 하얀 연기처럼 소리 소문도 없이 사라졌다. 가끔 지인들에게 그 시절 에피소드를 꺼내면 서랍 속에 잊고 지낸 물건을 발견했다는 듯이 반가워하며 '맞아 맞아. 라떼는 그랬지'의 반응을 보인다. 그런데 이런 21세기의 추억 앓이는 '코스모스 피어 있는 정든 고향 역'을 그리워하는 20세기의 절절한 그것과는 정서의 온도가 사뭇 다르다. 과거 회상을 통해 느끼는 원초적인 애틋함이야 비슷하겠지만 소멸에 대한 안타까움이나 회귀에 대한 바람은 찾아보기 힘들다. 차라리 그 기억을 뜀틀 삼아 앞으로 다가올 미래에 대한 기대와 설렘이 더 크다면 모를까. 이를테면 '예전에 DMB라는 것이 있었지, 요즘은 OTT가 꿀잼이야, 10년 뒤엔 얼마나 더 놀라운 것들이 나올까?'로 이어지는 진취적인 사고의 전개. 이런 얘기를 하고 있는데 계속 오토리버스나 운운하고 있으면 '빼박 아재'로 촌스럽다는 소릴 듣기 십상이다.

변화에 대한 이런 코드는 편의점에서도 그대로 나타

난다. 편의점의 모든 것은 수요에 따라 움직인다. 아무리 날고 기어도 찾는 이가 적으면 부지불식간에 사라지는 게 이곳의 이치다. 그 자리엔 사람들이 더 많이 원하고 앞으로 더 자주 찾게 될 새롭고 유망한 무언가가 채워진다. 배터리 충전 서비스가 또 다른 서비스 루키에게 자신의 자리를 내어주고 이만 안녕을 고한 것처럼 말이다. 지나간 것은 그냥 지나간 거다. 사람들은 간혹 이런 편의점의 속성을 너무 차갑다고 지적하지만 그게 바로 지금 우리들이 살아가는 간솔한 모습이다. 음원 차트의 인기곡이 수없이 바뀌듯 자본주의 유전자를 가진 편의점도 라이프스타일의 변화에 따라 분주한 이별과 환영을 반복한다. 그런 과정에서 마지막 인사를 건넬 여유조차, 잊힐 기회마저 잃어버린 채 홀연히 사라지는 것들이 많다.

하지만 단순히 사라짐과 잊힘은 미세한 듯 큰 차이가 있다. 잊힌다는 것은 그 대상이 누군가의 인연이었고, 그래서 기억에 남겨지고, 그러므로 훗날 추억될 수 있는 인간적이고 인과적인 의미를 담는다. 반면 사라지는 것은 실체적인 증발 외에 남겨지는 것이 없다. 이런 맥락에서 생각해보면 잊힐 수 있다는 것도 어쩌면 큰 행운일지 모른다. 모든 건 사라지지만 모든 게 기억되진 않으니까. 그래서 사라지는 것은 차갑고 기억되는 것은 뜨겁다. 아무리 시대가 변해도 내일 당장 만날 수 없는 것들은 그리워지기 마련이다. 오늘을 사는 우리는 늘 똑같은 일상의 단면으로 많은 것들을 그냥 지나쳐 버린다. 그것이 훗날 빛바랜 추억, 시간 너머로 한 번쯤 보고 싶은, 붙잡고 싶지만 이젠 더 이상 돌아오지 않는 아련한 향수가 될 줄도 모르고. 그러니 잠시 여유가 된다면 지나간 것들을 한 번쯤 더듬어 보고 지금 옆에 있는 사소한 것들을 맘껏 안아보자. 그 온기로 앞으로 더 새로운 것들을 만나고 훨씬 더 근사하고 넉넉하게 살아갈 수 있을 테니.

여담으로 〈오토리버스〉 가사 중에 '듣던 것만 듣고 보던 것만 보면 늙은 거야'라는 구절이 있다. 이거 참 대놓고 뼈를 때리는 말이다. 마침 어젯밤 TV 영화 채널에서 무한 편성되고 있는 《아저씨》를 또 봤다. 앞으로 다섯 번만 더 보면 백 번은 채울 것 같다. 근데 나는 늙는데 원빈 형님은 안 늙네. 쩝.

모든 이의
다큐멘터리

모든 개론서의 첫 장은 그 주제에 대한 정의로 시작한다. 광고학개론은 광고란, 부동산학개론은 부동산이란, 건축학개론은 건축이란(첫사랑이라 답한 당신은 타고난 로맨티시스트). 사실 나는 편의점과 관련된 책을 쓰면서 '편의점이란?' 따위의 시시콜콜한 정의를 언급하고 싶지 않았다. 그 이유는 이 책을 읽는 독자 중에 편의점을 모르는 사람은 없을 테고 내용도 학문적인 것과는 거리가 한 1억 광년쯤 떨어져 있을뿐더러 굳이 자세히 정의를 해봐야 재미없을 게 분명하니까.

그런데 글을 하나씩 꾸역꾸역 써 내려갈수록 '자칫 가장 중요한 뿌리를 놓치고 지나가는 건 아닐까?'라는 걱정이 조금씩 들었다. 애써 모른 척 넘어가려 했는데 이런 꺼

림칙함은 글 쓰는 이에겐 중력만큼이나 강력한 것이어서 기어이 나로 하여금 '편의점은 대체 뭘까?'에 대한 원론적인 탐구를 하게끔 만들었다. 그렇다고 편의점을 위한 단 하나의 완벽한 명제를 찾겠다는 거창한 의도나 또 그럴만한 자질과 능력은 눈곱만큼도 없었다. 다만 편의점 회사 직원으로서 기왕 편의점에 관하여 책을 쓰고 있으니 최소한 지극히 개인적인 연학과 사고를 골똘히 해보기로 한 것이다. 간사하게도 또 막상 마음을 고쳐먹고 보니 편의점의 에고를 찾는 과정은 내가 속해 있는 이 편의점이라는 개체에 새로운 가치와 생명력을 불어넣는 일이라는 사명감이 불끈 솟았다. 그것이 실용적이든, 철학적이든, 현학적이든.

폐일언하고 책부터 펴봤다. 전상인 서울대 교수가 쓴 『편의점 사회학』에서는 편의점을 '소비주의 사회의 첨병, 근대 합리주의의 화신, 신자유주의시대의 신종 도시 인프라'와 같이 도저한 혜안과 품격 있는 단어들로 아주 날카롭고 세밀하게 묘사하고 있었다. 땅땅땅, 고민 해결! 하지만 어딘가 모범 답안이 주는 공허함 같은 게 남았다. 나는 정석처럼 딱 떨어지는 정답보단 이장희 시인의 「봄은 고양이로다」처럼 편의점을 바라보는 보다 감각적이고 생동감 있는 시각을 발견하고 싶었다. 그래서 가까운 지인들에게 질문을 던져 봤다.

"편의점이 뭐라고 생각해?"

동생은, "편의점이 편의점이지 뭐긴 뭐야."

후배는, "편의점이요? 글쎄… 아무 생각 없는데요?"

친구는, "네 똥이다." (이 새×가…)

무릎을 탁 치는 대단한 통찰력까지 기대한 건 아니었지만 그렇다고 이렇게 무릎을 턱 꿇리는 소울리스 답변이 돌아오리라곤 생각지 못했다. 차라리 인터넷 검색이 나을 뻔했다. 하지만 가만히 되새겨 보니 그들의 말도 전혀 틀린 말은 아니었다. 편의점은 단지 편의점일 뿐. 평소 아무 생각 없이 편하게 가는, 그 이상도 그 이하도 아닌 무제의 곳.

이 또한 사람들이 편의점에 대해 갖는 아주 날 것의 시선이니 그것으로도 충분히 의미가 있다고 생각을 하기는 개뿔, 바로 키보드를 두드렸다. 포털 어학사전에서는 편의점을 '고객의 편의를 위하여 24시간 문을 여는 잡화점. 주로 일용 잡화, 식료품 따위를 취급한다.'라고 설명하고 있었다. 사실 이 정의도 내가 아는 실제와는 조금 거리가 멀다. 요즘 편의점은 이제 24시간, 연중무휴 영업이 필수가 아닌 데다 판매 상품도 그 한계가 어디까지인 가 싶을 정도로 워낙 다양해졌다. 매주 지름신을 강령케 하는 새롭고 독특한 상품들이 쏟아져 나오고 기상천외한 생활 서비스들이 속속 등장하고 있다. 예를 들면, 수산시장 회를 집 앞 편의점으로 배송해 주는 '활어회 픽업 서비스' 같은 것들.

이런 측면에서 그나마 가장 정성스럽게 답변을 해준 나의 아내는 편의점이 종영한 《무한도전》 같다고 했다. 형식과 내용이 정형화된 다른 프로그램들과는 달리 《무한도전》은 가요제도 했다가, 레슬링도 했다가, 추격전도 했다가 매회 특집으로 내용이 다채로웠듯 편의점도 그런 모습을 닮았다며. 아내는 편의점을 백화점과도 비교했다. 백화점은 편의점보다 훨씬 크고 고급스럽지만 어딘가 뻔하고 지루한 느낌이 있단다. 심리적 문턱이 높아 은근히 불편함도 있고. 하지만 편의점은 가깝고 친근하며 늘 빠르게 변하고 다소 무모해 보이지만 유쾌한 시도를 많이 하는 것 같다고 평가했다.

평소 서슬 퍼런 직언(이라 쓰고 독설처럼 느껴지는)을 토마호크처럼 내리꽂는 아내인지라 편의점에 대한 이러한 논평은 나에게 별점 네 개 반 이상의 극찬으로 들렸다.

한낱 편의점이 시대를 풍미한 최고의 프로그램과 견줄 수 있다니 감개무량이었다. 이 말을 듣고 다음 날 나는 마치 유재석이라도 된 것처럼 그 어느 때보다 열심히 일했다. 편의점이 《무한도전》 같다고 했지 나 보고 유재석 같다고 한 적은 없는데도. 편의점을 뜻매김하는 과정에서 얻은 과대망상의 부작용은 뜬금없이 업무 몰입의 긍정적인 효과로 나타났다.

아무튼 나는 이 글을 쓰는 꽤 오랜 시간 동안 편의점의 본질에 대한 고찰을 이어왔다. 하지만 생각을 거듭할수록 머릿속만 뒤죽박죽되었고 자신 있게 딱 '편의점은 ○○이다'라고 정의할 수 없었다. 역시 어떤 대상을 개념화하는 일은 굉장히 어려운, 어쩌면 어리석은 일이라는 생각까지 들었다.

그러던 어느 날, 출근길 버스정류장에 서서 길 건너 편의점을 멍하니 바라보고 있을 때였다. 한 고등학생이 편의점에 들어갔다가 나왔다. 버스카드를 충전하고 나온 것 같았다. 그다음 중년 남성이 담배를 사서 나왔고, 뒤이어 젊은 여성이 커피를 손에 들고 나왔다. 그 짧은 시간에 편의점은 세 사람에게 세 가지 혹은 그 이상의 역할과 의미가 되었다. 그랬다. 편의점은 사람들의 수많은 필요가 담긴 그릇이었고 그 자체로 다양한 명함을 가진, 찾는 이에 따라 세상 무엇이든 될 수 있는 도화지 같은 공간이었다. 도시락 먹을 땐 식당, 커피 마실 땐 카페, 크림빵 먹을 땐 빵집, 딸기 살 땐 과일가게, 감기약 살 땐 약국, 택배 보낼 땐 우체국, 소주 마실 땐 포장마차, 위급 상황일 땐 파출소, 택시 탔을 땐 이정표가 된다. 1차원적이지만 그것이 있는 그대로 순수한 모습의 편의점이었다. 지금까지의 빌드업이 무색하게 다시 원점으로 돌아왔다. 하지만 다행히 조금 더 선명해진 무언가가 손에 잡히는 듯했다.

그렇다면 나에게 편의점은 어떤 존재일까? 나도 편의점과 교감한 근래의 짧은 시간을 돌이켜 봤다. 기분이 꿀꿀할 땐 맥주를 사러 갔고, 좋은 일이 있을 땐 이것저것 과소비도 했으며, 아내를 위한 신상 아이스크림과 딸아이를 위한 토이캔디를 사며 설렜고, 그저 그런 날도 그저 그런대로 편의점을 오갔다. 그래, 나에게 편의점이란 이런 나의 생활 역사가 고스란히 기록된 '일상의 로그'가 아닐까. 편의점에는 나의 감정, 성격, 관심, 욕구, 가치관, 또 그것들이 응집된 생활 문명이 편편이 스며들어 있었다. 편의점은 그렇게 수많은 의미와 맥락들을 함축하고 확장함으로써 반짝이는 하나의 소우주, 한 편의 다큐멘터리가 된다. 이 책의 목차가 그 인식과 경험을 아스라이 더듬은 단출한 기록이다. 나는 글을 쓰며 우리들의 찬란한 시대와 아름다운 이야기가 새겨진 조약돌같이 작고 단단한 행복을 얻었다. 그것은 해와 달, 별처럼 매우 반갑고 소중한 것들이었다.

아쉽지만 편의점을 향한 나의 소박한 여정은 여기서 일단락하기로 한다. 누구보다 잘 안다고 여겼던 편의점에 대해 실은 제대로 아는 것이 하나도 없었다는 뒤늦은 깨달음이 가장 큰 수확이라면 수확이다. 회사 노트북의 화면보호기에는 이런 글귀가 뜬다. '우리는 세상을 이롭게 하는 사람들이다.' 나는 이 말이 참 좋다. 편의점과 편의점이라는 세계에 발을 딛고 있는 나의 존재가 세상을 더욱 멋지게 변화시킬 수 있는 좋은 친구가 됐으면 한다. 끝으로 나의 부끄러운 이 글이 앞으로 누군가에게 새로운 영감이 되길, 그래서 편의점이란 텃밭에 더 많은 꽃이 피어날 수 있길 바란다. 아, 맞다. 아까부터 당신의 이야기가 궁금했다.

'당신에게 편의점은 어떤 의미인가요?'

에필로그

　내가 이 책을 끝까지 쓰게 된 것은 아내의 공이 크다. 편의점과 관련된 책을 내겠다고 첫 글의 첫 문단을 써놓고 아내의 의견을 물었다.

　"어때? 다음 내용이 기대돼?"

　"아니! 벌써부터 재미없어. 사람들은 이런 얘기에 관심 없다고. 이 문장만 봐도 이걸 이렇게 쓸 게 아니라… 김○○ 작가의 글을 봐봐. 거기엔… 다다다다다."

　입으로 쏘는 따발총을 들어본 적 있는가? 그녀는 별로 강하지도 않는 나의 자존심을 후벼팠다. 다시는 안 물어보려고 했는데 중간에 불안증이 도져 또 한 번 아내에게 글을 내밀었다.

　"어떤 것 같아?"

"음… 오빠 글은 핵노잼이야"

"노잼이면 노잼이지, 꼭 핵까지 써야 속이 후련했냐?"

나는 나를 위로했다. (그녀는 이과다. 인문학적 감성이 없어. 주기율표나 외우는 주제에. 흥!)

그렇게 여차저차 좋은 글인지 나쁜 글인지 재밌는 글인지 지루한 글인지 모를 원고를 마무리 지었다. 마지막 글을 닫으며 문득 이런 생각이 들었다. 아내가 나더러 지치지 말라고 일부러 그런 혹평을 쏟아냈던 걸까? 한석봉의 어머니처럼? '나는 모두까기를 할 테니 당신은 더 멋지고 재밌는 글을 쓰시오' 했던 걸까? 만약 그게 처음부터 그녀의 진의 아닌 의사표현이었다면? '와, 난 정말 내조의 여왕과 살고 있었구나!' 그녀가 만약 EPL 감독이었다면 퍼거슨 보다 더 많은 우승 트로피를 들어 올렸을 거다. 출판사와 계약을 맺고 돌아오는 길에 이 기쁜 소식을 아내에게 전하자 곧바로 메시지가 도착했다.

"훌륭한 냄비 받침이 되겠군."

"…"

나는 또 나를 위로했다(그녀는 어쩔 수 없는 이과다).

아무튼 책으로나 냄비 받침으로나 무엇이든 쓰임이

있다면 내겐 매우 기쁜 일이다. 그건 편의점도 마찬가지일 것이다.

집에 돌아오니 딸아이의 색연필로 쓰인 '우리 남편 고생했어♡'라는 아내의 소자보가 현관문에 붙어 있었다. 순간 눈물이 나올 것 같았다.

여기서 끝 아니고 꽃.